〈장편 역사소설〉

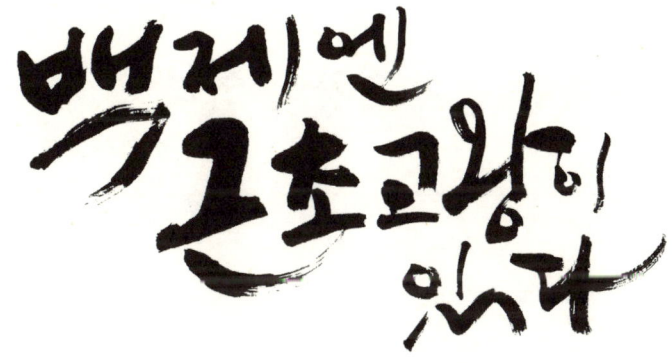
백제엔 근초고왕이 있다

김용철 지음

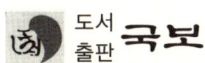
도서출판 국보

백제엔 근초고왕이 있다
김용철 역사소설

초판 인쇄   2010년 06월 12일
초판 발행   2010년 06월 19일

지은이   김용철
펴낸이   임수홍
편집디자인   맹신형
발행처 : 도서출판 국보
주소 : 서울시 강동구 길동 395-3 2층
전화 : (02) 476-2757~8, 7260
FAX : (02) 476-2759
카페 : http://cafe.daum.net/lsh19577
E-mail : kbmh11@hanmail.net

값 10,000원
저자와의 협약에 의해 인지는 생략합니다
ISBN 978-89-93533-13-2 03810

〈장편 역사소설〉

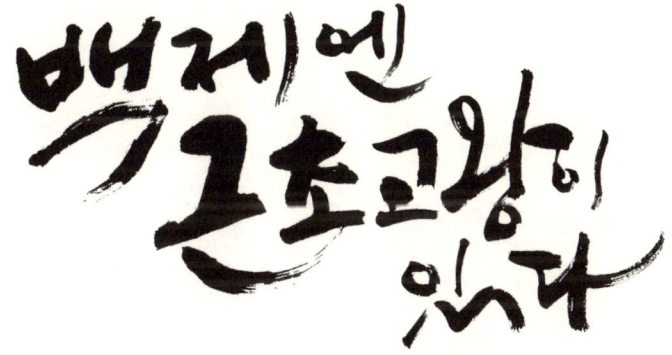
백제엔 근초고왕이 있다

김용철 지음

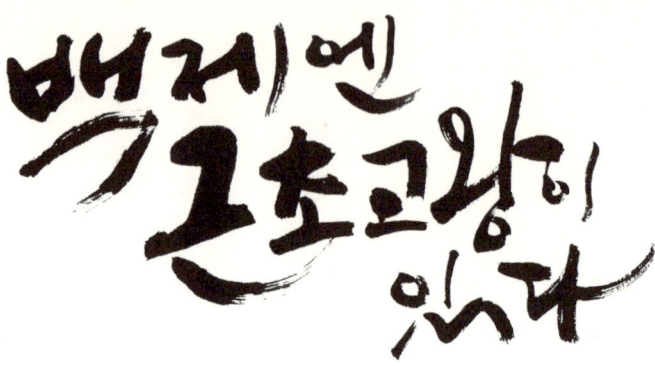

작가의 말	006
추천의 글	009
1, 시조 온조도 둘째였다.	013
2, 개루왕은 닮지 마라	041
3, 고이왕계의 부침	065
4, 비류왕의 계략	096

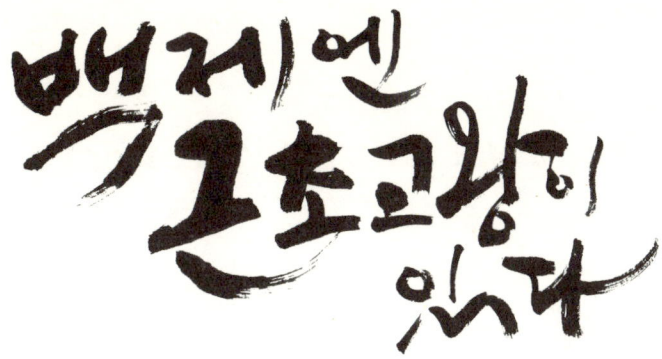

5. 계왕의 죽음, 그리고 새 임금 근초고왕 ········ 127

6. 대륙백제의 확대 ········ 152

7. 마한의 정복과 내륙 백제의 확장 ········ 176

8. 고구려 나와라! ········ 201

9. 백제의 칼 칠지도와 일본 ········ 227

10. 고구려의 설욕과 백제의 왕들 ········ 252

11. 백제의 영웅 ········ 275

‖ 작가의 말 ‖

나는 고향이 백제의 고도 부여다.

어려서는 몰랐는데 학교를 다니다 보니 백제는 신라에 의하여, 다시 말하면 나·당 연합군에 의해서 억울하고 처참하게 망했다는 사실을 알았다.

뿐만 아니라 패전국의 왕 의자는 주지육림이나 황음으로 비참하게 최후를 맞았고, 백제엔 신라의 김춘추(태종무열왕)나 고구려의 광개토왕에 비견할만한 인물이 없는 것으로 국사를 배웠다.

그러나 다른 각도에서 공부해보니 의자왕도 해동증자(海東曾子)라 할 만큼 선정을 베푼 임금이며, 근초고왕이란 임금도 아주 걸출한 당대의 영웅임을 알게 되었다.

아무리 승전국의 역사는 미화, 격찬하고 패전국의 역사는 축소인멸, 내지는 왜곡한다지만 우리의 삼국사의 기록은 해도 해도 너무한 역사의 오기요 횡포가 아닐 수 없다.

가령, 백제의 계백 장군이 황산벌 전장에 나가기 전에 비정하게 처자의 목을 베고 피바람을 몰고 가 실신한 사람처럼 결전에 임해 전군이 옥쇄(玉碎)를 당했다지만 그렇게 비장하고 비참한 최후를 맞은 장군의 충혼이야 어찌 신라의 김유신만 못하겠는가.

나는 백제의 융성했던 문화와 해외 진출 그리고 웅장한 기백으로 보아 백제의 군왕 중에 필시 대단한 임금이 있을 것으로 생각했다. 수 십 권의 백제사를 뒤져나가다가 예상한대로 역시 거창한 인물이 13대 근초고왕임을 재인식 했다.

근초고왕은 한반도의 서남해안, 중국의 동해안, 그리고 일본의 북 해안 등을 거의 백제의 영토로 만들만큼 그 위세가 대단했다. 흔히 우리는 신라의 장보고가 중국에 '신라방'을 설치한 공적은 크게 부각시키고 있으나 백제의 근초고왕이 중국에 '백제군'이나 '백제향' 그리고 '백제허' 같은 백제의 통상무역 기지를 설치한 공로는 거의 모르고 있으니 안타까운 노릇이다.

근초고왕은 이렇게 재위 20년경 까지는 주로 중국대륙에서 활약했고 그 뒤로는 한반도에서 마한과 가야국을 정복하고 고구려를 패전국으로(고구려 고국원왕의 전사)몰아 백제건국 후 최대의 영토를 확장 했는가하면 주변의 여러 나라와 외교, 무역을 강화하고 특히 일본에는 백제문화(칠지도의 기증 등)와 학문을 전달한 백제의 영웅이다.

그러나 막상 1600여 년 전의 백제와 근초고왕을 그리자니 그 사료(史料)가 턱 없이 부족하고 그나마 누락, 인멸, 왜곡, 와전 된 것이 허다하여 집필하는데 큰 어려움을 겪은 것이 사실이다. 그러다보니 본의 아니게 몇몇 대목은 소설의 허구성에 의지하여 작가 나름대로 상상하여 보완하였음도 솔직히 고백한다.

부여가 고향이라고 해서 내가 백제의 유민이라는 것은 아니다. 그러나 부여를 떠나 근 50년간 서울에서만 살다보니 이 땅도(한강유역) 백제가 웅진(공주)으로 천도하기 전 개로왕 때가지는 백제의 도읍이었다. 이렇게 평생을 백제와 인연 있는 땅에서 살아온 내가 '백제엔 근초고왕이 있다.' 라고 외치고 싶어 안달하며 쓴 게 바로 이 소설이다.

 그런대로 백제 역사상 가장 큰 위업을 남긴 근초고왕의 부각과 인식에 미력이나마 보탬이 된 것을 스스로 기뻐하며, 백제를 아끼고 역사 바로 보기를 열망하는 독자들의 따뜻한 질정을 고대한다.

 그리고 이 부족한 작품에 과분한 찬사의 '추천의 글'을 써주신 정연희 선생님과 어려운 출판계의 여건임에도 흔쾌히 이 책을 내주신 임수홍 국보문인협회 회장님에게도 깊은 감사를 드린다.

2010년 6월
김 용 철

‖ 추천의 글 ‖

듬직한 사람, 듬직한 작품

정 연 희(소설가, 전 한국소설가협회 이사장)

　김 용철 선생의 장편역사소설 『백제엔 근초고왕이 있다』출간을 진심으로 축하합니다.
　근초고왕은 백제에서 가장 위대한 임금으로 중국과 일본에까지 백제의 영토를 넓히고 마한과 가야국을 정복하고 고구려를 정벌, 한반도에서 크게 위세를 떨친 영웅이며 인접국과 외교, 무역을 강화하여 당시 백제문화를 가장 빛낸 큰 인물로 알고 있습니다.
　이런 역사적 인물 근초고왕을 우리문단에서 김 용철 선생이 처음으로 소설화 한 일은 비록 만시지탄이 있으나 아주 뜻 깊은 일이라고 생각합니다.
　김 용철 선생은 신춘문예에 시가 당선, 시인으로도 데뷔를 했으나 그 뒤 1977년 〈현대문학〉에 소설로 등단하여 소설을 주로 써 온 소설가로 그동안 10여권의 장·단편집을 냈고 '한국소설문학상' '한국문학상' 등을 수상한 우리 한국 소설 문단의 중견 작가로 꾸준히 작품 활동을 해온 아주 듬직한 문인입니다.
　그런가 하면 이분은 서도(書道)에도 심취하여 대한민국 미술대전(국전)서예부문에 4회나 입상을 한 서예가이기도 합니다.

자고로 시·서를 겸비한 선비를 문필가라 했다지만 우리 문단에 이 분처럼 소설과 서예를 함께 연마하는 분이 흔치 않은 점으로 본다면 이분이야말로 요즘에 아주 보기 드문 문필가 중의 한 분이 아닌가 합니다.

나는 위에서 듬직하다는 표현을 섰지만 아닌 게 아니라 이 분은 생긴 체구도 듬직하려니와 생각이나 말, 그리고 이분의 작품도 정말 듬직하다는 표현이 어울릴 만큼 어떤 평가나 수준을 늘 고르게 유지하고 있는 작가입니다.

김 용철 선생과 가까운 인연을 맺게 된 동기는 내가 지난 2004년부터 한국소설가협회의 이사장직을 맡게 되었을 때 선생이 소설가협회의 살림살이를 도맡다시피 하는 상임이사로 함께 일하면서부터입니다.

그때도 선생은 협회가 여러 가지로 어려운 여건인데도 1년이 넘게 정말 진지하고 듬직하게 그 일을 잘 해주셨습니다.

작가이면서도 교편을 오래 잡아봤고 대학에서도 공보실장, 재단 사무처장 등 공직에 몸담고 있었던 이 분은 공사를 엄격히 구분하고 선배를 예우하며 자신의 상사를 성실히 보좌할 줄 아는 교양인이기도 합니다.

우리가 모가 나지 않은 사람에게 '중용'이란 말을 흔히 쓰는데 이분은 평소에 대인관계나 어떤 일을 처리함에 있어 지나치거나 턱없이 모자라게 함이 없는, 말하자면 중용을 잘 실천하는 분으로 알고 있습니다.

그러한 중용의 삶의 태도는 아마 이 분의 불교적 신앙에서 오는 영향이 아닌가 합니다.
 작품을 몇 가지만 살펴봐도(월영산, 깡초, 햇살신화 등) 불교적 주제의 작품을 즐겨 쓰며 자신도 그 불심으로 매사를 달관하며 대체로 여유 있게 인생을 살아가는 작가입니다.
 충청도가 고향인 이 분은 구수한 충청도 사투리도 잘 쓰고 우리 소설가 중에 우스개 소리도 구성지게 잘 하는 아주 재미있고 유머러스한 분입니다.
 자신의 고향이 백제의 옛 서울(부여)인 이 작가가 이번에 백제의 영웅 근초고왕을 크게 부각시키며 그를 주인공으로 장편역사소설을 상재하게 된 것은 백제를 바로 알고 우리의 삼국사를 바로 인식하고자 하는 많은 독자들에게 큰 지침이 될 것으로 믿고, 거듭 기쁜 마음에서 이 듬직한 한 권의 책을 추천합니다.

1. 시조, 온조도 둘째였다

긴 겨울이 가고 봄이 왔다.

백제 13대 근초고왕의 아버지 비류왕은 이른 봄, 밤이 이슥해서 자기 둘째 아들 구(句)를(훗날 근초고왕이 됨) 대전으로 불렀다.

비류왕은 그날 밤 둘째 아들을 자신의 곁에 가까이 다가앉도록 한 뒤에 천천히 백제 임금들의 혈통을 이야기하기 시작했다. 그때 구의 나이 열여덟, 아직 혈기 왕성한 젊은이였다.

"구야, 너는 비록 둘째지만 병약한 네 형에 비해 아주 튼튼하게 생겨 늘 애비 마음을 기쁘게 해왔다. 혹여 네가 형 대신 이 나라의 대통을 이을 지도 모르니 지금부터 애비 말을 잘 들어두어라. 하긴 나도 형님이 고작 한해만 임금자리에 계셔서 둘째로서 왕통을 이었다만......."

"황공하오이다, 아바마마!"

등치가 크고 키가 6척이 넘는 구는 얼굴도 우락부락하게 생겼지만 늘 말수가 적고 생각하는 것이 깊었다.

"너는 우리 백제를 건국한 온조대왕으로 부터 치면 꼭 8대 손이다. 그 온조대왕의 5대손, 그러니까 네게는 증조가 되시는 초고왕께서 고이라는 아우를 두셨는데 그 고이왕께서 네게는 큰 아버지이고 내게는 형님이신 사반왕의 뒤를 이어, 그러니까 장 종손의 뒤를 이어 여덟 번 째 임금이 되시는 바람에 우리 백재국의 혈통은 엉뚱하게 어긋나고 말았다.

따라서 너나 나는 어디까지나 온조 할아버지를 시조로 하고 5대 초고왕의 혈통을 이어 받은 초고왕의 자손이지 결코 8대 고이왕의 자손이 아니라는 점을 명심해야한다.

어디까지나, 혹여 앞으로 네게 보위가 주어지면 초고왕의 증손으로서 초고왕을 빛낼 만한 큰일을 해야 할 터이다. 내말 알아듣겠느냐?"

"네, 아바마마, 명심 또 명심하겠나이다."

"그럼 오늘은 우리백제의 건국 시조 온조 할아버지의 예사롭지 않은 생애에 대하여 내가 아는 대로 얘기해 줄 터이니 잘 듣거라."

"네, 아바마마! 저도 온조 할아버님의 건국에 따른 얘기가 몹시 궁금했습니다."

"암, 내게는 7대조이니 대대로 전해오는 온조 대왕의 건국 일화를 내가 아는 대로 들려주마. 그리고 묘한 인연은 그 시조 온조 대왕도 둘째, 나도 둘째 너도 둘째라는 점이다. 본래 왕통은 첫째아들이 잇는 게 상례이지만 나라를 위해서는 더 훌륭한 둘째가 있다면 까짓 첫째면 어떻고 둘째면 무슨 상관이 있겠느냐. 안 그러하냐?"

"네, 아바마마 황공하옵니다."

"허허, 내 그러면 둘째지만 시조가 되신 온조대왕 이야기를 시작 하마."

비류왕은 눈을 지그시 감고 입을 열기 시작했다.

봄밤이 깊어 가는 줄도 모르고 비류왕은 정신없이 온조 임금에 취해 있었다.

*　　　*　　　*　　　*

기원전 30년경, 북부여 사람 추모는 기골이 장대한 청년이었다. 그는 말을 잘 타고 활쏘기, 사냥 등에도 뛰어난 장사였다. 얼굴도 잘생긴 미남이었지만 그의 아버지는 일부러 '주몽'이란 이름은 아끼고 아들의 명이 길으라고 거꾸로 '추모'라 불렀다.

당시 북부여에는 정변이 있었다. 임금 자리를 놓고 임금의 아들들이 서로 다투는 내란이었다.

추모도 성이 고씨로 왕족이었다. 그러나 청년 추모는 시끄러운 나라꼴이 싫어 북부여를 떠나 졸본 부여로 왔다. 자신의 아내 예씨와 어린 아들 유류(유리라고도 불렀다.)는 북부여에 둔 채 말을 타고 먼 길을 떠난 것이다.

왕족인 추모의 집은 넓은 농토와 하인들이 있어 살기에 어려움은 없었다.

기원전 38년 봄 2월이었다.

추모는 졸본부여 땅에 와서 왕궁의 객사에 묵으면서 사람을 넣어 임금인 연타취발을 뵙기를 청했다. 그는 북부여에서 가지고 온 선물(산삼, 패물 등)로 왕의 중신 몇을 사로잡았다.

"북부여의 왕족인 주몽이란 청년이 대왕마마를 뵙고자 합니다."

왕의 우두머리 신하가 임금에게 고했다.

"그 사람이 무슨 연유로 날 찾아 왔는고?"

"정변으로 시끄러운 북부여에서는 벼슬할 마음이 없어서 우리 졸본부여국과 대왕 마마를 흠모한 나머지 웬만한 벼슬자리라면 마다 않고 일 하고자 찾아왔다고 합니다."

"그래? 그러면 사람을 한 번 만나보자!"

마침 조회를 마친 왕 연타취발은 주몽을 불러들였다.

"북부여의 고주몽 대왕마마께 인사 올립니다."

주몽은 엎드려 큰절부터 했다.

"음, 일어나 고개를 들라!"

주몽은 일어서서 고개를 쳐들었다. 그때 순간 대왕은 내심 깜짝 놀랐다.

(아니 북부여에서 온 청년이 이렇게 기골이 장대하고 눈이 빛나며 코가 오뚝할 수 있나.)

"음, 자네 몇 살인가. 아주 잘 생겼는데……"

"올해로 스물 하나입니다."

"그래, 그럼 그 나이에 장가는 갔는가?"

순간 주몽은 거짓말을 하고 싶었다. 미리 들은 얘기지만 졸본부여 임금에게는 시집을 갔다가 과부가 된 소서노(召西奴)란 딸을 궁중에 감춰두고 있다는 사실을 익히 알고 있기 때문이었다.

주몽은 그 딸을 만나고 싶었다. 아니 만나는 데 그치는 게 아니라 그 딸을 지기 사람으로 만들고 싶었다.

"아직 안 갔습니다."

"음? 아직 총각이라? 어찌 아직 장가를 안 갔는고?"

"무술을 닦고, 사냥을 많이 하다 보니 장가갈 틈이 없었습니다."

주몽은 태연하게 대꾸했다.

"허허, 이런 훌륭한 청년이 있나, 내 그럼 자네를 우리 졸본부여의 중신으로 삼아 임금인 나를 호위하는 호위대장으로 명하노니 그리 알고 나가 쉬게나."

임금은 이미 주몽을 혼자 된 딸 소서노의 신랑감으로 삼고 싶었다.

"대왕마마 황공하옵니다. 신명을 바쳐 대왕께 충성을 다 하겠나이다."

주몽은 임금에게 다시 절하고 어전을 물러났다.

비류와 온조, 두 아들의 어머니 소서노는 동부여 계통의 우태라는 사람과 결혼했으나 우태가 30도 못되어 죽자 두 아들을 데리고 졸본부여 아버지의 왕궁에 와서 서켠에 있는 별당에 기거하고 있었다.

스물 한 살의 주몽이 졸본에 왔을 때 소서노는 스물 아홉 살의 아주 성숙한 여인이었다.

호위대장 주몽을 열흘 남짓 지켜본 임금은 어느 날 주몽을 가까이 불러 장차 사윗감이 될 주몽의 마음을 떠보기 시작했다.

"자네, 내게 혼자 된 딸이 있는 것을 아는가?"

"네, 궁안에 거처하다보니 한두 번 지나치다 공주마마를 뵌 적도 있습니다."

"허허 그래? 그럼 그 아이 인상이 어떠하던가?"

"소장이 여자 볼 줄은 모르오나 첫 눈에 아주 미인이면서도 영리한 공주마마로 보였습니다."

"허허, 그럼 아주 다행이구먼, 실은 내 오늘 자네에게 긴히 할 말이 있어 자네와 단 둘이 마주 했네만, 그 아이가 몇 해 전에 혼자됐지 뭔가. 혹 자네가 아직 미혼이라니 나이는 좀 위지만 그 아이의 짝이 돼 줄 수는 없겠나? 또 한 가지 흠이 있다면 그 아이에 겐 이미 열 살, 여덟 살 난 아들 둘이 있지만……"

왕은 말끝을 흐렸다.

"대왕마마, 소장도 이미 다 알고 있습니다. 마마께서 혹여 소장을 부마로 삼아주신다면 소장에게는 그보다 더한 영광이 없사오며 평생 공주마마의 배필로서 공주마마와 두 아기들을 제 친 아들

못지않게 행복하게 해드리고 대왕마마를 목숨 바쳐 받들겠나이다."

주몽은 거침없이 아뢰었다.

"허허, 이렇게 고마울 데가 있나. 내 그럼 우리 공주의 뜻을 알아본 뒤 내일은 궁 안에서 큰 잔치를 베풀어 두 사람의 혼인을 축하하고, 자네를 부마로 삼기로 했다고 널리 공포하지!"

"대왕마마 황공하옵니다."

주몽은 다시 엎드려 머리를 조아렸다.

"아바마마, 저는 그 청년을 믿을 수가 없습니다. 나이 스물이 넘도록 장가를 안 간 것도, 혼자된 과부에게 더구나 아이가 둘이나 딸린 저에게 장가를 들겠다는 것도, 아무래도 그 청년은 오직 아바마마에게 아들이 없고 연치 또한 높으시니 장차 이 나라의 임금 자리나 노리고 온 수상한 사람이 아닙니까?"

주몽을 물린 뒤 임금인 아버지는 어전에 공주 서소노를 불러 딸의 마음을 떠보자 딸 소서노는 이렇게 대꾸했다.

뜻밖에 주몽을 대수롭잖게 본 것이다.

"허, 네 말도 듣고 보니 옳구나. 허지만 애비가 보기에 고주몽이란 청년은 예사사람과는 다르다. 첫눈에 봐도 틀림없는 왕재(王材)다. 우리 졸본부여의 앞날을 생각하면 네가 여왕노릇을 하지 못할 바에야 그만한 청년을 구하기도 어렵다. 애비는 고주몽에게 장차 나라를 맡긴다면 아주 편히 눈을 감을 것 같다. 그러니 괜히 독수공방을 고집하지 말고 내일 연회가 시작되거든 부부의 예를 간단히 갖추고 첫날밤을 맞거라."

대왕은 혼자 된 딸이 그저 안쓰럽기만 하다.

"아바마마, 졸본 땅에서도 잘 찾아보시면 그만 못지않은 사람이 얼마든지 있을 터인데요. 너무 첫눈에 든 그 사람만을 두둔하시니 전 정말 괴롭습니다."

"아니다, 애비는 나이가 지긋하니 사람을 대강 볼 줄 안다. 설사 북부여에 고주몽의 아내가 있다고 치자. 그럼 너는 뭐 새 처녀냐? 내가 그 사람을 부마로 삼으면 그 사람 아내가 있어도 가지 못할 게다. 그만한 영화를 마다하고 조강지처를 찾아갈 미련한 위인이 어디 있겠느냐? 본래 여자는 조강지처보다 둘째 부인으로 있을 때 더 귀염을 받을 수도 있는 것이다. 특히 대궐 안에서는 말이다. 그러니 그저 네가 할 탓이다. 기왕이면 젊고 씩씩한 청년하고 살다 보면 너도 그 기를 받아 더 젊게 살 수 있으니 그 아니 좋겠느냐?"

아버지의 말에 딸은 더 할 말이 없었다.

"알겠습니다. 이 또한 제 팔자로 알고 주몽이란 사람과 부부의 인연을 맺어보지요."

이튿날, 대궐엔 대낮부터 큰 잔치가 벌어졌다. 아무리 두 번째 혼례를 치르는 일이지만 대왕의 딸이 아닌가.

산돼지를 세 마리나 잡아 통나무를 태우며 굽고, 궁 안 광속에 갈무리 된 백일주를 질그릇에 연신 담아내었다.

드디어 조정 신하들에게 오늘은 취하도록 마시게 하라는 임금의 영이 내려졌다. 예관들과 상궁들의 인도에 따라 혼례가 치러지고 신랑 신부는 초례청에서 맞절을 서로 올리므로 백년가약의 기쁨을 나눴다.

이어 피리와 북으로 뒤엉킨 풍악에 맞춰 궁인들의 춤사위가 벌어지고 임금 내외 옆에 앉은 새 신랑 신부도 이른 봄의 햇살을 받으며 자못 웃음을 감추지 못했다.

그러나 주몽에겐 그날 하루해가 너무 길었다. 나란히 앉아는 보았지만 아직 공주와 말 한마디 나누지 못한 처지가 아닌가.

부마의 작위가 어전에서 내려지고 이어 주몽은 궁궐 부마의 방에 좌정하여 많은 신하들로부터 부마가 된 하례를 받았다.

드디어 해가 지고 나서야 주몽은 상궁들의 호위를 받고 공주가 거처하는 별당 앞에 인도되었다.

"공주마마, 새 부마마마께서 드셨나이다."

젊은 상궁 하나가 나직이 아뢰었다.

"음, 어서 드시라고 해라"

주몽은 천천히 공주의 방에 발을 들여놓았다.

"공주마마, 황공하옵니다."

주몽은 굵직한 음성으로 그렇게 한마디 건넸다.

"부마께서는 무슨 말씀을, 호호 어서 드시지요."

공주는 뜻밖에 상냥하기 이를 데 없었다.

주몽은 순간 자신의 새 아내를 고즈넉이 바라보았다. 낮에 초례청에서 본 여인보다 훨씬 예쁜 얼굴이었다.

주몽에게는 비록 여덟 살 위의 공주이지만 결코 자신보다 더 나이 들어 보이지 않는 성숙하면서도 어딘가 애 띤 여인으로만 여겨졌다.

"공주마마, 부마마마 감축 드리옵나이다."

문밖에서 상궁들이 일제히 입을 모았다.

"오냐, 고맙구나. 어서 주안상을 들여오너라!"

공주의 얼굴에 봄꽃이 환히 피었다.
이어 주안상이 들어오고 공주는 술병을 들고 첫잔에 술을 부었다. 이내 주몽도 술병을 받아들고 공주의 잔에 술을 쏟았다.
합환주. 두 사람은 술로 입술을 적셨다.
"공주마마, 여러 가지로 부족한 저를 마마 곁에 불러주시니 거듭 황공하옵니다."
"부마마마, 부부의 연은 하늘에서 내려주는 게 아닙니까. 공주이기 전에 한 지어미입니다. 부디 저버리지 마시옵고 잘 거두어 주시지요."
"공주마마, 과분 하오신 말씀입니다. 저는 오늘의 이 기쁨을 평생토록 이어갈 각오입니다."
봄밤. 얼마 후 두 사람은 밀 촛불을 껐다.
그리고 한 겹 한 겹 옷을 걷어내고 알몸이 되었다. 주몽은 조심스레 공주의 몸을 어루만졌다. 아직 젊음의 탄력이 고스란히 남아있는 농익은 살결이었다. 공주도 가느단 신음소리와 함께 남자의 몸을 끌어안았다. 주몽은 더는 참을 수가 없었다.
드디어 공주의 몸을 눕히고 자신의 튼실한 뿌리를 천천히 공주의 질펀한 샘 속에 밀어 넣었다. 이미 아들을 낳은 주몽으로서는 여자를 아무리 어색하게 다루려고 해도 그리 되지 않았다. 순간, 공주의 입에서 신음소리가 터졌다.
"아아! 당신은 역시 총각이 아니었군요."
공주는 그러면서 불에 덴 사람처럼 화들짝 주몽의 가슴을 떼밀었다.
"아니, 공주마마. 이러시면 전 어쩝니까?"

제법 실한 뿌리가 타의에 의해 뽑힌 주몽은 몸 둘 바를 몰랐다.

"호호, 고백하세요. 나는 아들을 둘이나 낳은 애 엄마예요. 나는 못 속이죠. 부마마마, 이미 혼인한 경험은 있다고 이실직고를 하세요. 괜찮아요. 그 조강지처하고 헤어져서 여기 졸본 땅에 오실 수도 있고요, 아니면 그 분은 그대로 둔 채 부마자리가 탐나서 오실 수도 있고요. 총각이니 뭐니 그딴 거짓말만 하지 마세요. 아무튼 총각은 아니죠?"

공주는 허리를 세우고 앉아서 대뜸 팔짱을 꼈다.

"공주마마, 황공 하오이다. 솔직히 결혼한 사실은 있사오나 그 여자하고는 뜻이 맞지 않아 서로 헤어져 살기로 약조해서 그만……"

"자식은요?"

"에, 아들은 히니 두었습니다민 제 에미의 친징이 닉닉해서 외가에 데리고 가 키우기로 하고 헤어졌습니다."

주몽은 목이 칵 메었다. 다 잡은 고기를 놓칠 것만 같은 두려움 때문이었다.

"호호, 좋아요. 그러나 한 가지 약조를 저하고 꼭 해 주셔야 이 첫날밤에서 쫓겨나가지 않을 수 있어요."

공주는 알몸인 채 차분하기만 했다.

"그게 뭡니까?"

"제 말 잘 들으세요. 아들이 없는 대왕마마인 우리 아버지는 곧 돌아가십니다. 그러면 이 졸본부여는 부마이신 당신이 임금이 되십니다. 그때 다음 임금 감으로 당신이 북부여에 두고 온 당신의 아들을 불러 태자로 삼는다면 전 오늘밤 당신의 아내가 될 수 없습니다. 당신이 임금이 된 뒤에도 내내 제 큰아들 비류로 태자를 삼고 당신이 세상을 뜰 때 다음 임금으로 왕위에 오르게 하겠다는 약속을 지금 당장 해 주셔야 저는 당신의 몸을 받을 수 있다 그 말입니다."

무서운 여자였다. 그러나 주몽은 태연했다. 까짓 그런 약속이라면 얼마든지 거짓말을 할 수 있을 것 같았다.

왕이 되기까지가 문제지 왕이 된 뒤에는 태자는 왕의 뜻대로 책봉하면 그만 아닌가 싶어서였다.

"공주마마, 분부대로 거행하겠나이다. 혹시 제가 임금 자리에 오른다면 태자는 당연히 비류 아기씨로 봉하고 제가 세상을 하직할 때는 비류태자께서 왕위를 잇도록 응당 유언하겠나이다."

주몽은 거의 침통한 음성으로 말하고 아예 무릎을 꿇었다. 그러자 공주가 빙그레 웃고 주몽의 손을 잡아끌었다.

"부마마마, 어서 일어 나셔요. 그리고 꼭 그렇게만 약조를 지켜 주세요. 틀림없죠?"

공주도 여자였다. 주몽은 속으로 헛웃음이 나왔다.

(흥, 그러면 그렇지, 어디 두고 보자!)

주몽은 다시 고개를 주억거렸다.

"아이 너무 좋더라! 빨리 다시 시작해요."

"공주마마, 고맙습니다."

혈기 왕성한 주몽은 다시 자신의 뿌리를 세웠다. 그리고 공주의 윤기 있고 헐거운 성을 사정없이 공격했다.

열 살 난 비류와 여덟 살 난 온조는 그런 대로 새 아버지를 잘

따랐다.

　주몽은 그들 형제를 친아들처럼 예뻐했다. 무엇보다 새 아버지와의 사냥길이 흥미진진했다. 사냥 길에서도 비류보다는 온조가 당차고 날쌨다. 주몽은 그런 온조를 예사로 보지 않았다.

　(음 온조 놈이 크면 왕 노릇을 할 만 하겠구나.)

　주몽은 내심 온조가 두려웠다.

　비류는 주몽에게 '아버지'란 말을 잘 했지만 온조는 웬만해선 '아버지'란 말을 하지도 않았고, 어쩌다 쓸 경우에는 '새 아버지'라고 '새'자를 꼭 붙였다.

　결혼 초, 주몽과 소서노의 부부애는 아주 좋았다. 워낙 기골이 장대한 주몽이라 나이 지긋한 아내를 만족시키는 데는 아무 어려움이 없었다.

　소서노는 아무 걱정이 없었다. 새 남편은 전하의 장사요, 그가 두 아들을 친자식처럼 귀여워하는 바에야 머지않아 아버지가 돌아가시면 새 남편을 왕위에 올리고 자신은 왕비노릇만 하면 무슨 여한이 있으랴 싶었다.

　세월은 화살처럼 흘렀다.

　두 사람이 결혼한 지 18년이 지났다.

　드디어 졸본부여의 왕 연타취발은 세상을 떠났다. 물론 자신의 왕위는 사위인 주몽에게 승계 한다는 유언과 함께 눈을 감은 것이다.

　소서노는 비로소 왕비가 될 꿈이 이루어지자 아버지의 죽음은 무한 슬펐지만 한 편 자신의 왕비자리는 너무 큰 기쁨이 아닐 수 없었다.

그러나 왕이 떠난 다음날, 주몽은 졸본부여의 임금 자리에 앉자마자 신하들에게 기상천외의 명을 내렸다. 하긴 그것은 이미 주몽이 왕이 될 것을 예감한 이를테면 친왕파 들과는 알게 모르게 약속이 된 수순이었는지도 몰랐다.

"과인은 졸본부여란 국호를 버리고 고구려란 나라 이름을 쓰겠소. 그리고 새 고구려의 왕비는 내 조강지처인 예씨로 봉하겠소. 따라서 내 뒤를 이을 태자도 저 동부여 땅에서 애비를 그리워하는 유리로 봉하겠소."

그동안 북부여에 살던 고주몽의 조강지처 예씨와 그의 아들 유리는 북부여를 떠나 졸본부여와 이웃하고 있는 동부여로 옮겨와 주몽이 등극할 날만을 학수고대, 일각이 여삼추로 기다리고 있었다.

그 모자의 오랜 꿈이 이제 현실로 다가온 셈이었다.

"대왕마마, 지당하신 말씀이십니다. 이제 이 나라는 오직 대왕마마의 나라입니다. 하루 빨리 동부여에 계신 왕비 마마와 태자가 되실 유리 왕자를 모셔와야 할 것입니다."

"글쎄, 소서노 공주에겐 미안한 노릇이지만 소뿔은 단김에 빼라 했듯이 일은 처음부터 확실하게 해 두는 편이 옳은 듯 하니 내일이라도 누가 동부여에 가서 내 식솔들을 데리고 와주기를 바라네."

"지당하신 분부입니다."

친왕파의 신하들은 다투어 왕명을 찬양했다. 그리고 그의 부하 셋에서 이튿날 동부여로 떠나기로 했다.

그러나 같은 시각 소서노의 별궁에선 소서노를 따르는 많은 신하들이 비분강개한 심경으로 소서노를 부추기고 있었다.

"공주마마, 이 번에 새로 등극한 고주몽왕은 우리 졸본부여의 왕이 아니옵니다. 그분은 이미 국호도 당신의 성인 고자를 넣어 고구려라 했고, 태자도 비류태자가 아닌 당신의 적자인 유리로 봉한다하오니 이런 배은망덕한 일이 어디 있겠습니까."

소서노를 따르는 여러 신하 중에서 오간이 분을 못 참고 아뢰었다.

"그러하옵니다. 공주님이 영을 주신다면 저희들은 죽기를 각오하고 고주몽의 대궐을 쳐부수고 공주님을 임금으로 받들 생각입니다."

"그러하옵니다. 공주님이 영을 내려주십시오!"

그러나 나이 지긋한 소서노는 냉큼 무슨 말을 할 기미가 아니다.

"어마마마 무슨 말을 좀 해보세요. 고주몽이란 사람은 이제 우리 아버지가 아닙니다. 우리는 고주몽의 친왕세력을 몰아내고 외할아버지께서 가꾸신 졸본부여의 왕통을 하루 빨리 되찾아야 합니다."

소서노의 큰아들 비류가 울먹이며 아뢰었다.

"형님의 말씀도 일리가 있습니다. 그러나 이미 친왕파의 세력은 우리 어머니를 따르는 몇몇 신하의 힘으로는 도저히 당해낼 수 없을 만큼 그 숫자로 보나 힘으로 보나 크게 앞서 있습니다. 공연히 무모한 싸움에 휩쓸려 사람만 많이 죽거나 다치게 하시지 마시고 조금 더 시간을 두고 이 나라가 어떻게 달라지나 그 변모를 보시지요. 보다가 도저히 안 될 조짐이면 차라리 이 나라를 떠나 다른 땅에 가서 새 나라를 세울 수도 있지 않겠습니까?"

나이 이제 스물 일곱의 청년 온조가 또렷하게 말했다.

"그래, 오늘 여러분이 나와 우리 두 아들을 위해 좋은 이야기를 해 주셨는데 내 심경은 몹시 착잡하오. 우선은 공연한 피를 흘리게 하느니 참고 기다리는 편이 현명할 것 같소. 하여 지금은 내 작은 아들 온조의 말을 따르겠소. 다들 물러가시오."

결국 고주몽이 이끄는 친왕파의 세력과 소서노가 주동이 된 계루부의 공주파는 그 뒤 치열한 권력투쟁을 벌였지만 역시 군사를 쥐고 있는 친왕파가 왕권과 더불어 군권을 장악, 소서노의 기세를 꺾고야 말았다.

이에 따라 동부여에 머물고 있던 주몽의 본처와 그의 아들 유리가 당당하게 대궐에서 모습을 드러내고 주몽은 드디어 서기전 19년 4월 따뜻한 봄날을 택하여 유리를 태자에 책봉하는 의식을 거행했다.

그러나 그때 이미 주몽의 나이 40을 넘겼으며 고질인 위장병으로 고구려를 세우고 태자를 유리로 봉한 뒤 고작 반 년 만에 주몽은 불귀의 객이 되고 말았다.

이때 소서노의 큰아들 비류는 혹시 유리가 왕위를 자신에게 양보할까하고 한 가닥 희망을 갖기도 했으나 워낙 선왕인 주몽의 유언도 유언이려니와 친왕파가 다시 철석같이 뭉쳐 유리를 왕으로 추대하는 바람에 공주파의 꿈은 산산조각이 나고 말았다.

"고주몽이 처음 졸본 땅에 와서 부마되기를 원했을 때 내가 믿을 수 없는 사람 같아 대왕께 몇 번이나 혼인을 거부한 바 있었소. 그래도 부왕께서 그만한 사람 없다고 강권하셔서 마지못해 혼인을 했더니 결국 20년이 못되어 나와 내 두 아들을 배신했구려. 고주몽이 명이 짧아 혹시 우리 아들 비류에게 희소식이 있을까하고 지금까지 기다려 보았지만 이제 새 임금으로 나이 스물 서넛의 유리가 왕위에 올랐으니 이 땅은 졸본부여와는 아무 인연이 없는 고구려의 땅이 되고 말았오. 이제 내 먼 남쪽으로 가서 두 아들과 더불어 새 나라를 세우려 하니 나와 뜻을 같이 하는 분은 내 뒤를 따르시오!”

서소노는 분연히 망명길에 오를 것을 천명했다.

큰아들 비류도 어머니의 뜻을 따르기로 마음을 굳히고 입을 열었다.

“처음 고주몽이 북부여에서 난을 피해 이곳으로 왔을 때 외조부님은 물론 우리 어머니의 도움이 너무 컸었소. 그런데 외조부님이신 대왕께서 승하하시자 고주몽은 어머니와 대왕을 배신하고 고구려란 엉뚱한 나라를 세웠고, 이제 왕위마저 자신의 적자인 유리에게 내주고 구천으로 갔으니 모든 것은 고주몽의 뜻대로 된 셈이오. 이제 우리가 여기에 머물러 있으면 공연히 쓸모없는 사람이 되어 더 답답하고 우울하게 지내게 될 터이니 어머님 말씀대로 먼 남쪽으로 가서 따로 나라와 도읍을 정하는 것이 아주 좋은 생각 같소.”

“형님, 저는 이미 외조부가 돌아가신 뒤에 떠나자고 제의한 사람이오!.”

온조도 눈을 치켜뜨고 한마디 덧붙였다.

“그래, 그 때 아우의 말을 들었으면 지금은 이미 도읍을 정했을 터인데…..”

이들의 망명길에는 두 아들은 물론 오간, 마려, 을음 등의 열 명의 중신과 졸본부여의 많은 백성 그리고 군사들까지도 동참했다.

그들은 남쪽으로 내려오다가 당시 중국 본토에 뿌리를 내리고 있는 낙랑과 대방 쪽을 향해 가기 위해 배를 타고 바다(발해)를 건넜다.

여러 달 동안 망명길에서 고생한 그들은 결국 지금의 산동반도, 다시 말하면 황하의 남쪽에 자리를 잡았다.

당시 '하(河)'라고 하면 중국의 황하를 가리키는 말이요 백제의 첫 도읍지가 하남의 위례성이라고 말함은 우리나라 한강의 남쪽이 아니라 중국 황하의 남쪽이다.

뒤에 나라이름을 백제(百濟)라 한 것도 거의 백 가구에 해당하는 백성들이 바다를 건너고 중국 황하아래 대방 지역에 도착하여 패수(沛水)와 기수(沂水)를 건넜다는 데서 유래한다.

굳이 도성의 이름을 위례성(慰禮城)이라 한 것도 당시 망명길에 오른 비류 일행에게 대방이 그런 대로 '위로와 예'로 대해 준 것을 고맙게 여겨 그리 이름 한 것이다.

그러나 대방 땅에 도읍을 정한 비류 일행에게 예기치 못한 압력이 가해지기 시작했다. 그것은 대방의 북쪽에 자리한 낙랑의 위협이었다. 실은 대방도 낙랑의 통치를 받고 있는 약소국의 처지였으니 그 대방 안에 세운 백제에게 낙랑의 횡포가 없을 수 있었겠는가. 당장 대방 땅에서 떠나거나 그렇지 않으면 수 백 석의 조공을 바치라는 불호령이 내려졌다.

비류는 생각다 못하여 아우 온조에게 군사와 백성의 반을 내줄 터이니 바다를 건너 한반도의 마한 땅에 가서 새로운 나라를 세워 봄이 어떠하겠는가하고 권했다.

"형님의 뜻이 그러하다면 못 갈 것도 없습니다."

온조는 낙랑의 처사를 못마땅하게 여기던 차에 위례성을 떠날 결심을 했다.

"아우가 먼저 가서 자리를 잡고 그 땅이 마음에 든다면 나도 머지않아 아우의 뒤를 따를 생각도 가지고 있네."

"형님과 어머님! 저는 먼저 마한 땅으로 건너가겠습니다."

온조는 비장한 각오로 말하고 며칠 후 위례성을 떠났다.

형 비류의 권유에 따라 황해를 건넌 온조 일행은 일단 미추홀(인천)에 도착했다. 얼마 후 그들은 마한의 배려로 마한의 북방이며 한강수의 북쪽에 자리를 잡게 되었고 온조 또한 마한의 '위로와 예'가 고마워 다시 도성의 이름을 중국에서 형이 붙인 그대로 '하남위례성'이라 명명하게 된다.

마한의 왕은 마한 땅의 북방 약 100리를 온조에게 내주었는데 이곳을 일명 '색리국'(索離國)이라 하며 마한 50여 고을 가운데 가장 북쪽에 위치한 땅이다.

온조 일행이 자리 잡은 '색리국'은 북으로 말갈, 동으로 한반도의 낙랑(동예)과 대치하고 있었고, 남으로 마한이었으나 그 마한을 조금씩 조금씩 병합하며 국토를 넓혀 나갔다.

한편, 그동안 중국 대방 땅에 '위례국'을 세운 비류 일행은 어찌 되었을까.

비류의 명에 따라 그들은 영역을 넓히고 위례성을 쌓고 목책을 둘렀다. 이 소문이 낙랑태수의 귀에 들어가자 그는 크게 화를 내고 성과 목책을 헐어 낼 것을 요구한다. 그러나 비류도 고집이 대단했다.

"우리가 낙랑 땅에 성과 목책을 세운 것도 아니고 대방 땅에 와 있는 우리에게 어찌 간섭이 이리 자심 한가? 까짓 겁낼 것 없다."

그러자 낙랑태수는 분을 이기지 못하며

"처음 비류 일행이 내려와 사신을 교환하고 우호관계를 맺자 함에 그런 대로 받아준 바 있다. 그러나 마수성에 성을 쌓고 병산에 목책을 세우는 등 점점 우리 낙랑을 넘볼 기미가 보인다. 대방도 우리 낙랑의 지시를 어기지 않거늘 대방에 붙어사는 위례성이 이 무슨 해괴한 태도인가. 혹여 옛날의 우호관계를 다시 유지할 양이면 즉시 성을 허물고 목책을 제거하여 우리 낙랑의 억측과 의심을 사지 않도록 해야할 것이다.

만일 그렇게 하지 않을 때는 전쟁밖에 없다. 우리는 곧 위례성을 침공할 작정이다."

낙랑태수의 이 말에 비류도 발끈했다.

"성을 쌓고 목책을 둘러 나라를 수비하는 것은 고금의 모든 나라가 갖는 정상적인 방편이다. 어찌 이런 일로 두 나라의 우호와 친교를 허물려고 하는가. 이는 낙랑태수의 쓸데없는 오만이다. 만일 그가 강함만을 믿고 전쟁을 불사한다면 우리 또한 좌시 하지는 아니할 것이다. 우리도 군사를 내어 대응할 것이다."

이로 인하여 낙랑과 위례성의 우호관계는 완전히 깨졌다.

이후 여러 번에 걸쳐 낙랑의 침공을 받던 비류는 마침내 생각을 바꿀 수밖에 없었다.

그는 나이 지긋한 어머니에게 자신의 심경을 고백하기 시작했다.

"어머니, 저는 버틸 만큼 버텨 보았지만 역시 낙랑은 제 힘으로 어찌할 수 없는 강한 나라입니다. 요즘 저는 한반도에 먼저 가 마한 땅에 나라를 세우고 영토를 넓힌다는 아우 온조가 너무 부럽습니다. 어머니 곧 온조가 있는 한반도로 저와 함께 건너가시지요?"

"글쎄 말이다. 네가 정 아우의 나라에라도 가보자면 에미는 따라갈 수밖에 없지만 과연 네 아우가 우리 일행이 찾아가는 것을 좋아하겠느냐?"

"그래도 어쩝니까. 형제는 피를 나눈 천륜의 사이가 아닙니까? 더구나 온조도 효심이 있는데 어머니를 모시고 찾아가는 형을 무작정 마다하지는 않겠지요?"

"글쎄, 네가 가면 당연히 온조가 제 임금 자리를 형인 너에게 양보해야할 판인데 과연 그럴 지 걱정이다."

"아우기 아무리 스스로 세운 나라라 하더라도 어머니와 형이 갔는데 어찌 임금 자리를 고집하겠습니까. 우선 가시지요!"

"좋다, 네 말대로 미추홀(인천)에 가보자!"

하여, 비류 일행은 산동반도에 세운 위례성을 떠나 바다를 건너 미추홀(인천)에 당도했다. 그러나 온조는 형이나 어머니가 온다는 사실을 달가워하지 않았다. 이제 나라의 형편이 막 피어나려 하고 영토도 조금씩 넓혀나가는 판에 형이 온다면 무엇보다 왕위를 내주어야 하지 않겠는가. 신하들에게도 그런 사정을 물어보았다.

"우리 형님이 어머니를 모시고 곧 우리나라로 오신다는데 그렇다면 임금 자리를 형님에게 내 주는 것이 마땅하지 않겠는가?"

"천부 당 만부당하신 생각이십니다. 대왕께서 얼마나 고생하시며 만든 나라이온데 아무리 형님이라고 해도 그런 나라를 하루아침에 형님에게 내 드릴 수가 있겠습니까?"

온조는 밤잠을 설칠 만큼 괴로움이 많았다.

드디어 비류 일행이 미추홀에 당도했다는 소식이 전해졌는데도 온조는 몇 가지 핑계를 대고 그들을 맞아들이지 않았다.

"허허, 역시 어머니의 걱정이 기우가 아니었구먼요. 아우는 어머니와 형의 일행을 만나려고도 하지 않는다니 어쩔 도리가 없지 않습니까. 이 미추홀에 머물면서 아우의 하회를 기다릴 수밖에요."

비류의 이 말에 어머니 소서노는 발끈했다.

"온조 이놈! 아주 못된 놈이다. 아무리 임금 자리가 탐나도 그렇지. 어찌 에미와 형이 그 먼 땅에서 바다를 건너 저를 찾아 왔는데 만나주지도 않는단 말이냐? 당장 내 앞에 있다면 그놈의 목을 베고 싶은 생각뿐이다."

"허허, 어머니 조금 더 기다려 보시지요. 설마 제 놈이 부모와 형제의 인연을 한없이 끊고야 살겠습니까?"

그러나 아무리 세월이 가도 온조는 미추홀에 사람을 보내지 않았다.

드디어 비류 일행은 온조가 왕위를 내주기 싫으니까 자신들을 만나주지도 않음을 깨닫는다.

"대왕마마 이제 힘으로 싸울 수밖에 없습니다!"

비류의 신하들은 온조와의 전쟁을 불사했다. 그러자 비류의 어머니 소서노가 맞불을 지르고 나왔다.

"당연한 말들이다. 제 에미와 형이 바다를 건너 왔거늘 몇 달이 지나도 찾아오기는커녕 제 있는 곳에 발걸음도 못하게 하는 자식이 어찌 내 자식이며 네 아우라 하겠느냐? 비류 자네는 어서 군사를 내어 온조의 성을 깨부수고 나라를 형인 자네가 차지해야할 것이다. 내 비록 여자의 몸이지만 나도 갑옷을 입고 온조를 치러 가는데 앞장을 설 각오이다!"

소서노는 비록 여자의 신분이지만 비류와 온조 일행의 망명을 주도한 여장부다.

웬만한 여자 같으면 비록 왕비 자리는 본처에게 내주더라도 고주몽의 첩이 되어 호강을 누리며 살수도 있겠지만, 태자 자리도 자기가 낳은 아들들에게 돌아오지 않자 분연히 망명길을 떠나 새 나라를 만들고 중국 산동반도 쪽에서는 그것도 뜻대로 되지 않자 한반도 쪽으로 와서라도 큰아들인 비류를 무슨 일이 있더라도 꼭 왕위에 앉히려는 큰 뜻을 품은 여인이 아니었던가.

또한 대방 땅에서의 일이 뜻대로 되지 않자 차선책으로 온조로 하여금 한반도 마한 땅에 가서 터를 잡고 형과 에미가 훗날 찾아갈 때까지 기다려 달라고 당부했지 아우인 너 자신이 왕위를 지키라고 한 적은 없는 어머니였다.

"나도 갑옷을 다오! 이 온조 놈을 당장 베고 말 것이다."

비류의 군사가 온조를 치러 출병하는 날 소서노는 정말 노발대발 앞장을 섰다.

"어머니! 어머니의 춘추가 이제 회갑이십니다. 회갑 노인이 이러시면 백성들도 웃습니다."

큰아들 비류는 눈물로 어머니를 말렸다.

그러나 어머니는 어디서 났는지 이미 갑옷을 입고 군사들을 독려하고 나섰다.

군사들도 노마님이 갑옷까지 입고 나왔다니 오히려 사기가 충천하고 전의가 불꽃처럼 타올랐다.

그러나 온조는 만만하게 형의 군사들에게 지고 말 사람이 아니었다. 우선 군사의 규모가 비류의 군사에 비해 열 배는 될 만큼 많았다. 그리고 그동안 마한의 여러 고을을 침공한 전투 경험이 있어 온조의 군사는 맹장과 맹졸로 전술이 비범했다.

그러니 싸움은 지금의 서울 근교에서 싱겁게 끝이 났.

소서노는 비록 다섯 명의 날쌘 군사를 자신의 주변에 두고 적과 대응해 보았지만 오히려 이상한 거동이 적의 표적이 되어 온조 군사의 화살에 맞아 첫 접전에서 전사(?)하고 말았다.

온조는 결국 자신의 군사로 자신의 어머니를 죽인 불효막심한 임금이 되고 만 셈이었다. 온조 13년, 서기 6년 전 봄 2월, 그러니까 그의 어머니 소서노는 나이 61세의 환갑에 그 한 많은 삶을 거두고 만 것이다.

한편, 미추홀에서 어머니를 아우와의 전쟁터에 보내고 마음이 조마조마했던 비류는 급기야 어머니의 전사 소식을 듣고 말을 달려 현장 쪽으로 달려온다.

드디어 어머니의 시신을 확인한 비류는 땅을 치며 통곡을 한다.

시신을 모시고 다시 미추홀 진영에 당도한 비류는 가까운 산에 어머니를 묻는다.

다음 날 비류는 중국에서 숨겨 가지고 온 독약을 물에 타 먹고 스스로 자결을 하고 만다.

온조로서는 어머니와 형 두 혈연을 한꺼번에 잃은 비극이 아닐 수 없었다.

그런 소식을 전해들은 온조의 마음도 편할 리가 없었다.

"내 비록 형님과의 싸움에서 이기기는 했으나 불효막심하게 어머니를 잃고 형님마저 자결했다고 하니 이 위례성에 더 머물기가 싫구나. 어디 한수 남쪽쯤에 새 궁성을 세울만한 곳이 있는지 알아들 보시요."

온조는 신하들에게 명했다.

"옳으신 분부이옵니다. 지금부터 새 궁성자리를 물색해서 일을 한다면 늦어도 3, 4년 뒤에는 천도가 가능할 것으로 아옵니다."

당상관인 한 신하가 아뢰었다.

"어머니가 돌아가시고 밤마다 꿈에 요사스런 징조가 자주 보이고 형님의 얼굴도 자주 보이니 내 마음이 편치가 않소. 경들은 그리 힘써주시오!"

"대왕마마의 분부대로 기행히겠니이다."

온조는 위례성을 버리고 한수 남쪽으로 천도할 것을 결심한 뒤 우선 마한왕에게 사람을 보내 천도할 뜻을 알렸다.

마한왕은 '위례성'이란 이름으로 시작한 온조에 대해 천도를 하든 말든 큰불만이 없었다. 어떤 의미로는 사전에 이렇게 예를 갖추어 뜻을 전해주는 온조가 고마울 뿐이었다.

온조는 드디어 어머니가 돌아가신 그 해(서기전 6년) 7월부터 한산 (지금의 서울)아래에 목책을 세우고 위례성에 살던 백성들을 이주시키기 시작했고, 이듬해 정월에는 자신도 아예 한강 남쪽으로 대강 지은 행궁에 옮겨 와 정사를 보살폈다.

그러나 한강 남쪽에는 아직 성곽도 궁궐도 없는 초라한 상태였다. 따라서 온조는 거의 2년 동안 행궁에서 거처하다가 서기전 4

년 1월 새 궁궐이 완성되자 한성으로 옮겨 가 나라를 다스리게 되었다.

한강 남쪽인 새 도성 한성도(지금의 송파구 일대) 이제 막 시작한 나라의 궁성답게 결코 웅장하거나 사치스럽지 않았다. 검소하면서도 누추하지 않았고, 아담하고 화려하면서도 결코 야단스럽지 않았다.

이는 곧 궁성의 규모가 그리 크지 않았지만 그런 대로 단단하고 위엄 또한 있어 보였다는 의미다.

이렇게 온조가 한성으로 옮겨 앉자 위례성은 텅 비게 되었고, 그 틈을 노려 동예가 서기전 1년에 군사를 일으켜 위례성을 점령하고 성곽을 불태우는 과격한 일을 저질렀다.

설상가상으로 이듬해 10월에는 북쪽의 말갈이 쳐들어 왔다. 그러나 온조는 이번에는 그리 만만하게 당할 수만은 없었다.

온조는 손수 군사를 이끌고 말갈과 접전, 말갈을 대파하여 크게 이겼다. 게다가 말갈을 이끌던 추장 소모까지 생포하여 마한으로 압송하였다.

세월은 거침없이 흘렀다.

온조 25년 2월이었다. 왕궁의 우물이 이상하게 넘쳤다. 그리고 한성의 민가에서 말이 소를 낳았다. 그런데 그 소는 머리는 하나였으나 몸은 둘이었다. 괴변이 아닐 수 없다.

온조는 신하를 시켜 일자(日者, 점술가)에게 그 연고를 물어보라고 했다.

"우물이 엄청나게 넘치는 것은 나라와 대왕께서 크게 융성할 징조이며, 하나의 머리에 몸이 둘인 소가 태어난 것은 대왕께서 이

윗나라를 합병할 좋은 조짐입니다."

온조는 이 말을 전해 듣고 크게 기뻐했다.

그 뒤 온조는 마한과 진한을 합병할 계획을 세우기 시작했다.

온조의 첫 목표는 마한이었다.

마한은 중앙집권적 조직을 갖춘 것이 아니라 지방 분권적 형태로 이룩된 나라이기 때문에 대륙에서 이주해온 백제 변한 등에 잘 밀려 국력이 보잘게 없었다.

온조는 서기 8년 10월에 사냥을 핑계 삼아 대군을 마한 지역으로 옮긴 다음 불시에 마한의 궁성을 침공했다.

백제의 기습을 받은 마한은 미처 손 쓸 사이도 없이 무너졌고, 이렇게 영토를 대폭 확장시킨 온조는 서기 13년 지방 행정 조직을 개편, 전국을 크게 남부와 북부로 나누고, 2년 뒤인 서기 15년에는 다시 동부와 서부 2부를 설치함으로서 모두 4부의 체제를 확립하고 비로소 국가로서의 기틀을 마련, 백제의 기상을 일신하였다.

한 때 온조는 북쪽의 말갈족의 침략을 받아 한강 이북에 거점을 마련하여 위례성을 다시 수리하고 15세 이상의 장정을 대거 동원, 말갈의 기세를 차단하기에 이른다. 온조의 이와 같은 조처로 말갈의 침입은 더 이상 없었다.

이처럼 온조는 백제 창업의 기틀을 갖추는데 온힘을 다하다가 서기 28년 2월에 그 파란 많은 생을 마감한다.

그가 생을 마치자 신하들은 그에게 온조(溫祚)라는 묘호를 추서했다. 여기에서 조(祚)는 '왕위'를 의미한다.

임금의 자리에 오르는 것을 등조(登祚)라 함이 이를 받침 한다. 따라서 조(祚)는 조(祖)와 같은 뜻으로 뒤에 사람들이 온조(溫祖)

라 하여 태조(太祖)나 고조(高祖)와 같이 써오고 있다.

그리고 온조의 '온'은 순수한 우리말로 치면 '백(百)' 혹은 '모두' '전부'라는 뜻으로 쓰임을 보면 온조의 묘호는 '백제의 왕', '모든 것의 왕', '가장 큰 왕' 등으로도 생각할 수 있으니 온조야말로 백제 700년 역사의 첫 임금으로서 개국이라는 위대한 업적을 남긴 채 그의 아들 다루에게 왕위를 물려주고 눈을 감은 것이다.

*   *   *   *

긴 이야기를 마친 근초고왕의 아버지 비류왕은 백제 6대 임금인 구수왕의 둘째아들이다.

그는 형인 7대왕 사반에게 왕위를 내주고 오랜 동안 침묵을 지키고 때를 기다리며 살아오다가 10대 분서왕에 이어 11대로 왕위에 오른다. 그 당시 분서왕의 맏아들 계(契)는 너무 어려서 몇 대 위인 할아버지 비류왕에게 먼저 왕위를 내준 셈이 된다.

뒷날 계는 비류왕이 죽자 그런 대로 임금이 되긴 했지만 고작 재위 3년 만에(실제로는 1년 11개월) 근초고왕에게 왕위를 넘긴 것이다.

그날 밤 비류왕은 "너는 비록 나와 같이 둘째 아들이지만 온조 할아버지도 둘째였음이 분명하니 첫째 둘째를 따지지 말고 때가 되면 나라를 위해 온조 할아버지 못지않은 큰일을 해야 한다."라고 당부한 그 말을 근초고왕은 두고두고 가슴에 새긴 바 있다.

2. 개루왕은 닮지 마라

근초고왕의 아버지 비류왕은 이렇게 온조 대왕의 위업을 칭송하며 아들에게 그 큰 뜻을 받들기를 누누히 당부했지만 이번에는 같은 둘째 아들이며 백제 제 4대 임금인 개루왕 이야기를 통해 임금이 이렇게 정사를 등한히 하고 여색에만 몰두하면 임금의 체통은 말할 나위도 없고 나라가 크게 흔들릴 수도 있다는 전제로, 어느 날 밤 개루왕의 이야기를 거침없이 털어놓았다.

당시는 새파란 청년이었지만 훗날의 근초고왕인 그는 이미 가슴에 큰 꿈을 안고 있기에 아버지의 어떤 얘기도 자신에게는 거울이 될 수 있다고 믿고 귀담아 들은 것은 물론이었다.

*   *   *   *

백제 제 3대 임금 기루왕은 재위 50여년으로 오랜 동안 임금 자리에 있었으나 나이 100세에 가깝도록 첫 왕후의 아들을 태자로 봉한 사실이 없다가 그가 세상을 떠날 무렵, 결국 후궁 소생의 아들을 태자로 봉했고 이 태자가 4대 개루왕(蓋婁王)으로 등극, 재위 38년 동안 (128~166) 백제를 다스린 임금이다.

그러나 이상하게 개루왕은 호색가였다.

이제 나라의 기틀도 웬만큼 잡혔으니 백성들은 마음 놓고 생업에 전염하면 그만이었다. 그런데도 한산(서울)을 비롯해서 국내 곳곳에 사는 백성들의 살림살이는 어딘지 모르게 불안하기만 했다. 그것은 다름 아닌 임금 때문이었다.

임금이 닥치는 대로 용모가 아름다운 여인이면 대궐로 잡아들인다는 소문이 파다했으니 말이다. 그만큼 개루왕은 남달리 색을 좋아한다는 것이었다.

"내가 임금이니 전국에 모든 여자는 다 내 시중을 들어도 되는 게 아닌가?"

개루왕은 이렇게 엉뚱한 생각을 신하들에게 거침없이 말하기도 했다.

"……………"

그러나 신하 누구도 그 말에 토를 달수가 없었다.

개루왕은 여자를 단순히 좋아하는 게 아니라 거의 광적으로 집착했다.

어느 집이거나 그 집에 어여쁜 여자가 살고 있다는 소문만 나면 그건 큰일이었다. 임금은 그런 집에 부하를 보내어 당장 불러다가 자신의 욕정을 채우고야 말았으니 말이다. 임금은 그 여자가 그 집의 귀한 외동딸이건 남편이 있는 부인이건 그런 건 기리지 않았다.

또 그 여자가 사는 집 신분이 재상집이건 천민의 집이건 그것도 상관없었다.

이와 같은 왕의 황음호색은 갈수록 더 심해졌다.

이제는 서울 근교의 여자들만 불러들이는 데 그치지 않고 지방에까지, 그러니까 방방곡곡에 부하를 보내어 어여쁜 여자면 무조건 잡아오도록 했다.

'계집 사냥꾼', 사람들은 그런 임금의 부하를 이렇게 불렀다.

그들은 대개 날쌘 무사였다. 그들은 마을 뒷산 같은 데서 말을 타고 망을 보고 있다가 밭에서 김을 매고 있는 아낙 중에서, 우물에서 물을 긷는 여인 중에서, 혹은 냇가에서 빨래를 하는 처녀나

아낙네 중에서 예쁘다고 생각되는 여인이 보이면 바람처럼 나타나 말 한 마디 없이 그 여인의 허리를 낚아채어 말에다 싣고 그 길로 대궐로 향해 얼마 후에 임금에게 진상하곤 했다.

그 바람에 문 밖에서 말발굽소리만 나면 사람들은 모두 '계집사냥꾼'인줄 알고 겁을 먹고 숨기 시작한다. 그때 젊은 여자들은 마루 밑으로, 짚더미 속으로, 심지어 큰 물독 속으로까지 몸을 숨기기도 했다.

도미(都彌)란 남자는 이렇게 불안한 때에 하필 백제의 서울 한산에 살고 있었다. 별다른 벼슬은 없었지만 부모의 덕에 땅은 넉넉히 가지고 있었고 종들도 여럿이나 거느리는 부자였다.

더구나 그에겐 아주 예쁘고 건강한 아내가 있었고, 그것은 큰 자랑거리이기도 했다. 마을 사람들은 그런 도미의 아내를 부러워하며 칭찬했다.

도미의 아내야말로 대궐에서 예쁘다는 궁녀들에 비해 조금도 뒤지지 않는 미인이라고 그들 스스로 믿고 있었기 때문이다. 게다가 남편을 극진히 섬기는 착한 마음씨, 집안을 유리알처럼 가꾸는 살림 솜씨, 바느질이든 음식이든 어느 구석 하나 흠 잡을 데 없는 좋은 아내였다.

"여보, 이 세상에서 나보다 더 복이 많은 사람은 없을 거요. 내 비록 큰 벼슬은 못하고 있지만 먹을 것, 입을 것 넉넉하지 거기다 천하에 제일가는 아내를 두고 있으니 이 얼마나 큰 복이오? 아마 임금도 나를 안다면 부러워할 것이오."

도미가 분에 넘쳐 이런 말을 하면 아내는 고운 이를 내보이며 살짝 웃고 은근히 남편을 타이른다.

"여보, 그런 소리 마세요. 혹 귀신이 들으면 샘을 내요!"

아내 말을 듣자 남편은 태연한 척 하면서도 한편 불안해지기도 한다. 다름 아닌 요즘 한창 세상에 떠도는 계집사냥꾼 이야기 때문이다.

"글쎄, 두려울 건 하나도 없지만 당신은 무슨 일이 있어도 그 계집사냥꾼에게는 들키지 말아야 할 터인데.... 그런데 여보, 만에 하나 당신도 그놈들에게 들켜 대궐로 붙들려 간다면 거기 가서 어떻게 할 거요?"

남편 도미는 심난한 얼굴로 아내를 꼬나본다.

"어떻게 하긴요?"

"그 추잡한 임금의 욕심을 채우는 제물이 되겠소, 아니면......"

"그런 말씀 마세요. 이 세상에 내 남편은 당신 하나 뿐예요. 제가 입술을 깨물어 죽는 한이 있어도 그 너러운 임금의 말을 듣신 않을 자신 있어요."

도미의 아내는 비장한 낯빛이다.

그러나 이때다. 마치 그들 부부의 이야기를 엿 듣기라도 한 듯이 갑자기 마을 속에서

"계집 사냥꾼이다!"

하는 울부짖음이 들린다.

순간 도미는 안방 한편 벽을 떠민다. 그러자 그 벽은 마치 문처럼 열린다. 도미의 아내가 그 문안으로 들어선다. 다시 문이 닫히면서 문은 꼭 벽과 같이 된다. 누가 봐도 의심할 수 없는 벽인 것이다.

"주인장 좀 봅시다!"

아니나 다를까, 벌써 마당에 대궐에서 나온 장정이 둘이나 서 있다.

"웬 일이시오?"

도미는 안방 문을 열고 나간다.

"주인장, 댁의 부인이 천하의 미인이라는 데 얼굴 좀 봅시다."

지난번에도 하던 행패를 장정들은 다시 한다.

"어제, 제 장모님 생신이라 안사람은 친정에 가고 없소!"

"거짓말, 자 저 안방을 샅샅이 뒤져보자!"

장정들은 거침없이 안방으로 들어선다. 그러나 아무리 벽장 속까지 찾아도 안주인은 없다. 그들은 설마 멀쩡한 벽 속에 사람이 든 것이야 알 수 없었다. 도미의 아내가 그렇게 고우면서도 아직 잡혀가지 않은 건 이 교묘한 벽 장치 덕분이었다.

"여보! 여보!"

이른 새벽이었다. 도미는 옆자리에서 곤히 잠든 자신의 아내를 깨웠다.

"당신 왜 그래요?"

단잠에서 벗어난 그녀는 짜증도 내지 않고 부드러운 미소로 묻는다.

"아주 고약한 꿈을 꾸었소."

"고약한 꿈이라뇨?"

"말해 무엇 하겠소. 당신이 글쎄 그 '계집 사냥꾼'에게 붙들려 임금 앞에 잡혀가질 않았겠소?"

도미는 자리에서 일어나 꿈 이야기를 시작했다.

어느 날, 갑자기 집안으로 들이닥친 사냥꾼에게 그만 마당에서 일하던 그의 아내는 달아낼 생각도 못하고 잡히고 만다. 그들은 마치 매가 병아리를 채가듯이 그녀의 가는 허리를 나꿔 채고 단숨에 대궐로 달아나 버렸다.

"오호! 과시 천하의 일색이로군!"

임금은 도미의 아내를 보자마자 침을 삼켰다. 그리고는 성큼 안아다 침실 침상에 눕혔다.

호색의 임금은 자신이 먼저 옷을 벗고 당장 욕심을 채우려고 도미의 아내에게 덤벼들었다. 그러나 그녀는 있는 힘을 다해 임금의 가슴을 밀쳐내기 시작했다.

"으흠, 이런 고얀 짓이 있나. 감히 여기가 어디라구!"

임금은 반항하는 그녀가 한편 괘씸하면서도 오히려 한편 귀엽기도 했다.

그러나 거의 억지로 여자의 옷을 헤치고 막 일을 벌이려고 하는 순간, 임금은 "으악!"소리를 내고 기겁을 해서 침상에서 일어났다. 그녀의 입에서 붉은 피가 흘러나오는 것을 본 때문이었다.

그녀는 늘 하던 말버릇 그대로 입술을 깨물고 자결을 결심한 것이다. 피를 많이 흘린 그녀는 그 침상 위에서 이내 죽고 말았다. 더러운 임금의 색욕을 거부하고 끝내 정조를 지킨 그녀의 시체는 남편 도미 앞으로 돌아온다. 도미는 사 나흘을 아내의 시체만 부등켜 안고 운다.

보다 못해 집안사람들이 뜯어 말려 그의 아내를 뒷산 경치 좋은 자리에 묻어 준다. 추운 겨울, 눈이 내리는 데도 그는 아내의 산소 곁을 떠날 줄 모른다. 결국 추위에 쓰러진 도미는 온 몸에 쌓이는 눈을 밤새 맞으며 아내의 무덤 옆에서 숨을 거두고 만다. 이튿날, 마을 사람들이 산소 옆에 쓰러진 도미를 발견하고 모두 모여 산역 일을 해서 그녀의 옆에 나란히 묻어준다. 결국 그들은 비록 이승과 저승을 달리했지만 추한 임금도, 계집 사냥꾼도 없는 평화로운 세상으로 가버리게 된다.

이런 꿈 이야기를 다 듣고 난 그녀는
"여보, 말이 씨가 된다는 데 그런 슬픈 얘기 하지 말아요."
하며 이미 눈물을 흘리고 있었다.
"글쎄, 내가 당신 때문에 요즘 너무 신경을 고추 세운 탓인가 보오."
그런 일이 있고 난 며칠 뒤였다.
도미의 집 하인이 안방 앞에서 주인에게 급히 아뢸 말이 있다고 했다.
"무슨 말이냐?"
도미는 문을 열고 하인을 내다봤다.
"주인어른, 대궐에서 손님이 오셨습니다."
"뭐라? 대궐에서."
도미는 가슴이 철렁했다. 급히 전처럼 아내를 감추고 사랑채에 나가 보았다. 대궐에서 온 손님을 보니 계집 사냥꾼처럼 우악스럽지 않고 아주 점잖은 선비라 우선 마음을 놓았다.
"이 댁 주인이십니까?"
"그렇습니다만......."
"난 대궐에서 나온 임금님을 모시는 벼슬아치요. 임금님이 댁을

급히 부르시니 같이 가십시다."

"무슨 일인데요?"

"그야 나도 모르겠소. 그저 불러오라고만 하시니 낸들 어쩌겠소."

누가 감히 임금의 말을 거역할 수가 있겠는가. 어기면 당장 죽음이 있을 뿐임을 도미는 잘 알고 있었다.

그는 불안하고 두려운 가슴을 겨우 억누르고 옷을 갈아입고 그 선비를 따라 대궐로 들어갔다.

임금이 도미를 부른 데는 그만한 흉계가 따로 있었다.

도미의 아내가 아주 예쁘다는 소문을 임금은 오래 전부터 들어 왔다.

그러나 아무리 계십사냥꾼을 보내 봐도 번번이 헛 탕만 치고 못 잡아오자 임금은 이번엔 방법을 바꾸기로 한 것이다. 그것이 남편 도미를 부르기로 한 계책이었다.

임금은 우선 도미를 극진히 대접했다. 산해진미에 좋은 술을 내오게 한 다음 임금이 손수 술을 부어주기도 했다.

그러나 도미는 그 음식이나 술이 전혀 아무 맛도 느낄 수 없었다. 도미의 환심을 사는 것도 문제지만 이럴 때 도미가 어떻게 나오는가, 그 성격도 파악하고 싶었다. 몇 마디 말을 주고받아 보니 임금의 앞이지만 도미는 침착하게 자신의 의사를 말하고 전혀 거짓이라곤 통할 리 없는 깐깐한 사람이었다.

(음, 이 사람은 상당히 순진하면서도 고지식하구나. 게다가 자존심도 강하고….)

임금은 드디어 한 가지 계책이 떠올랐다.

"도미, 그런데 이 세상에서 여자는 도무지 믿을만한 상대가 못 돼."

임금은 은근히 이럴 말로 도미의 마음을 떠보기 시작했다. 도미는 왜 임금이 저런 말을 하는가 싶어 긴장부터 했다.

"무슨 지조가 있느니 정조가 굳으니 하는 말 말야, 그게 다 헛소리야. 아무리 그렇다는 여자들도 내가 으슥한 곳에서 달콤한 말로 유혹하면 흐물흐물, 마치 엿이 더운 햇살 아래서 녹듯 말야 다 무너지고 말던데 뭘…."

그러나 마음이 깨끗하고 단순한 도미에게는 임금의 이런 말이 옳게 들릴 리 없었다.

"마마, 그럴 리가 없습니다. 그런 여자는 참으로 정숙하다고 볼 수 없겠지요."

참다못한 도미의 대꾸였다.

"천만의 말, 그대는 모르는 소리요. 그동안 내가 접촉한 여자는 줄잡아 천명은 될 텐데 그 천명이 다 듣기로는 정조가 센 여자라고 했지만…."

"마마, 소인이 아는 여자라고는 오직 소인의 처 밖에 없습니다. 그러니 다른 여자의 정조는 제가 알 리 없습니다만 적어도 소인의 처만은 그 정조가 바위나 무쇠보다 더 굳다는 것을 소인은 잘 알고 있습니다. 아마 제 처는 자결을 하면 했지 그 정조를 굽히지는 않을 것으로 압니다."

도미는 그러면서 며칠 전에 꾼 꿈을 떠올리기도 했다.

그런데 그러한 도미의 말을 듣자 임금은 오히려 이상한 미소를 지었다.

(음, 도미 네가 그렇게 말해주기를 난 은근히 기다렸지….)

"도미, 당신은 자기의 아내를 엄청나게 믿는 사람이군."

임금은 비꼬듯이 말했다.

"네, 마마 비록 하늘이 무너지는 일이 있더라도 제 안사람의 마음만은 결코 변치 않을 것을 굳게 믿고 있습니다."

"이봐, 여자의 마음은 결국 갈대와 같은 거야. 그대의 아내도 여자인 이상 아마 별 수 없을걸."

이 말을 듣자 순진한 도미는 불덩이 같은 것이 가슴에서 치미는 아니꼬움을 느꼈다. 가장 사랑하고 아끼는 자신의 아내를 임금이 더러운 입으로 욕보이고 있다고 생각했다.

" 대왕마마께서는 저의 아내를 잘 모르시기 때문에 그렇게 속단하시는 겁니다."

도미는 차츰 임금의 덫에 말려들어 가고 있었다.

" 허허, 내사 그대 아내의 마음을 실제로 시험해 보지 않고서는 알 까닭이 있나? 자 그러면 내가 그대 아내를 한 번 만나서 시험해 볼까?"

도미는 그때야 임금의 꾀에 속은 것을 알 수 있었다. 그렇다고 자신의 말을 바꿀 수는 없지 않은가.

"글쎄, 시험해 보신들 제 아내는 다른 여자와 다릅니다."

도미는 겨우 이렇게 대꾸할 뿐이었다.

"하하, 그렇다면 잘 됐구먼. 내 꼭 시험을 해봐야지. 그대가 이제 와서 내 말이 옳다고 하면 그대의 아내를 욕보이는 것이고, 내가 이제 와서 그대 말이 옳다고 하면 그대의 아내를 욕보이지 못한 것이니 명색 한 나라의 임금으로서 실없는 말을 한 셈이 되지 않나?"

도미로서는 정말 진퇴양난이었다. 이러지도 저러지도 못해 속을 끓이고 있는데 임금은 대뜸 한 신하를 불렀다. 그리고 그의 귀에 대고 무언가를 속삭였다.

얼마 후, 임금과 똑 같은 복장을 한 한 신하가 궁궐을 빠져나가 도미의 집으로 향해 간 것을, 궁 안에 그것도 임금과 가까이 있는 도미로서는 전혀 알 수 없는 일이었다.

도미의 아내는 남편이 궁궐로 간 뒤 마음을 조이며 어서 남편이 돌아오기만 기다리고 있었다. 그러나 한낮이 지나고 해가 이미 져도 남편은 돌아오지 않았다.

(무슨 일일까? 그 고약하다는 임금이 아예 죽인 것은 아닐까?)

별별 생각이 꼬리를 물고 일어났다. 어디서 부스럭 소리만 들려도, 행인의 발소리만 다소 크게 들려도 혹시 남편이 아닌가 하고 대청에 나가본다.

그러나 이렇게 초조하게 기다리고 있는데 갑자기 때문 밖이 떠들썩하다. 그러더니 하녀 하나가 황급히 안채로 뛰어들었다.

"마님, 큰 일 났습니다. 글쎄 대궐에서 임금님께서 손수 오셨습니다."

그 말에 도미의 아내는 새파랗게 질리고 말았다.

(음, 기어 나를 잡으러 왔구나!)

도미의 아내는 전처럼 벽을 떠밀고 그 안으로 들어가 앉았다. 하녀는 그녀가 숨은 기미를 알고 그 자리에 주저앉아 꼼짝도 않고 있었다.

그러나 명색 임금이란 자가 밖에서 아무리 기다려도 안주인인 도미의 아내란 여자가 나타나지 않자 가짜 임금의 행차로 나온 신하는 버럭 화를 내기 시작했다.

"이런 몹쓸 집이 있나? 명색 나라의 임금이 백성의 집까지 몸소 찾아 왔는데 주인이 없으면 그 아내라도 나와서 맞을 것이지 어디 숨었는지 얼굴도 안보이다니?"

그리고는 수행한 신하들을 향해 소리를 질렀다.

"어허, 이 집에서 이렇게 임금도 몰라보는 것은 아마 주인 인 도미란 놈이 평소 임금 알기를 우습게 안 연유인 것 같구나. 내 실은 도미는 대궐에 놔두고 잘 대접했거늘 이런 수모를 당했으니 너 당장 대궐에 가서 그 도미란 놈 목을 베어 오너라!"

임금이란 사람의 화난 목소리는 벽 속에 숨은 그녀에게도 분명히 들렸다. 그 말을 듣고 도미의 처는 더 이상 숨어 있을 수 없었다. 임금의 심기를 불편하게 했다가 정말 남편을 잃는 어리석음을 자초할 수는 없어서였다.

그녀는 황급히 밖으로 뛰어 나갔다. 그리고는 임금 앞에 꿇어 엎딘 채 "마마, 황송합니다. 마침 몸이 불편해서 누어있던 차에 누추한 꼴로 뵙는 게 죄스러워서 이리 늦었습니다. 자 어서 안으로 드시지요."

임금이란 자가 언뜻 봐도 도미의 아내는 역시 미인이었다.

게다가 환한 웃음을 피우고 상냥한 말로 사과까지 하는 바에야 더는 화를 낼 이유가 없었다.

"몸이 편치 않아서 그랬다면 내가 참지."

임금이란 자는 거침없이 도미 내외가 거처하는 안방으로 들어섰다.

 도미의 아내는 우선 큰절을 올렸다. 그리고 방 한 쪽에 무릎을 꿇고 앉았다. 절까지 받고 기분이 좋아진 임금이란 자는 넌지시 팔을 뻗어 그녀의 손목을 잡으며 "내가 몸소 예까지 나온 것은 다름이 아니라 그대가 천하의 일색이란 말을 듣고, 그대 남편에게 그대를 물려 달라고 했지. 아, 그랬더니 그 사람 하는 말이 그토록 어여쁜 아내를 물려드리기는 아깝지만 아주 높은 벼슬을 주면 응할 생각이 있다고 하지 않겠나. 그래서 그야 임금입장에서 어렵지 않아서 이미 도미에겐 높은 벼슬을 주었고, 하니 이제 그대는 나의 비빈(妃嬪)이나 다름없으니 자 이리 가까이 오게."

 그녀는 이 말을 듣고 그것이 임금이란자의 새빨간 거짓말이라는 것을 대뜸 알았다. 남편인 도미는 높은 벼슬은 고사하고 임금 자리를 준다고 해도 자기 아내를 내줄 사람이 아니라는 것을 알고 있기 때문이었다.

 "자 그러니 한시라도 속히 우리 좋은 인연을 맺기로 함세."

 임금이라는 자는 마음이 급한 모양, 연신 그녀의 손을 잡아끌었다.

 (음, 당신이 날 속이는 바에야 나도 감쪽같이 속여야지.)

 영리한 그의 아내였다. 그녀는 이내 묘한 꾀를 생각했다.

 "나라의 임금께서 원하시는 일인데 어찌 거역하오리까?"

 그녀는 우선 한마디 좋게 해 놓았다. 그러자 임금이란 자는 더욱 좋아했다.

 "자, 그럼 어서 시작하자구!"

 "저도 어서 모시고 싶습니다만 아까 여쭈었던 것 같이 제 몸이 편치 않아 누어있던 참이라 제 몸이 누추하기 이를 데 없습니다. 딴 분도 아니고 대왕마마를 모시자면 우선 간단하게라도 몸을 씻고, 화장도 해야 하고, 또 옷도 갈아입어야 합니다. 그러나 오래는 걸리지 않도록 하겠사오니 잠시만 누어 계시지요."

그러면서 도미의 아내는 벽장에서 요대기와 베개를 꺼내 놓았다.

그 말을 듣자 임금이란 자는 이 여자가 설마 도망이야 치겠는가 싶어 알겠다고 하며 옷을 대강 벗고 자리에 누었다.

안방에서 나온 그녀는 다른 방으로 건너가 은밀히 몸종 하나를 불러 들였다. 그 몸종은 이 집의 몸종 중에서 가장 인물이 예쁠 뿐 아니라 그 용모나 체격도 안주인과 흡사했다. 동네에서도 이 몸종은 마치 안주인의 친동생 같다고들 말했다.

"자네에게 한 가지 부탁이 있네. 나와 똑같이 치장을 하고 내 대신 저 임금이란 자가 누어있는 안방으로 들어가 수청을 좀 들어주게." 주인의 말이라면 거역을 못해온 몸종이었다. 그녀는 즉시 도미아내와 같은 옷으로 갈아입고 화장을 하기 시작했다.

"자네, 그 방에 들어가거든 아예 아무 말도 하지 말고 그 사람이 하라는 대로만 하게"

몸종에게 말을 하지 말라고 신신 당부한 그녀는 몸종을 데리고 임금이란 자가 기다리는 방문 앞에까지 갔다.

"대왕 마마 오래 기다리셨습니다."

그녀는 우선 이렇게 한마디 했다.

"허, 이제야 몸단장이 다 된 게로군."

하면서 임금이란 자는 방문을 열려고 하는 기색이 보였다.

"마마, 나오시지는 말고 잠깐만 기다리십시오."

도미의 아내는 그렇게 황급히 말했다.

"뭘 또 기다리라는 거야?"

임금이란 자는 이제 신경질까지 냈다.

"마마, 아무리 대왕마마를 모시는 일이지만, 저는 일부종사로 지아비가 있는 아낙이옵니다. 어찌 밝은 불빛 아래서 마마를 모실 수 있겠습니까. 그 방안에 있는 기름불을 꺼주셨으면 합니다."

그녀가 간곡한 목소리로 이렇게 말하자

"허, 그야 어렵지 않지."

하더니 이내 방안의 기름불을 껐다.

그때야 도미의 아내는 몸종의 옆구리를 찔러 방으로 들여보냈다. 임금을 가장한 그 신하는 여자가 말없이 들어오자 자신도 아무 말하지 않고 여자의 허리를 나꿔 채고는 아랫목으로 끌고 갔다. 요 위에 여자를 앉힌 그는 부지런히 여자의 옷을 벗겼다. 드디어 여자의 속옷 한 가지를 집어 든 그는 갑자기 벌떡 일어나서 껄껄 웃더니 "허허, 내 어찌 한 나라의 임금으로서 그대와 아름다운 운우지정을 나누는데 화려한 궁궐을 두고 이렇게 초라한 백성의 안방에서 경거망동을 하겠느냐. 오늘은 그저 그대가 내 말을 듣는가 안 듣는가만 시험하는 것으로 만족하고 대궐로 돌아갈 것이니 내일 다시 사람을 보내거든 몸단장을 잘 하고 궁궐로 돌아오도록 하게!"

그러더니 급히 시종관 들을 불러 도미의 집을 빠져나갔다.

사실, 임금은 가짜 임금을 보낼 때 그대가 도미의 아내를 만나는 것은 어디까지나 여자의 정조에 대한 시험에 불과하니 결코 앞으로 내가 사랑을 줄 여자와 살을 섞어서는 아니 될 것이라고 신신 당부했다. 다만 그 시험의 방법으로는 그 여자의 속옷을 한 자락 가져오기만 하면 되는 것이라고 말했다.

대궐로 돌아간 신하가 도미 아내의 속옷을 보여주며 신고를 하자 임금은 즉시 도미를 다시 불러들였다.
"이보게, 내가 뭐랬나? 내 대신 내 신하가 그대 집에 가서 그대 아내와 이미 관계를 맺고 왔는데 그래도 할 말이 있나?"
임금은 태연히 말했다.
"그럴 수는 없습니다. 소인의 아내는 죽으면 주었지 결코......"
도미는 끝내 임금의 말을 부정했다.
"허, 이 사람이? 아직도 갈대와 같은 여자의 마음은 믿고, 내 얘기는 못 믿다니, 그럼 내 증거를 보여주지"
증거라는 말에 도미는 다소 긴장을 했다.
"자 이걸 봐라, 이게 바로 네 아내의 속옷이 아니더냐?"
임금은 신하가 가져온 속옷을 도미 앞에 던져주었다.
도미는 그 속옷을 본 순간 와들와들 떨렸다. 그러나 속옷을 더 찬찬히 살핀 도미는 빙그레 웃기 시작했다.
"하하, 이것은 소인의 아내 속옷은 아닙니다. 이것은 제 집에 있는 몸종의 속옷입니다."
"뭐라구? 틀림없이 네 아내의 몸에서 벗겨 왔는데 그 무슨 방자한 소리를......"
"대왕마마께선 영리한 제 아내에게 속으셨습니다."
"속다니?"

"저의 집에 있는 몸종은 소인의 아내와 모습도 비슷하고 키도 거의 같습니다. 이 속옷은 얼마 전 제가 저자에 나가 끊어다 준 천으로 지은 저의 집 몸종의 속옷이 분명합니다. 그러니까 제 아내가 자신의 정조를 지키느라 대신 들여보낸 거겠지요."

그러면서 도미는 다시 또 껄껄 웃었다.

순간 임금은 새파랗게 질렸다. 한참 동안 두 주먹을 불끈 쥐고 와들와들 떨더니 이번에는 발을 쾅쾅 구르기 시작했다.

"이런 못된 것들이 있나? 내가 임금인데도 너희들이 나를 속여? 한 나라의 임금을 속이는 죄가 얼마나 무서운지를 모르고, 음 내 그 죄를 톡톡히 알려주마!"

그리고는 힘깨나 쓰는 장사 셋을 불러 들였다.

"음, 네 아내가 천하일색이라? 이제는 그런 네 아내의 얼굴도 못 보고 다른 여자의 얼굴도 못 보게 해주마! 너희들 둘은 저놈을 움켜잡고 하나는 이 칼로 저놈의 눈을 후벼파라!"

부하들은 삽시간에 달려들어 양쪽에서 도미를 붙들고 하나는 임금이 내 준 단칼을 들고 무참히도 그의 두 눈을 빼버렸다.

그 순간 도미는 정신을 놓았다.

얼마 후 도미가 다시 정신을 차렸을 때는 앞 못 보는 장님이 되고 말았다.

그리고 그는 배에 실려 한강에 띄워지고 한없이 하류로 떠내려 갔다.

도미의 아내는 불안하기만 했다. 임금이란 자를 감쪽같이 속여 돌려보냈지만 이상하게 도미는 돌아오지 않으니 애간장이 탈 밖에.

(속인 것이 탈로가 난 것인가)

마음을 걷잡지 못하고 괴로워하는데 또 대궐에서 사람이 왔다.

"대왕마마께서 이 댁 안주인을 대궐로 부르십니다."

대궐에서 왔다는 임금의 신하는 무뚝뚝하기 그지없었다.

임금의 명령인데 거역할 수도 없지 않은가. 아무튼 대궐에 가봐야 남편 도미도 볼 수 있을 것 같았다.

그녀는 마음을 단단히 먹고 대궐로 들어갔다.

그녀가 당도하자 임금은 아주 반색을 하며 맞아주었다. 그녀가 임금을 한 번 쳐다보니 어제 자기의 집에 왔던 사람이 아니었다.

(음 임금은 역시 나를 속였구나!)

도미의 아내는 속이 뒤틀리고 억울하기 그지없었다. 그러나 겉으로는 태연한 척 해야 했다.

"음, 소문보다 더한 천하일색이로구면. 자 이리 가깝게 와요. 내 그대를 위해 아주 좋은 선물을 장만했지."

그리고는 시녀를 불러

"내가 맡겨 둔 거 있지? 그걸 가져 오거라."

시녀는 이내 황금으로 만든 상자 하나를 가져왔다.

"바로 이것이 내가 그대에게 주는 선물이다. 어서 열어 보거라!"

도미의 아내는 마지못해 그 상자의 뚜껑을 열어보았다.

그러나 그 순간,

"아악!"

하고 그녀는 그만 그 자리에서 쓰러지고 말았다.

그 황금상자 안에는 피가 뚝뚝 떨어지는 사람의 눈알 두 개가 들어 있었다. 더 보나마나 자신의 남편 도미의 눈이었다.

그러나 그녀가 놀라는 모습을 보고 임금은 미친 듯이 웃었다.
"하하. 왜 그리 놀라느냐? 네 얼굴을 천하일색이라고 알아보던 그 눈이 아니더냐? 이 보다 더 좋은 선물이 어디 있겠느냐?"
순간 도미의 아내는 정신을 잃었다. 그러나 어질고 독한 그녀는 다시 깨어났다.
(두 눈을 뺐지만 남편을 죽이지는 않았겠지. 죽일 바에야 눈만을 뺄 까닭이 없으니까…. 그렇다면 남편은 어디 있을까?)
남편이 있는 곳만 알면 무슨 수를 써서라도 구해주고 함께 달아나고 싶었다. 이제 자신이 임금에게 능욕을 한두 번 당하는 것은 아무 것도 아니라고 생각했다. 그 뒤라도 남편을 구할 수만 있다면 구해낼 결심을 단단히 했다.
"하하하, 자 이제 정신을 좀 가다듬고…."
아직 그대로 쓰러져 있는 도미의 아내를 일으켜 앉히며 임금은 다시 이죽댄다.
그녀는 가만히 눈을 떠 봤다. 이글이글 타 오르는 임금의 눈빛을 읽을 수 있었다.
"하, 너는 이제 내 꺼야, 틀림없는 내 여자라구!"
구역질나는 고약한 입 내음을 풍기며 왕은 거침없이 다가왔다.
"네 남편 도미는 아주 죽여 버릴까 하다가 별 죄도 없는 자를 죽이기는 그렇고 해서 이 뒷강에 배에 실어 띄워 보냈느니라. 그러니 아무 걱정 말고…."
(음, 죽이지는 않고 뒷강에, 그렇다면 여기도 뒷강에서 그리 멀지 않겠구나.)
방안에 있던 시녀들도 다 나가고 밖에 서 있던 호위군사도 왕의 추한 짓을 보거나 엿듣지 못하게 다 물린 것 같았다. 그래도 그녀는 이 방의 위치가 은근히 궁금했다.

"마마, 여기가 어디입니까?"

그녀는 한결 애교 띤 음성으로 왕에게 물었다.

"하하, 이제 네 마음이 좀 누그러졌느냐? 여기는 이 대궐에서도 가장 조용한 강가에 있는 별장이다. 여기서 일어나는 일은 아무도 듣거나 볼 수 없이 아주 한적한 곳이야. 그리고 내 아랫것들도 다 물러가 있으라 일렀으니 이제 너와 내가 무슨 짓을 하던 무슨 소리를 내던 그건 아무 상관이 없다."

임금은 그러면서 그녀의 허리를 이미 끌어안고 있었다.

그러나 그녀는 강물에 떠내려가고 있는 남편 생각에 아무 경황이 없었다.

(지금 어니쯤 떠내려갈까? 앞을 못 보는 그이가 혹시 배가 뒤집히거나 물에 빠져 죽은 것은 아닐까?)

그녀는 너무 조바심이 났다. 한시라도 빨리 이 궁궐을 벗어나 강가로 달려가 남편을 구하고만 싶었다.

"자 이제 옷을 벗고 우리 시작을 해 볼까?"

임금은 자기 품에 든 도미의 아내를 아주 맛있는 먹이 감으로 황홀하게 내려다보고 있었다. 그때 그녀에게는 번개처럼 한 가지 계책이 떠올랐다.

"호호, 마마, 이제 저는 마마를 정성껏 모실 일만 남아 있는데 어쩌죠? 제 몸이 좀 너무 지저분해서…. "

그녀는 온갖 아양을 떨며 우선 몸부터 임금의 품에서 빼냈다.

"아니, 그게 무슨 소리냐? 지저분하다니?"

"호호, 여자들은 왜 그거 있잖아요? 한 달에 한 번씩…. 너무 부끄럽습니다."

"아하? 앙큼한 소리! 또 나를 그걸로 속이려고?"

"아닙니다, 정 그러시다면 제가 옷을 벗고 증거를 보여드릴 수도 있습니다."

임금은 좀처럼 속을 것 같지는 않았지만 최후의 수단을 쓸 참이었다.

"그래? 그게 아주 심하냐?"

"아닙니다, 이제 대강 끝 나가는 것 같은데 어디 잠깐 나가서 닦고만 들어와도 마마를 모시는 데는 아무 어려움이 없겠는데요?"

그녀는 무슨 수를 쓰던 이 방에서 나가야 강가로 도망을 쳐 남편의 배를 찾을 수 있을 것 같았다.

"그래, 그럼 이 밖에 나가면 오른 쪽 숲 속에 조그만 옹달샘이 있느니라. 나도 으레 거기서 목욕을 한다만 추울 때가 아니니 거기 가서 잠깐 몸을 씻고 들어오너라"

임금도 월경하는 여자와는 접촉하기가 좀 그랬던 모양이다.

"고맙습니다. 마마"

도미의 아내는 문을 열고 방에서 나와 신을 찾아 신고는 그 길로 강가를 향해 줄행랑을 치기 시작했다.

아무리 기다려도 목욕간 여자가 다시 돌아오지 않자 뒤늦게 부하들을 풀어 그녀를 찾던 임금도 결국 그 날 밤을 혼자 별장에서 독수공방을 하고 말았다.

한편, 빈 배에 실려 하류로 하류로 흘러내리던 도미는 낚시꾼의 도움으로 어느 주막집 사랑채에 누워 있게 되었고, 어두운 밤에 강가로 달려 나온 그녀도 강가에서 젊은 사공하나를 만났다. 그녀는 자신이 몸에 지닌 금붙이를 내주고 다급한 사정을 이야기해서 천행으로 배 한 척을 얻어 타고 내내 남편이 떠내려간 하류로 가면서 사람을 만나면 눈먼 사람 하나 못 봤느냐고 안부를 물어 드디어 두 부부는 그 주막집에서 다시 만나게 되었다.

"여보! 당신이 어쩌다…."

도미의 아내는 눈 먼 남편을 부둥켜 안았다.

"이게 누구요? 아니 당신이 어떻게?"

"저예요, 바로 당신의 아내…."

부부는 서로 얼싸안고 목 놓아 울었다.

도미의 아내는 맑은 샘물을 떠다가 남편의 눈을 씻어 주었다.

그 날 밤은 주막집에서 새고 날이 밝기 전에 길을 떠나 산 밑에 외딴집을 하나 찾아갔다. 다행히 그 집은 잘 사는 집이었다. 자초지종을 이야기하니 주인 내외가 크게 놀라며 동정을 해 주었다. 음식도 얻어먹고 약도 얻어 바르니 도미는 차츰 기운을 차렸다.

그들 부부는 낮에는 산속에 가서 숨고 밤에만 길을 걸어 백제가 아닌 고구려 땅으로 옮겨가 살게 되었다. 도미의 아내는 비록 눈 먼 남편과 살아도 자신의 정절을 끝까지 지킨 열녀로 그 이름이 빛났다.

아무리 호색가인 개루왕이지만 남의 나라에 가서 사는 도미 부부는 끝내 찾아낼 수가 없었다.

*   *   *   *

아버지 비류왕의 긴 이야기는 밤이 이슥하도록 이어졌다.
"같은 둘째가 임금이 됐지만 온조 대왕은 나라를 세웠고 개루왕은 이렇게 호색에 빠져 두고두고 실패한 임금이 됐으니 너는 이러한 선조들의 잘 잘못을 가슴에 깊이 새기고 행여 임금 자리에 오르더라도 개루왕은 닮지 말고 여색을 특히 경계해야 하느니라!"
"예, 아바마마의 지극하신 말씀, 명심 또 명심하겠나이다."
긴 이야기를 듣고, 훗날 근초고왕으로 나라를 다스리게 될 왕자 구는 아직도 두 눈에 광채가 있었다.

3. 고이 왕계의 부침

백제 역사에서 제 8대 고이왕은 알다가도 모를 임금이다. 삼국사기에는 4대 개루왕의 둘째 아들이자 5대 초고왕의 동복아우라고 기술하고 있지만 이는 아주 허무 맹랑한 거짓 기록이다.

개루왕은 서기 166년에 죽었고 그 뒤로 초고왕이 재위 48년, 구수왕이 20년을 왕위에 있었다. 그렇다면 개루왕이 죽던 해에 고이왕이 태어났다고 해도 그는 즉위 당시 68세의 노인이어야 한다. 그런데 고이왕은 서기 234년부터 286년 까지 무려 52년이나 임금노릇을 했다. 그렇다면 개루왕의 아들이라는 고이왕은 무려 120년이나 살다 세상을 떠난 셈이 되는 데, 이는 3세기, 4세기 사람들의 평균 수명으로 봐도 있을 수 없는 노릇이다.

이렇게 보면 고이왕이 개루왕의 아들이자 초고왕의 아우라는 기록은 완전히 조작이요 날조다.

그러면 고이왕은 왜 그런 거짓말로 왕위에 올랐을까. 고이왕이 개루왕의 둘째 아들이라고 한 것을 보면 개루왕과 전혀 아무 관계도 아닌 사람은 아니다. 개루왕의 손자일 수도 있고 증손자일 수도 있다.

아니 일설에는 고이왕이 초고왕의 어머니의 동생이란 설도 있다. 그렇다면 초고왕의 어머니는 개루왕의 부인이고 고이는 5대 임금 초고왕의 외삼촌 뻘이 된다. 그리고 개루왕의 손아래 처남이 된다.

그러나 개루왕의 처남이라면 그 나이가 개루왕보다 몇 살 아래일 터인데, 이것도 서기 166년에 죽은 개루왕과 234년에 즉위한 고이왕의 나이, 그리고 고이왕이 52년이나 왕 노릇을 한 것으로 보면 터무니없는 낭설이다.

따라서 개루왕의 아들이나 처남이란 이야기는 모두 엉터리요 가짜 기록이다.

그것도 아니면 먼 조카일 수도 있고 그 조카의 손자나 증손일 수도 있다. 비록 그가 개루왕의 둘째 아들이나 처남은 아니지만 이렇게 개루왕의 혈통이나 친인척의 어떤 관계로든 인연을 이어받은 인물임에는 틀림없다고 보아야 한다,

그런데 고이왕은 그것만으로도 자신의 정통성을 유지하기 어렵다고 판단하여 게다가 한 수 더 떠서 초고왕의 동복아우라고 까지 강변을 하고 나온 것이다. 그래야 왕실이나 궁궐의 정보가 분명하게 노출되지 않는 당시의 여건으로 보아 백성들에게 씨가 먹히는 그럴듯한 임금이 될 수 있다고 판단한 것이다.

게다가 또 하나의 미묘한 기록이 있다.

초고왕이 개루왕의 그냥 아들이시 꼭 장남은 아니라는 기록이다. 삼국사기에 초고왕이 개루왕의 장남이라는 기록은 없다. 삼국사기에는 장남으로 왕위를 계승한 임금에 대해서는 반드시 '장자'라는 사실을 밝히고 있다.

그러나 초고왕에 대해서는 그런 기록이 없고 개루왕의 아들이라고 만 적혀있다. 따라서 초고왕은 개루왕의 장자라고 볼 수 없다. 그렇다면 초고왕의 동복아우라는 고이왕은 결코 개루왕의 차남일 수도 없다. 초고왕도 장자가 아닌데 그 동복아우가 어찌 개루왕의 차남이 될 수 있겠는가.

다시 말하면 여기서 개루왕의 차남과 초고왕의 동복아우는 같은 사람일 수 없다는 증거가 나온다. 따라서 고이왕은 완전히 자신의 혈통을 조작하고 임금이 된, 좋게 말하면 혁명가요 나쁘게 말하면

일종의 반역자다.

당시 개루왕계의 혈통을 이은 왕족 가운데는 고이왕으로 왕위에 오른 이 사람이 가장 욕심이 많고 그를 따르는 부하가 많았으니까 그 욕망과 카리스마가 개혁이라는 미명을 앞세워 혁명이나 반역의 음모를 실현하기에 이른 것이다.

이렇게 당시의 여러 정황으로 보아 그가 반역자란 이유는 간단하다.

그는 6대 구수왕의 아들 사반왕을 시해하고 임금 자리에 오른 것이 거의 분명하기 때문이다. 그가 반역을 하지 않고야 서기 234년에 왕위에 오른 사반왕이 왜 1년도 채 왕위에 있지 못하고 죽었으며 그 뒤를 고이왕이 잇게 된 것일까.

여기에서 사반왕의 처지를 잠깐 살펴볼 필요가 있다.

7대 사반왕은 구수왕의 맏아들이라고는 하나 적자가 아닌 서자 출신임이 확실하다. 구수왕에게는 그가 임종할 당시 나이 든 아들이 없는 것으로 기록돼 있고 이는 사반왕이 후궁 출신의 한 아들임을 암시 한다.

아무튼 구수왕이 죽자 234년에 사반왕이 왕위를 잇기는 이었다. 그러나 그는 1년도 못되어 왕위를 고이왕에게 내주고 나서 죽었다. 왜 그렇게 그는 짧은 왕 노릇을 했을까.

그건 뻔한 일이다. 고이왕이 왕위를 찬탈했기 때문이다. 오죽하면 그의 묘호가 사반(沙伴)일까.

사반이라는 말은 모래의 짝이라는 뜻도 되고 모래의 반쪽, 즉 아주 보잘 것 없게 작고 쓸모없다는 뜻도 된다. 아마 우리나라의 군왕 가운데 이렇게 한심한 칭호를 달고 즉위 1년도 못돼 죽은 사람은 이 사반왕 밖에 없는 것으로 안다.

　당시 구수왕은 20년이나 왕위에 있다가 죽었다면 (그의 탄생 년대 미상)정확한 나이는 알 수 없으나 50세 내지 60세경에 죽은 것으로 추정된다. 그런데 삼국사기 등의 기록을 보면 구수왕에게는 나이 든 왕자가 없었다는 것이다.

　'사반왕이 왕위를 이었으나 나이가 어려 정사를 잘 처리하지 못하므로, 초고왕의 동복아우 고이가 왕위에 올랐다' 사기에 이런 기록이 고작이다.

　그렇다면 나이 든 구수왕은 죽을 때까지 정비 소생의 아들은 없었고 고작 후비 중에서 그런대로 10여세 된 어린 아들이 있어 왕위를 넘겨주고 죽은 셈이 된다.

　이런 어린 임금을 고이가 그냥 놔둘 리가 없었던 것이다.

　아무튼 사반은 왕위에 오른 지 몇 달 만에 반정을 일으킨 고이왕에게 왕위를 내준 것이 분명하고 이런 반정혁명은 그 뒤 백제왕실에 왕위 찬탈이 잦게 되는 하나의 큰 선례요 전제가 된 게 사실이다.

　뒤에 다시 이야기를 전개하겠지만 이 소설의 중심인물인 근초고왕도 그의 아버지비류왕이 그때 억울하게 죽은 사반왕의 아우라고 자칭하고 나서면서 실은 고이왕계의 임금들을 알게 모르게 정리하고 그의 아들 근초고왕에게 왕권의 영광을 돌려준 것이 사실이다.

　이렇게 백제 역사의 물꼬가 고이왕의 꿈과는 전혀 다르게 흘러간 것은 사반왕을 숙청한 고이왕의 욕망이 결국 큰 죄업으로 남아 그 인과응보라고 보아 무방할 것이다. 다시 말하면 고이왕의 잘못

된 왕위 찬탈이란 그 업보가 그 자손들이 초고왕계에 의해 정리되는 비극을 낳은 것이라 볼 수 있다.

사반왕의 이야기를 허두에 이렇게 장황하게 소개하는 소이도 여기에 있다.

결국 역사는 고이왕에게 먼 훗날 사반왕을 시해한 죄과를 준엄하게 물은 결과가 되었으며 고이왕계는 이후 9대 책계왕, 10대 분서왕, 12대 계왕 등으로 그 왕통은 이어지나 주로 중국대륙 산동반도 부근에서 위례성을 중심으로 백제의 영토를 지켜왔을 뿐, 이렇다 할 영화도 누리지 못한 채 11대 비류왕, 13대 근초고왕, 14대 근수구왕 등 초고왕계의 집권에 의해 소멸되고 말았다.

그러나 고이왕은 비록 정변을 일으켜 왕위에 오른 임금이지만 재위 기간이 우리나라 이씨조선 때의 영조 임금만큼 52년간이나 되며 특히 백제의 중국대륙으로의 진출과 백제의 위상정립에 큰 공을 이룩한 성과는 예사로 평가할 일이 아니다.

고이왕은 즉위 당시 혈기왕성한 20대 청년이었다.

재위 3년(236년)이른 봄이었다.

고이왕은 시종무장을 불렀다.

"서해바다 큰 섬(지금의 강화도)에 사슴 떼가 많다는데 우리 한 사흘 일정으로 사슴이나 잡으러 가자!"

임금은 패기와 정력이 넘치는 괄괄한 목소리로 무장에게 명했다.

"마마 그러시지요, 사슴의 뿔이나 사슴의 피 모두가 양생에 아주 좋다지 않습니까."

"하하, 사슴 피 좀 마시구 섬에서 쓸만한 낭자라두 있으면 회포두 좀 풀자꾸나!"

고이왕은 거침이 없었다.

"마마, 행여 중전마마가 아시면 큰일입니다. 그냥 사냥에 다녀오신다구만 하시지요."

"알았다. 한 사나흘 안에 날을 잡도록 하라!"

하여 며칠 후 고이왕 일행은 지금의 강화섬 앞바다에 미리 대령한 배를 타고 20여명이 사냥 길에 나섰다.

임금 일행은 섬에 당도한 후 섬 촌장이 미리 마련한 푸짐한 점심을 먹고 나서 말을 몰아 사슴 사냥 길에 나섰다.

고이왕의 활 솜씨는 대단했다. 첫날 십여 마리의 사슴을 혼자 잡고 이튿날도 스무 마리가 넘는 사슴을 쏘아 잡았다. 모두 40마리에 가까운 수렵이다.

그날 밤, 섬에서 제일 크고 깨끗한 섬 촌장의 집에서 묵게 된 임금일행에게 촌장은 푸짐한 술과 안주를 베풀어 임금을 흥겹게 했음은 물론이었다.

밤이 이슥해지자 촌장은 수행 무장을 통해 이 섬에서 가장 예쁘고 영특한 부용(芙蓉)아가씨를 수청 들게 함이 어떨까하고 물었다. 임금은 대궐에 두고 온 중전이 마음에 걸리기는 했지만 수청 뒤에 아예 대궐로 데리고 가서 임금의 후궁으로 삼겠다는 뜻을 촌장과 부용에게 전하고 나서야 부용을 불러 신방을 차렸다.

사슴피에 푸짐한 술과 음식을 대접 받은 젊은 임금의 정력은 태산도 뭉개고 말 기세였다.

"부용아, 네 나이 몇이냐?"

황 촛불을 끄게 하고 임금이 물었다.

"네, 열여섯이옵니다."

부용이 모기소리만큼 가는 목소리로 대답했다.

"음, 좋은 나이로구나, 그런데 아직 남자를 겪은 적이 없고 내가 첫 남자냐?"

"네…."

부용은 떨리는 음성이었다.

"알겠다. 내일 너를 대궐로 데리고 가서 후궁을 삼을 테니 그리 알고 이제 옷을 벗고 가까이 오너라. 촛불도 껐으니 부끄러워 말고."

"마마, 황공합니다."

부용은 어둠 속에서 그리 말하고 스스로 옷을 벗었다.

그러나 마지막 속옷은 제 스스로 벗지를 못했다. 임금이 그런 여인을 그냥 놔둘 리가 없었다. 임금은 거의 떨고 있는 처녀를 단숨에 품에 안아다 보료위에 누였다. 그리고 천천히 하나씩 남은 속옷을 임금 손으로 벗겨냈다.

백옥같이 흰 여인의 유방과 온 몸의 살결이 어둠 속에서도 보이는 듯한 순간이었다. 자신도 나신이 된 임금은 여인을 단숨에 다시 품에 안았다. 탄력이 넘치는 유방의 부드러운 감촉이 임금을 황홀하게 했다.

임금은 여인의 몸에 자신의 몸을 밀착시키고 마치 훈풍이 봄눈을 녹이듯 했다. 드디어 여인의 촉촉한 샘 속에 자신의 뿌리를 힘차게 밀어 넣자 부용은 외마디 소리를 내지르며 흐느끼듯 몸을 틀었다.

그러나 감히 임금의 뿌리를 거역할 수는 없는 순간이었다. 부용은 울며 신음하며 자신의 삶에 첫 남자를 따뜻하게 그리고 뼈저리게 맞아주었다.

임금도 흐뭇하게 아리따운 새 여인을 온몸으로 만끽했다.

이튿날 고이왕의 일행이 부용을 가마에 싣고 대궐로 돌아 왔음은 물론이었다.

그로부터 2년 뒤 그러니까 즉위 5년(238)에 그는 내신좌평을 불러 "그대는 내가 왕위에 올랐음을 온 나라에 알리기 위해 무슨 일을 생각했는가?" 하고 난데 없이 물었다.

좌평 벼슬은 그 품계가 1품으로 6좌평 제도가 있었다. 곧 내신좌평, 내두좌평, 내법좌평, 위사좌평, 조정좌평, 병관좌평이 그것이다.

이런 좌평 제도는 백제 건국 초기 병마사를 관장 하였던 좌·우보를 대신하여 설치 된 것으로, 고이왕은 국내 각 부족의 권위와 세력을 약화시키고 중앙에 왕권을 강화하려는 목적으로 이 제도를 만들었다.

좌평을 중심으로 하는 귀족회의는 주로 남당에서 열렸으며 여기에서 주요한 국내외의 현안 문제가 논의되었다. 좌평으로 임명된 사람은 대개가 왕족, 왕비 족과 중앙의 유력한 귀족출신이었다.

"마마 아직 온 나라 백성에게 알릴만한 일을 생각 못했습니다만…."

내신좌평은 고개도 제대로 들지 못했다.

"허허, 저런 답답할 데가 있나? 아 뭘 그리 어렵게 생각하는가,

아 이 고을 저 고을로 찾아다니며 하늘과 땅에 제사를 지내면 될 게 아닌가?"

고이왕은 선선한 구석이 있었다.

"마마, 신이 미처 그런 고유제를 지낼 생각을 못 했습니다만 곧 아랫사람들에게 일러 봉행토록 하겠습니다."

"허허, 그렇게 해 주게나. 백제 땅 큰 고을 몇 군데만 찾아다니며 천지신명께 고유하면 온 백성들이 새 임금이 들어선 것을 잘 알게 될게 아닌가?"

"분부대로 거행하겠나이다."

이렇게 하여 고이왕은 국가적 행사로 천지에 고유제를 지냈는데 이런 제사는 중국의 봉선례(封禪禮)에 해당 되고 한 왕조의 성립을 하늘과 땅의 모든 신들께 알리는 제례의식이다.

고이왕이 무력으로 등극하여 사반왕의 잔존 세력을 완전히 제압한 것도 이런 제사를 지낸 238년 4월 이후라고 본다.

천지에 제사를 지낸 고이왕은 그 기세가 날로 등등했고, 그 당시 도읍 근교인 부산이라는 곳에서 무려 50일 동안이나 왕궁을 드나들며 사냥을 하고 돌아왔는데 하루는(여름) 그가 왕궁에 당도하자 천지가 진동하는 굉음이 나면서 황룡이 그 왕궁 문에서 나와 하늘로 올라갔다는 소문이 퍼지기도 했다.

황룡등천(黃龍登天)은 임금이 당당하게 등극하여 그 기세가 하늘을 찌를 만큼 위대하다는 표현 아닌가. 고이왕을 섬기고 추종하는 무리가 지어낸 헛소문이겠지만 〈삼국사기〉에도 이런 용들의 등천 일화가 가끔 등장하는 것을 보면 역사 기록의 허구성은 그 끝이 어디까지인가 모를 일이다.

고이왕은 그 뒤 재위 7년에도 가을에 (음7월말)석천(石川)에서 대대적으로 군대를 사열하는 행사를 가졌다.

그때 냇가에서 기러기 한 쌍이 날아오르는 것을 보고 활을 당겨 한꺼번에 두 마리를 명중시켜 서서 보던 군 장졸들을 놀라게 했다.

이러한 고이왕의 출중한 무예와 호방한 기개는 그의 치세 과정에도 많이 반영된 터로 특히 그가 중국대륙에 진출, 백제의 기상을 드높이는데 기여했음은 특기 할만 사실이기도 하다.

고이왕 13년 8월에 왕은 서서히 중국대륙 진출의 꿈을 시험하기 시작한다.

당시 중국 땅은 위, 오, 촉 세 나라가 서로 패권을 잡기위해 세력 다툼이 한 창이었고, 그런 세 나라의 갈등을 이용하여 고구려가 위나라의 요서지역을 공략, 은근히 영토를 넓혀나가고 있었다.

고이왕이 이런 전운의 기회를 그냥 넘길 리가 없다. 고구려에게 당한 위나라 장군 관구검이 낙랑태수 유무와 대방(삭방), 태수, 왕준을 데리고 고구려 공략에 앞장을 서자 고이왕은 대뜸 좌장군 진충(眞忠)을 불러 자신의 전략을 피력했다.

"좌장군! 그대는 요지음, 고구려에게 복수하려고 위나라가 낙랑과 대방의 태수들을 데리고 전장 터에 몰려가고 있으니 이때를 틈타 서해바다 건너 낙랑 땅에 가서 우리 백제군사의 기백을 보이고 옴이 어떠할까? 낙랑 땅을 빼앗던지 낙랑 백성을 좀 볼모로 몰아오던지 하면 낙랑이 우리 백제를 예사로 보지 않을 게 아닌가, 하하. 내 생각이 어떤가?"

고이왕의 이 말을 듣고 그냥 넘길 좌장군이 아니었다.

"네, 마마의 분부대로 낙랑을 귀찮게 하고 오겠습니다. 땅을 빼앗기가 어려우면 우선 낙랑백성이라도 수백 명 잡아 오겠습니다."

하여 좌장군 진충은 며칠 뒤 군사들을 배 여러 척에 나누어 싣고 산동 반도 바닷가 낙랑 땅을 공략한다. 결국 포로로 낙랑 백성 수백 명을 잡아온 게 전과라면 전과였는데 그만 그 소식을 듣고 낙랑태수 유무가 분개, 사람을 보내어 이번엔 백제를 치러오겠다고 으름장을 놓았다.

고이왕은 은근히 낙랑에게 켕기기도 해서 형식적으로 조정회의를 거쳐 인질인 그들을 다시 낙랑으로 돌려보내고 말았다.

그러나 백제가 틈만 있으면 너희 중국 땅도 넘볼 수 있다는 기백만은 보여준 사건이었다.

그 후 낙랑과 백제는 외교적으로 거의 앙숙관계에 놓인다.

사단은 낙랑백성 납치의 건도 있지만 당시 위나라의 부종사로 있던 오림이라는 인물 때문에 일어난다. 그가 터무니없이 낙랑이 한 때 한(韓)을 통치했다고 말하면서 진한의 여덟 나라의 통치를 낙랑에 이양하라고 하며 그 권리를 주장했다.

낙랑은 이러한 오림의 말만 믿고 마한 땅을 장악하고 있는 백제에게 그 마한을 내 놓으라고 으름장을 놓는다. 그러나 그 말을 듣고 가만히 있을 고이왕이 아니다.

고이왕은 즉위 14년(247) 분개하여 낙랑과 한 패로(일설; 마한왕 신지와 함께) 고구려를 괴롭히던 대방 땅 기리 영을 먼저 공격하기에 이른다.

그 싸움에서 공교롭게 대방태수 왕준(일명 궁준)이 전사한다. 그러니 대방과도 한 때 원수지간이 될 수밖에.

그러나 역사의 아이러니는 묘한 것이다. 태수가 전사한 대방은 결국 백제의 강점에 속수무책이 되었고 위례성을 중심으로 세력을 키운 백제는 대방을 교두보로 삼아 점차 대륙백제의 이상을 실현하게 된다.

신라와도 외교관계를 소홀히 하지 않은 백제 고이왕은 재위 7년에는 신라의 서쪽 변경을 공략했고 22년에는 신라 일벌찬 익종도 싸움에서 죽였다. 28년엔 신라에 화친을 요구했다가 신라가 거부하자 33년엔 다시 봉산성을 공격했다.

이렇게 여러 차례 공략과 화친을 번갈아 시도한 그는 한반도에서 백제의 위력을 과시한 임금이기도 했다.

이와 같이 어느 정도 국위를 정립한 고이왕은 드디어 틈이 나는 대로 위례성 백제의 땅에 건너와 아들 청계(靑稽) (뒤에 책계왕으로 등극)를 도와 영토를 넓혀나갔고, 뒤에 이야기 하겠지만 대방의 새 맹주의 딸 보과를 자신의 며느리로 삼는데도 성공, 위례성의 새 시대를 여는데 크게 공헌하게 된다.

이렇게 백제의 발전은 이상하게 대방이나 낙랑과 불가분의 관계 속에 이루어졌고, 우연의 일치인지는 몰라도 경기도 가평군에서 기원전 1세기 중반경의 중국 낙랑계 토광묘가 발견 확인 되듯이 백제는 운명적으로 낙랑문화의 영향도 받아온 셈이다.

흔히 우리 속담에 미워하면서 닮는다느니, 싸우면서 큰다느니 하는 말이 있지만 고이왕대에는 백제가 대방과 낙랑과 신라, 그리고 말갈과도 군사적으로 충돌도 하고 화친도 하면서 오히려 발전을 거듭해 나간 역설적 역사의 사실이 흥미롭다.

고이왕은 늘 적대적 관계에 있던 말갈과도 평화를 유지했다.

재위 25년 봄, 말갈의 추장 나갈이 뜻밖에 고이왕에게 좋은 말 열 필을 진상했다. 그러자 왕도 그 사자를 아주 우대하여 돌려보냈다. 이런 일은 말갈이 은근히 백제와 화친하고자 한 방편이다.

이렇게 말갈이 고분고분하게 나온 것은 백제의 국력이 그 만큼 강해졌다는 것을 암시한다. 당시 말갈과 백제의 전쟁 기사가 없는 것도 고이왕의 수완이다.

고이왕의 내치 중에 주목할 만한 일은 그가 행정관리들의 뇌물 수수를 금지하는 범장지법(犯贓之法)을 만들었다는 사실이다.

고이왕 29년의 일로 오늘날로 치면 부정부패 방지법 아닌가. 역사적으로 중앙 관료제는 지방 귀족들의 부정과 발호를 막기 위해서 있었다고 본다. 즉 중앙관서에서 각 지방에 관리를 파견하여 행정과 조세를 직접 관장하였는데 이 과정에서 중앙 관리들이 오히려 상습적으로 뇌물을 수수했다.

아마 고이왕 때도 그런 현상이 있었을 것이다. 그는 이 법을 만들고 만약 이 법을 어기면 뇌물량의 3배를 배상하도록 했고 동시에 종신금고형에 처했다.

고이왕은 이처럼 안으로 지배체재를 정비하여 중앙권력을 강화하고, 밖으로는 영토의 확대, 특히 중국에서의 백제세력 확대를 도모한 임금이다.

그러나 백제의 중국대륙 진출에는 의문점이 전혀 없는 것은 아니다.

고이왕계의 네 임금이 주로 중국에서 그 영향력을 발휘했다고는 하지만 이를 증빙할만한 확실한 역사적 증빙자료가 없기 때문이다. 더구나 아이러니 한 것은 백제의 중국진출에 대하여는 우리 쪽의 기록보다 중국 쪽의 기록이 더 명확하다는 사실이다. 백제의 요서 점거 사실을 전하는 중국의 사서는 몇 가지가 있다.

그 가장 대표적인 기록이 중국사서 가운데 『송서』의 백제국전이다, '백제약유요서'(百濟略有遼西) 혹은 '백제소치, 위지 진평군 진평현'(百濟所治,謂之晉平郡晉平縣)의 기록이 그것인데 이는 곧 '백제는 중국의 요서지방을 공략하여 차지했다.'

그리고 '백제가 다스린 땅이 말하건대 진평군 진평현이다.'란 뜻이고 이는 『양서』백제전이나 『남사』그리고 『통전』등에도 이와 대동소이한 기록이 보인다.

이런 기록으로 보면 백제는 근초고왕 이전부터 중국의 산동반도나 요서 지방에서 위례성이란 이름으로 그 세력을 확충해 온 것이 사실이다. 그러니 이런 사실은 승 전국 신라가 중심이 된 〈삼국사기〉 등에는 전혀 찾아볼 수 없는 기록이다.

따라서 이러한 기록에 대해서도 학자들 간의 견해는 다 각각이다.

가령, 당시 고구려에게 늘 침략을 당해 국력이 쇠퇴할 대로 쇠퇴한 백제가 무슨 힘으로 서해를 건너 중국의 요서지방이나 산동반도를 공략, 그 땅을 차지할 수 있었겠느냐는 부정적 견해가 있는데 이는 백제 몰락 이후 승전국 신라는 백제의 역사를 끊임없이 축소해 한반도에 국한시켰고 그것은 결국 대륙백제의 존재를 완벽하게 왜곡, 인멸함으로서 백제를 한반도 남서부에 자그마한, 그리고 초라한 국가로 비하하고 만 사관이었다.

김부식 등이 〈삼국사기〉에 단 한 줄도 중국에서 웅거한 백제의 기록을 다루지 않았음이 그 좋은 방증이라 할 것이다.

그런가하면 절충적 입장에서는 북 마한(만주나 요동 땅에 있던)의 남하 설, 혹은 낙랑이나 대방과 백제의 일치 설 등도 있다. 다시 말하면 당시 만주, 혹은 요동 땅에 웅거하고 있던 북 마한이 요서지방이나 산동반도 쪽으로 남하하여 백제란 이름으로 행세한 사실을 상기시킬 수 있는데, 이는 당시 중국인들은 한반도에 있던 마한은 이미 망했는데도 만주나 요동 땅의 부족을 마한이라고 보고 북 마한이란 이름을 써온 게 사실이다.

그리고 4세기 초 낙랑과 대방이 고구려에게 망하자 다수의 유민이 백제에 귀화하였을 것이며, 특히 백제가 고구려 평양성을 공격할 정도로 북진을 거듭한 근초고왕 재위 무렵에는 보다 많은 낙랑 대방사람들이 백제에 흡수된 사실을 묵과할 수 없다면 백제나 낙랑, 그리고 대방은 실제 대륙백제와는 같은 나라가 아니겠는가 하는 견해이다.

그밖에 또 다른 하나의 견해는 백제의 무역활동과 군사 활동의 결과이다.

이는 마치 통일 신라 때의 신라방(新羅坊)의 전신과 같은 백제인의 무역기지 내지는 거류지가 중국내륙에 존재했다고 보는 기록이다. 즉 무역에 종사하던 해상 세력이 5호16국 시대와 같은 혼란기에 자신의 이익을 보호하기 위하여 상당한 무력을 갖추고 무역활동과 군사 활동을 병행했으리라는 가능성이다.

곧 한반도에서는 고구려, 신라와의 내전에 영일이 없던 백제이지만 서해를 건너 중국으로 진출함은 훨씬 용이했을 것이라는 생각이다. 이렇게 백제의 대륙진출이 단순한 군사적 정복활동으로서 아무런 근거 없이 이루어진 것으로 보기보다는 그 바탕에는 애초에 성립되었던 대륙과의 무역활동이 활발하였기 때문에 가능했던 것으로 보는 것이 자연스런 견해라는 것이다.

이렇게 백제는 고이왕 때를 시작으로 대륙백제를 이룩하고 군사적으로나 무역활동으로 고구려나 신라에 손색이 없이 중국을 드나들며 그 국력을 신장해온 것은 주목할 만한 일이며, 북위의 역사를 다룬 『위서』의 다음과 같은 기록은 대륙백제의 위치를 알아보는데 큰 참고가 된다고 할 것이다.

"백제는 고구려와 1천리 떨어져 있으며, 소해의 남쪽에 자리하고 있다. 백성들은 토착생활을 하며 땅은 매우 낮고 습기가 많기에 거의 모두 산에서 기거한다."

그리고 위에 『송서』에 언급된 진평군 진평현의 위치는 지금의 산동반도가 그 지리임을 규명하고 있으니 진평군 북쪽의 요서와 더불어 우리나라 황해도 이남의 〈ㄱ〉자형 서해안과 마주치는 중국의 〈ㄴ〉자형의 동해안이 백제권이라 볼 수 있다.

고이왕은 비록 〈삼국사기〉에 보면 사반왕의 뒤를 이어, 어린 사반왕이 정사를 잘 처리하지 못할 터이니 그 조카를 대신하여 즉위했다고 하나 즉위 자체는 문제가 많다.

이를 긍정적으로 본다면 어린 조카가 국정을 다스릴 수 없으니 나이 든 삼촌이 대신 왕위에 올랐다고 이해할 수도 있다. 그러나 사반왕은 구수왕의 맏아들로서 왕위 계승의 적통(嫡統)이었다. 당시 고이왕의 갑작스런 즉위는 맏아들에게 왕위가 계승되던 고대 왕조의 오랜 관례를 거스르는 이변이었다.

굳이 자신이 왕위에 오르지 않더라도 왕을 뒤에서 보좌하거나 대신하여 국정을 좌우 할 수도 있었을 것이며, 섭정도 한 방법이었을 것이다.

그러나 고이왕은 그런 방편은 포기하고 직접 왕위를 찬탈하고 권좌에 오른 인물이다. 그는 조선시대 수양대군이 단종을 폐위시키고 왕위에 오른 방식처럼 대권을 힘으로 찬탈한 임금이다.

만일 사반왕이 너무 어렸기 때문에 잠시 왕위에 있을 작정이었다면 뒤에 사반이 성장한 후 왕위를 다시 물려주었거나 그 후손 중에 임금 감을 골라 즉위케 할 수도 있었겠지만 그는 그렇게 하지도 않았다.

또한 고이왕의 뒤를 이어 왕위에 오른 책계왕이 고이왕의 적통 아들이 아닌 점을 보면 고이왕의 즉위자체가 석연치 않음을 시사하기도 한다.

정확한 기록이 없어 당시의 정변을 속단하기 어렵지만 고이왕이 먼저 사반왕을 시해하고 그 자리에 올랐는지 아니면 일단 쿠데타를 일으켜 왕위를 빼앗은 뒤 천천히 사반왕을 해쳤는지는 알 수 없다.

하긴 위에서 이미 말한 바대로, 고이가 개루왕의 둘째 아들이자 초고왕의 아우라는 것 자체가 허구라고 볼 수밖에 없으니 사반왕과 고이왕의 관계는 백제역사의 영원한 미궁이요 수수께끼이다.

아무튼 그렇게 실권을 쥔 고이왕이지만 그가 중국 쪽 백제를 확장하고 백제의 대륙진출에 큰 공을 세운 것은 결코 과소평가할 수 없는 공적이요 쾌거였다.

이렇게 엄청난 고이왕의 백제는 제9대 책계왕(責稽王)대에 이르러 더욱 활발하게 대륙백제를 이룩한 위대한 나라였다.

다시 말하면 처음 비류와 온조 형제가 어머니 소서노를 모시고 남하해서 만든 하남 위례성의 옛 땅을 찾고 중국 땅에 대륙백제를 이룩하기 위해 안간힘을 쓴 것이 책계왕이었다.

그의 출생 연대는 분명하지 않지만 서기 298년에 몰한 것으로 미루어 240년경으로 추정한다. 그는 고이왕의 아들이기는 하나 장남이라는 기록은 없다.

책계왕은 체격이 장대하고 기백이 있으며 호탕한 인물로 전해진다.

지금의 산동반도 일대로 추정되는 대륙 백제는 책계왕이 즉위와 동시에 대륙(중국)으로 건너가서 장정들을 선발하여 위례성을 보수하기에 이른다.

당시 대륙백제와 산동반도 근처에 있던 내방과는 아주 가까운 사이였다. 그런데 고구려가 대방의 변방을 자주 쳐들어오자 대방의 맹주는 백제 책계왕에게 군사를 보내 도와줄 것을 요청했다.

책계왕은 이미 한두 번 대방을 도와준 사실이 있었다.

그러나 무조건 줄창 대방을 도와줄 책계가 아니었다.

책계는 은근히 한 가지 욕심이 났다. 다름 아닌 대방 맹주의 딸이 탐난 것이다.

그의 딸이 열아홉에 아주 미인이라는 소문을 들은 책계는 사람을 보내어 그 딸을 자신의 왕비로 내 줄 것을 제안했다.

사실 책계는 이미 한반도 백제에서 왕비를 맞은 바 있는 기혼남이었다. 그러나 대방의 맹주가 그런 걸 따질 입장이 아니었다. 그는 딸 보화를 불러 딸의 의중을 물었다.

"백제 책계왕이 너를 왕비로 삼고자 신하를 보내와 묻는데 네 의향은 어떠냐?"

"아버님, 지난번에도 책계왕이 고구려군사를 몰아내는데 공이 큰 것으로 압니다. 저는 아버님이 보내주시면 그의 왕비가 되겠습니다."

"내가 탐문한 바로는 책계가 이미 반도 쪽 백제에 아내가 있는 줄 안다만 그는 여기 위례성 큰 땅에서 떠날 맘이 없는 것 같으니 네가 왕비가 돼도 총애는 받으렸다."

"아버님, 임금의 총애를 받는 왕비면 되지 반도 쪽에 아내가 있는 게 무슨 상관이 있겠습니까?"

보과는 빙그레 웃는 얼굴로 아버지의 뜻을 받아들였다.

"허허, 네가 그리 편케 생각한다면 애비는 한 시름 잊고 널 보낼 작정이다."

하여 책계는 그의 뜻대로 대방 맹주의 딸 보과를 아내로 삼게 된 터였다.

책계왕은 그 뒤, 장인의 나라가 고구려의 침략을 받고 있다는 소식을 듣고 사위입장에서 좌시 할 수는 없는 처지였다. 책계왕의 군사는 지원군으로 나가 고구려 군을 물리치는데 큰 공을 세웠다.

책계왕은 이렇게 대방을 도와준 인연으로 하여 위례성을 지키며 계속 백제의 대륙영토를 확장한 걸출한 인물이었다.

그러나 대방땅은 책계왕이 도와준다고 해서 외침이 끝나는 것은 아니었다.

어느 나라보다 낙랑이 큰 적이었다. 대방은 본래 낙랑의 땅이었는데 백제의 8대 임금인 고이왕 때 고이왕에게 **빼앗긴** 옛 낙랑 땅을 낙랑태수는 집요하게 찾으려고 군사를 몰아 괴롭혔다. 낙랑은 고구려의 도움도 받았지만 때로는 한나라, 그리고 맥족의 도움도 받아 대방을 침략했다.

그럴 때마다 대방에서는 사위인 책계왕에게 군사를 보내어 도와 줄 것을 간청했다.

서기 296년 9월이었다. 재위 13년의 책계왕은 어느 날 자신의 아내 보과와 아들을 불렀다.

"부인 잘 들으시오! 내 오늘도 장인어른의 부름을 받고 한족과 맥족을 치러 대방땅에 군사를 몰고 떠나지만 사람의 일은 알 수 없는 법, 혹여 내가 불귀의 객이 되더라도 우리 큰아들을 잘 부탁하오!" 먼저, 아내 보과에게 이렇게 말했다. 전에 없이 비감한 어두었다.

"마마, 불귀의 객이라뇨? 오늘은 왜 그리 이상한 말씀을 하세요?" 왕비 보과는 남편이 너무 안쓰러웠다.

"아바마마, 대방이란 나라에 원군으로 가신 게 어찌 한 두 번이오? 오늘 따라 왜 그리 군왕답지 못한 말씀을 하시오. 아무 걱정 마시고 출정하시지요!"

아들도 한마디 곁들였다.

그러나 책계왕은 이번엔 한반도 백제 땅에서 데리고 온 큰아들을 향해 거의 비슷한 말을 했다.

"너는 혹여 내가 이 번 전장에 나가 죽으면 내 뒤를 이어 임금자리에 올라 이 위례성을 잘 지키고 대륙백제를 키워 나가는 데 추호도 방심해서는 아니 되느니라. 우리 백제는 어디까지나 여기 큰 땅에서 국토를 넓혀나가야지 한반도 한성 부근에서 국토를 넓혀 봤자 어디 너무 초엽해서 쓰겠느냐? 애비의 말 명심 하렸다!"
 책계왕은 이상하게 눈을 부라리며 언성을 높였다.
 "아바마마 전장에 처음 나가는 것도 아닌데 어찌 그런 분부를 다 하십니까? 이 번 전쟁에도 제가 꼭 수행을 해야 하겠습니다."
 큰아들도 비감하게 대꾸했다.
 "아니다. 이 번 전장엔 너는 나가지 않고 이 위례성을 지키거라!" 책계왕은 웬일인지 아들의 출정을 극구 막았다.
 한편, 당시 한나라는 흉노의 귀족 유연의 세력을 말한다.
 그때 서진은 외척과 왕족들의 내분으로 곳곳에서 전쟁을 일삼고 있었는데, 그 혼란을 이용해서 저족과 흉노족이 크게 봉기하여 세력을 키웠고, 이때부터 이른바 외방 오족인 5호16국 시대가 시작된다.
 이 유연의 터전은 바로 대륙백제가 형성된 산동반도 지역에서 멀지 않은 평양(산서성 임분)이었다.
 이들은 304년에 평양을 도읍으로 한나라를 세우는데 이미 이때부터 이곳을 중심으로 세력을 형성하고 있었다.
 따라서 당시 낙랑지역은 유연의 세력권에 놓여 있다고 볼 수 있다. 유연이 세력을 확대하던 그 시점에서 대륙백제 또한 세력 확대를 시도했을 것으로 보인다.
 서진이 몰락상을 보이며 내분에 시달리고 있던 상황임을 감안한다면 백제가 대륙에서의 땅을 확장하고자 하는 것은 너무도 당연한 일이었다. 흉노나 저족 등의 외족들이 대거 중앙으로 진출하여 세력을 형성하는 상황이었다면, 산동에 자리 잡고 비교적 안정된

국가였던 백제가 책계왕의 지휘아래 영토를 확충하려 한다는 것은 자연스런 일이었을 것이다.

책계왕은 이 일을 위해 자신이 직접 대륙에 머물렀고, 겉으로는 대방을 위해 지원군을 보내는 형식을 취했지만 실제로는 대륙백제를 키우기 위한 전쟁에 적극적으로 참여한 셈이었다.

책계왕은 아내와 아들을 뒤에 둔 채 군사를 몰고 대방 쪽으로 진군했다.

그러나 그해 가을의 접전에는 흉노족(한)이 맥. 사람들 까지 이끌고 쳐들어왔다. 우선 대륙백제의 군사들은 그 수에 있어서 흉노와 맥의 연합군을 당해 낼 수 없었다.

"대왕마마, 저 놈들은 너무 수가 많사오니 이번 전쟁은 일단 피했다가 다음을 도모함이 옳은 줄 압니다."

선봉장이 새까맣게 몰려오는 적군을 보고 왕에게 아뢰었다. 그러나 책계왕은 이상하게 겁이 나지 않았다.

"하하, 저 놈들은 흉노, 맥, 그리고 낙랑의 잡배가 어울린 오합지졸이다. 그러나 우리 백제의 정군은 일당백이다. 공격하라! 공격하라!"

책계왕은 맨 앞에 나가 백제군을 이끌고 질풍처럼 말을 몰아 나아갔다. 백제의 군사들은 왕의 용기에 어쩔 바를 몰랐다. 싸움은 거의 백병전을 방불케 했다. 그러나 아무리 정군이라 한들 상대방의 수에는 당해낼 수가 없었다. 결국 책계왕은 적군의 화살을 맞고 말에서 떨어졌다.

"대왕마마가 위급하시다!"

선봉장이 말에서 내려 임금을 끌어안았다. 그러나 임금은 치명상을 입은 뒤였다.

"음, 나는 죽지만 내 아들을 보고 이 원수를 갚아달라고 일러라!"

왕은 그 한마디를 남기고 눈을 감았다. 선봉장은 겨우 왕의 시신을 수습하여 군사 몇에게 돌려보내고 자신도 군사들에게 명하여 후퇴하도록 하였다. 많은 군사가 전사하거나 크게 다친 치욕스런 패전이었다.

당시 한나라 군과 함께 몰려온 맥 사람들은 흔히 중국 측에서 예맥이라고 부르는 고구려인들을 말한다. 하지만 반드시 그렇지도 않다는 기록이 〈후한서〉등에 보이는 것으로 보면 이때의 예맥은 고구려의 변방에 있으면서 고구려에 속하지 않은 예맥 족이다.

그들은 내내 낙랑지역에 살고 있던 세력으로 그 숫자도 엄청났다. 이들과 한나라 군사가 인해전술을 펴서 책계왕의 백제군에 치명상을 안긴 것이다.

"마마, 이게 어찌된 일입니까?"

시신을 감싸고 군사들이 궁으로 돌아오자 왕비 보과는 남편의 시신을 어루만지며 통곡을 했다. 비록 자신이 첫 왕비는 아니었지만 임금의 총애를 한 몸에 받고 아무 걱정 없이 왕비 노릇을 하다가 막상 혼자되고 보니 그녀의 슬픔은 하늘에 사무 쳤다.

"어마 마마, 고정 하시지요. 제가 홀로되신 어마 마마를 친 어머니처럼 잘 모시겠습니다. 그리고 아바마마의 원수를 이 대륙 땅에서 꼭 갚고야 말겠나이다!"

책계왕의 아들은 착한 사람이었다. 그는 과부가 된 새어머니를 위로하고 아버지의 장례를 정중하게 치렀다.

책계왕에 이어 새로 왕위에 오른 분서왕(汾西王)은 자주 아버지의 무덤에 찾아가 "아바마마, 우리 백제와 어머니의 나라 대방의 원수를 제가 꼭 갚을 터이니 아바마마는 이제 고이 잠드소서."

이렇게 다짐하고 돌아왔다.

그는 백제 제 10대 임금으로 지략이 뛰어난 임금이었다.

그는 아버지가 남기고 간 대륙백제를 우선 건실한 나라로 키우기 위해 군사를 기르고, 백성들을 아꼈다.

어려서부터 총명하고 풍채가 걸출하여 아버지의 총애를 받은 분서왕은 결코 전쟁을 함부로 일으켜서는 승산이 없음을 잘 아는 임금이었다.

그런 분서왕은 책계왕의 새 왕비인 보과의 아들이 아니었다. 반도 백제에서 이미 첫 부인에게서 얻은 나이 스물이 다 된 청년이 있다. 따라서 책계왕이 죽고 나사 보과왕비는 전실 아들에게 모든 것을 맡기고 편안히 대왕대비 대우만 받으면 그만이었다.

분서왕은 총명하여 혼자된 젊은 어머니에게도 효성을 다했다.

그는 6년을 기다려서야 군사를 일으켰다. 분서왕 7년 2월(304년), 왕은 그동안 길러온 대륙백제의 뛰어난 군사를 이끌고 낙랑의 서현을 기습했다.

책계왕 이후로 거의 전쟁을 잊고 있었던 낙랑으로서는 전혀 예상치 못한 일이었다. 그만큼 대륙백제의 땅을 넓힌 분서왕은 다시 신중하게 처신했다.

왕은 결코 경거망동할게 아니라 한동안 또 군사를 길렀다가 적이 방심하는 시기를 타서 기습하는 효과를 얻기로 계책을 세우고 자중하고 있었다. 그러나 이러한 분서왕의 침묵은 그 해 10월, 그

고이왕계의 부침 89

러니까 낙랑의 서현을 빼앗은 그 해 가을 그만 수포로 돌아가고 말았다.

서기304년 늦가을 밤이었다. 같은 해 2월 낙랑의 서현을 공략한, 그래서 꽤 많은 영토를 쟁취한 분서왕의 기백은 그날 밤도 식을 줄을 몰랐다.

그는 평상시에 근무하는 편전에서 그날 밤 시종무관 서넛을 데리고 술을 마시고 있었다.

술이 거나해진 분서왕은 묵직한 음성으로 내년 봄, 다시 낙랑을 공략할 자신의 포부를 무장들에게 피력했다.

"우리 백제는 반도 한성 땅에서는 비좁아 뻗어나갈 수가 없다. 그러니 올봄에 낙랑을 쳐서 얻은 전과 그대로 부지런히 정군을 양성하여 내년 봄에도 정예군으로 하여금 낙랑을 공격하여 이 중국 대륙에서 국토를 더 확장해야 할 터이다. 그래야 비명에 돌아가신 우리 아바마마와 젊은 나이에 홀로 되신 대왕대비 마마의 한을 풀어드리는 길이 아니겠는가?"

"상감마마 지당하신 분부이옵나이다. 백제군은 겨울에도 훈련을 쉬지 않고 전투력을 보강하여 겨울에 판판히 놀고 있는 낙랑군을 단숨에 섬멸할 작전을 착오 없이 수행하겠나이다."

좌 장군이 임금의 말을 부축이고 나왔다.

"저희들도 같은 생각이옵니다. 아무 걱정 마십시오."

나머지 우 장군이나 다른 무장들도 좌 장군의 말에 동의했다. 밤이 이슥하도록 임금과 장군들은 나라의 장래를 걱정하고 화기애애하게 어울린 술판이었다.

"상감마마, 중전마마께서 기다리고 계십니다."

술판이 끝나자 도승지 격인 내전관이 아뢰었다.

"오늘은 술이 거나해서 곤전에 가지 않겠다. 편전 내 침방에서 혼자 잘 것이다."

하여, 그날 밤은 주변을 다 물리고 편전 침방에서 임금 혼자 침수에 들었다.

그러나 누가 짐작이나 했겠는가. 그날 밤 궁중에서는 무시무시한 비극이 벌어졌으니 말이다.

자정이 가까울 무렵이었다. 임금이 술기운에 쉽게 잠에 빠져 코를 골기 시작하자 창가 장막 뒤에 미리 감쪽같이 들어와 숨어 있던 자객이 긴 칼을 뽑아 임금의 목에 두 세 번이나 깊이 꽂았다.

임금은 그날 밤 아무도 모르게 이 자객의 칼에 시해 당했고 이튿날 아침에야 내전관에 의해 비보가 궁중에 퍼졌다.

"대왕 마마, 이게 또 무슨 청천벽력입니까?"

대왕대비인 보과는 남편의 전사에 이은 아들의 참변을 보고 하늘이 무너지는 통한을 어쩌지 못했다.

"마마, 소첩은 어린 것들을 데리고 이 먼 대륙 땅에서 어찌 살라 하고 이렇게 비명에 먼저 가십니까?"

반도 쪽에서 태자 때부터 남편을 따라 대륙에 건너온 왕비도 남편의 시신을 흔들며 오열했다.

이 참상을 훗날 기록들은 그저 낙랑의 자객에 의해 분서왕은 죽었고, 그 아들들은 너무 어려 그 뒤를 11대 비류왕이 이었다고만 했다.

당시 백제는 고이왕, 책계왕, 분서왕 등이 다스리는 대륙백제와 한반도에서 왕이 없는 채로 왕자나 신하들이 다스리는 한성백제의 둘로 나뉘어 있었음이 분명하다.

그런데 분서왕대에 이르러서는 분서왕의 아들들이 너무 어려서 거의 한성백제의 지도자가 없다고 할 만큼 한반도 쪽이 등한히 돼 있었다.

그 틈을 타서 왕권에 실질적으로 도전한 사람이 제 6대 구수왕의 둘째아들 비류(比流)였다.

뒤에 근초고왕의 아버지가 된 비류는 한성에서 분서왕의 대륙정책을 누구보다 달갑지 않게 본 왕족이었다. 그는 뒷날 분서왕의 뒤를 이어 제11대 왕으로 등극했다. 그러나 여기에서 짚고 넘어가야 할 일은 비류왕의 정체다. 비류왕이 과연 구수왕의 둘째아들인가. 그것은 뒤에 비류왕이 왕이 된 후에 역사를 그렇게 개조한 사실이 뚜렷하다.

이미 구수왕의 맏아들 사반왕의 왕위를 불법으로 찬탈하여 임금이 된 고이왕도 자신을 개루왕의 차남이며 초고왕의 동복아우라고 한 것 역시 명분을 세우기 위해 혈통을 조작한 것으로 보아야 한다.

이러한 억지 혈통에 반기를 든 사람이 바로 비류다. 연대로 보아 결코 비류는 구수왕의 둘째아들이 될 수가 없다.

구수왕은 234년에 죽었고, 그 뒤로 고이왕이 52년, 책계왕이 12년, 분서왕이 6년동안 왕위에 있었다. 그렇다면 비류왕은 자신의 아버지라는 구수왕이 죽은 뒤 70년이나 지난 뒤에 비로소 왕위에 올랐다는 말인데 이는 조작의 흔적이 너무 뚜렷하다.

비류왕에게는 우복이라는 이복동생이 있었는데 만약 비류가 구수왕의 아들이라면 우복도 구수왕의 아들이어야 한다. 그렇다면 적어도 234년보다 이전에 태어났다는 뜻이고, 왕위에 오를 땐 70이 훨씬 넘은 나이이어야 한다. 거기에다 재위 40년이라는 기간을 합치면 그는 110년 이상을 살았다는 것인데 이는 당시의 평균 연령으로 보아도 전혀 사리에 맞지 않는다.

따라서 비류는 고이왕이 억지로 개루왕의 차남이며 초고왕의 동복아우라고 한 사실을 그대로 본떠 자신도 어디까지나 구수왕의 둘째며 억울하게 당한 사반왕의 아우라고 한 것까지 똑같이 만들어낸 조작극이라 할 수 있다.

분서왕은 앞에 밝힌 것처럼 낙랑의 서현을 점령한 뒤 그의 모든 묵계가 수포로 돌아갔다고 했는데 그것은 분서왕이 그 해 가을 낙랑의 자객에 의해 살해되었다는 사실에 기인한 것이다.

그러나 그의 죽음에 대해서도 의문점이 많은 것이다. 과연 분서왕은 낙랑의 자객에 의해 죽은 것인가? 그렇다면 그 자객은 누가 보낸 것인가?

고이왕, 책계왕, 분서왕 까지 3대에 걸쳐 한반도의 도성 한성은 그리 돌보지 않고 주로 대륙 백제에서만 이 3대가 임금 노릇을 하자 이에 가장 불만을 품거나 반기를 든 사람이 바로 비류다.

비류는 위에서 밝힌 것처럼 혹 백제의 왕족(구수왕의 방계 혈통) 출신인지는 몰라도 결코 구수왕의 둘째 아들은 아니다.

그러면서도 그는 자신의 세력을 한성에서 규합하여 장차 왕이 될 꿈을 하나하나 실현한 사람이라고 보아야한다.

그는 우선 힘이 세고 활을 잘 쏘았으며 성격이 너그럽고 인자한 구석도 있어 사람을 아낄 줄 알았다고 한다.

  그 당시 이런 정도의 인물이라면 충분히 자신의 세력을 키워나갈 수 있었고, 급기야 그는 분서왕이 성공적으로 낙랑의 서현을 장악하자 더 이상은 분서왕을 대륙 백제 쪽에 두고 키워 줄 수 없다는 판단을 내린 것이다.

  따라서 낙랑쪽에 사람을 보내고 선물을 보내어 낙랑의 임금으로 하여금 분서왕을 시해하도록 종용하고도 남았을 것이다. 그렇지 않아도 위례성에 대륙백제가 스며들어 낙랑의 서현을 빼앗아 가는 등 밉기가 이만저만이 아닌 분서왕을 감쪽같이 없애달라는 당부와 선물을 받은 낙랑 쪽에서는 전국에서 가장 뛰어난 자객을 뽑아 위례성에 잠복시키어 깊은 가을 밤 분서왕의 목에 칼을 꼽는 행위를 거침없이 자행하게 하고 만 것이다.

  분서왕의 죽음으로 대륙백제는 급격히 약화되고 말 수밖에 없었다. 8대 고이왕 때부터 시작된 대륙백제의 큰 꿈은 아들 책계왕을 거쳐 그 손자인 10대 분서왕에 이르러 가장 왕성하게 전개되다가 그의 알 수 없는 죽음으로 그만 침체일로에 빠지고 말았다.

  분서왕의 묘호를 풀어 봐도 분서(汾西)란 '서쪽을 나누겠다' 란 뜻인데 과연 한반도의 서편인 대륙을 당신 뜻대로 나누어 차지하겠다는 의지는 얼마나 대단한 것인가. 그러나 그런 위대한 꿈은 자객의 칼끝에 무산되고 만 셈이다.

  여기서 8대 고이왕 이후 9대 책계왕 그리고 10대 분서왕까지 대륙을 지킨 백제의 왕이 있었다면 또 하나 묘한 죽음을 당한 왕이 있었으니 그가 바로 뒤에 언급이 나오겠지만 12대 계왕이다.

계왕은 다음에 언급 될 11대 비류왕을 이어 왕위에 올랐는데 비류왕이 자신에게 아들이 둘이나 있음에도 자기 조카인 계왕을 즉위케 한 점도 묘하거니와, 결국 13대 근초고왕의 8촌인 12대 계왕은 말로만 임금이지 고작 2년 정도의 재위를 마치고 무슨 이유로 죽었는지도 모르게 계왕이 죽었으니 고이왕의 후손 셋이 하나는 전사, 하나는 자객에 의해 시해, 그리고 증손인 계왕은 의문사정도에 그치고 고이왕계가 끝나고 만 셈이다.

글쎄 계왕 당시 나라의 실세를 다음에 기술할 진의(眞義)를 중심으로 한 진씨 가문에서 쥐고 있었고 13대 임금이 된 근초고왕 구(句)도 이 진씨 가문의 비호 아래 집권이 가능 했다고 본다면 진씨 가문과 구는 서로 어울려 계왕을 제거하는 구테타를 일으킨 점이 거의 확실시 되니, 사실이 그러하다면 역사는 예나 이제나 약육강식의 드라마가 아니겠는가.

4. 비류왕의 계략

아무튼 이렇게 허무하게 분서왕이 죽자 이번엔 대륙백제 쪽에서가 아니라 한반도 쪽 한성에서 임금이 나와야한다는 여론이 분분했을 터이고 이 여론을 틈타 그동안 자신의 세력을 키워왔던 비류가 자연스레 분서를 딛고 왕위에 오른 것이다.

여기에서 먼저 집고 넘어가야할 대목은 비류왕의 즉위와 관련하여 도무지 이해가 되지 않는 기록이다.

그것은 비류왕이 구수왕의 둘째 아들이라는 기록이다. 이는 마치 고이왕의 즉위 때와 아주 유사한 역사의 날조라는 점을 다시 한 번 상기해 볼 수 있다.

구수왕은 서기 234년에 죽었고, 그 뒤를 이어 고이왕이 52년, 책계왕이 12년, 그리고 분서왕이 6년 동안 왕위에 있었다. 그렇다면 304년에 즉위한 비류왕은 구수왕이 죽은 뒤 꼭 70년 뒤에 임금이 되었다는 말인데 이긴 터무니없는 날조라고 이미 앞에서 분명히 지적한 바 있다.

왜냐하면 비류왕은 임금이 되어 40년간이나(304~344)왕위에 있었는데 그렇다면 비류왕은 110살의 나이에 타계했다는 계산이 나오고, 구수왕이 죽기 전에 태어났다면(비류왕에게는 우복이란 서출 아우도 있었다고 하니) 비류왕은 110살의 나이도 더 먹었을 테니 말이다.

요즘도 100살이 넘게 장수하는 노인이 극히 적은 걸 보면 당시 110살 넘은 노 임금이 나올 턱이 없지 않은가.

이렇게 본다면 비류라는 인물은 구수왕의 혈통을 타고 난 백제 왕족이거나 구 후손이기는 해도 구수왕의 아들은 결코 아니라는 결론이 나온다.

아무튼 비류왕의 즉위는 고이왕계의 몰락에 뒤 이은 초고왕계의 재집권을 의미한다.

백제의 왕족이요 고이왕과도 혈연관계가 있었던 비류는 아주 신중한 인물이었다. 그는 대륙 백제에서 책계왕과 분서왕이 한 군현과 싸우고 있을 때 전혀 두각을 나타내지 않고 한성 백제 쪽에서 거의 숨어살던 왕족이었다.

이는 마치 고구려 역사에서 15대 미천왕이 숙부 봉상왕의 횡포와 숙청을 피해 머슴살이도 하고 소금장수도 하면서 자신의 신분을 노출시키지 않은 것과 유사하다. 그러나 이렇게 숨어 지내던 비류는 책계, 분서 두 임금이 비명에 가자 움츠리고 있던 초고계의 세력을 규합하는 계략을 발동하기 시작하여 결국 분서왕의 나이 어린 아들을 제치고 왕위 계승이라는 어려운 명제를 이룩해낸 인물이다.

그는 성품이 너그럽고 인자하여 주변사람들에게 호감을 받는 인물이었으며 힘도 장사였고 활도 잘 쏘아 무예에도 출중한 왕족으로 인기가 있었다.

이렇게 당시의 역사적, 정치적 정황으로 보아 대륙백제가 고이왕 이후 거듭되는 왕의 전사나 (책계왕) 시해(분서왕)로 그 세력이 약화되어 빛을 잃고 있을 때, 한성 백제 쪽에서 신민(臣民)의 추대를 받고 왕위에 오를만한 기반을 미리미리 닦아둔 인물은 역시 비류라는 인물이다.

여기서 신민은 온조왕 때처럼 신하와 백성을 모두 포함하는 것이 아니라 몇몇 정치세력으로서 왕위계승에 관여할 수 있는 귀족층을 지칭한다고 보아야 한다.

그 첫 번째 인물이 해구(解仇)라는 사람이다. 해구는 뒤에 비류왕 9년에 병관좌평 벼슬에 오를 만큼 유력한 인물이다.

가령 고이왕대에 진(眞)씨들이 귀족으로 왕을 보좌 했다면(진충; 좌장, 진물; 좌장, 진가; 내두좌평 등) 비류왕 대에는 맨 먼저 해구라는 인물이 병관좌평으로 오를 만큼 그 영향력이 지대했음을 알만하다.

해씨계가 중앙정치에 등장하는 기록은 온조왕 때부터 해루(解婁)가 우보에 임명되는 것에서 비롯된다.

부여족인 해루는 백제건국 당시 온조와 같은 부여족이기 때문에 중용되었다고 보는데 그 후손인 해구는 한성 백제 쪽에서 강력한 정치세력으로 활동, 비류왕 직위에는 결정적으로 관여할 수 있었다.

평소에 대륙백제에 집착한 고이왕계에 반감을 품고 있던 해구는 분서왕이 왕위에 오른 지 재위 7년 여름에 왕족인 비류의 사저로 찾아가 자신의 소신을 당당히 밝힌 바가 있다.

" 왕손이신 그대는 백제를 언제까지 중국 땅에서만 명맥을 유지하게 놔둘 작정이요?"

해구의 비장한 질문이었다.

"허허, 비록 책계왕은 전사를 했지만 그 아들 분서왕은 얼마 전, 2월에 낙랑의 서현을 기습하여 큰 전과를 올렸지 않소?"

비류는 차분히 받아넘겼다.

"허허, 그걸 뭐 그리 과대평가 하시오? 그 큰 땅에서 서현쯤 빼앗은 게 뭐 그리 대수요, 그 일로 낙랑과 한나라의 교통만 어렵게 해서 필시 낙랑 쪽에서 무슨 보복이 분서에게 있을 지도 모르는

데."

누대에 걸쳐 한성백제에서 정계를 관장했던 해씨의 후손 해구는 분서왕이 도무지 못마땅하기만 했다.

"그래도 그렇지 대륙에 임금으로 있는 분서를 이 쪽 한성백제에서 어찌해볼 수가 있겠소?"

비류는 체념하듯 말했다.

"내게 묘책이 하나 있긴 있소만."

"아니, 그 묘책이 도대체 무엇이요?"

"뻔하지 않소, 자객을 보내 없애야지요."

"아니? 지금 해공이 무어라 했소? 자객이라면 임금을 시해 하란 말이요?"

비류의 목소리가 떨렸다.

"암, 그렇지요, 이참에 고이왕계의 왕통을 무너뜨리고 이쪽에서 올바른 왕족으로 대권을 이어나가려면 그 방법 밖에 없지 않소?"

해구는 두 눈에서 불을 뿜듯 눈을 부라렸다.

"허어, 그래도 그렇지 예서 대륙백제까지 어찌 자객을 보낸단 말이요?"

비류가 빙그레 웃고 말았다.

"그야 어렵지 않소. 내 낙랑 조정에 잘 아는 무관이 하나 있소, 그 친구에게 서찰을 보내면 틀림없이 낙랑에서 자객을 보내어 큰 일을 치루고 말거요."

허구는 이미 작심하고 온 듯 거침없이 말했다.

"아니, 그게 정말이요? 허공이 그렇게만 해 준다면 내 뒷날 허공의 큰 은혜를 어찌 잊겠소?"

비류의 눈도 빛이 났다.

"그럼 두 가지만 나와 미리 약조를 해주시오, 하나는 거사가 끝난 뒤에도 내가 그 일을 뒤에서 도모했다는 말을 누구에게도 발설하지 않겠다는 약조와, 두 번째는 왕손께서 대권을 이어받되 나를 너무 일찍 중용 하지 않겠다는 약조가 바로 그것이요."

그 말을 듣고 난 비류는 너무 마음이 편했다. 이건 땅 짚고 헤엄치기 아닌가.

"허공, 내 어찌 공의 그 당부를 함부로 할 수가 있겠소? 지당하고 또 지당한 당부 이니 내 그대로 약조를 지키겠소. 그러니 성사만 시켜준다면 내 백제의 역사를 고이왕계에서 바로잡아 정통으로 반석위에 올려놓도록 할 작정이요."

이렇게 하여 두 사람은 그 자리에서 서로 부둥켜 안고 뒷날을 철석같이 맹서 했다.

그것이 분서왕 7년 여름의 일이었다. 그리고 그해 10월에 분서왕은 아니나 다를까 낙랑에서 보낸 자객에 의해 비운의 일생을 마치고 말았다.

다음으로 비류왕의 즉위와 가장 가까운 신민의 하나는 그의 이복동생이라는 우복(優福)이다.

당시 정계의 분포로 보아 해씨 계와 쌍벽을 이루고 있는 또 하나의 세력은 중국대륙에서 백제를 유지하고 있던 고이계의 왕족인 우씨 세력이었다.

그 우씨 계의 대표적 인물이 우복으로 그는 뒤에(비류왕 18년) 내신좌평에 기용 될 만큼 술수와 배짱을 겸비한 인물이었다.

우복은 솔직히 분서왕이 시해 당하자 자신이 왕위를 이어받고 싶었던 사람이다. 그러나 비류왕의 친 아우도 아니요 서제임이 큰 하자로 여겨졌고 게다가 그의 고약한 성격도 많은 신민의 예우를 받기엔 어려움이 있었다.

그러한 우복을 사재로 끌어들여 설득하고 포용한 사람이 결국 비류였다. 비류는 무술에도 뛰어났지만 대화를 통하여 상대방을 설득하고 장악하는 데도 아주 출중한 기량을 발휘했다.

분서왕이 죽고 나자 성급한 우복이 비류의 사재로 찾아와 억지를 부린 일이 있었다.

"형님, 중국 땅에서 분서가 칼에 맞아 죽었는데 이제 우리가 대통을 이어야 할 게 아니우? 형님이 뜻이 없다면 내라도 그 자리를 차고 들어가야 할 판이요."

우직한 우복이 제 속을 털어놨다. 그 말을 듣고 계략이 뛰어난 비류가 내심으로는 크게 놀랐지만 겉으로는 태연히 받아 넘길 수밖에.

"허허, 분서가 비명에 죽었다니 이제는 이쪽 한성에서 임금이 나와야 하는 건 당연한 노릇이지, 더구나 분서의 아들들이 아직 너무 어리니 열 살도 안 된 그 아들들이 임금 노릇을 할 수도 없고, 그래서 내 하는 말인데 하긴 이번에 아우가 왕통을 이어도 무방하지만 그래도 형이 이렇게 아직 살아 있으니 이번에는 내가 먼저 대통을 잇고 내 뒤에 아우가 또 이어나가면 어떨까?

내 이번에 아우가 나를 밀어만 주면 언젠가 아우를 좌평 벼슬로 중용할 터이고 그 뒤 내가 죽을 때가 되면 아우에게 대통을 잇게 하라고 유지를 내리면 될 게 아닌가. 내가 살면 얼마나 오래 살겠다고 그 자리를 아우가 먼저 차지하려고 하는가? 하하, 우리 나이 순서대로 한 번 해 나가는 것이 그 아니 좋은가?"

비류는 나지막한 목소리로 우복을 달랬다.

"형님, 그럼 해씨문중에서도 형님을 밀고 있습니까, 그리고 특히 해구하고는 어찌 이야기가 됐습니까?"

그때야 비류는 속으로 쾌재를 부르며 침착하게 대꾸했다.

"허허, 어제도 해구가 다녀갔네. 해구가 직접 제 부하 서 넛을 데리고 이 방에 와서 내게 충성을 맹서하고 갔네. 이제 자네만 내 손을 들어주면 나는 임금이 된 거나 진배없네."

해씨 문중에서 비류 형을 지지한다는 소리까지 듣고 난 우복은 대세가 이미 기운 것을 직감했다. 우직하면서도 단순한 우복이었다.

"허지만 형님, 그 해구란 녀석은 겉 다르고 속 다른 괴이한 놈이니 그 놈을 너무 믿지는 마시죠."

우복은 비류의 집권을 기정화 하면서도 해구의 득세는 훗날 거추장스러울 테니 미리 그렇게 쐐기를 박았다.

"하하, 이 사람아 내 성도 자네와 같은 우시 아닌가. 아무려면 팔이 안으로 굽지, 무슨 그런 걱정을 다 하는가?"

"그럼, 형님이 이번에는 왕위에 오르시구 형님 돌아가실 무렵에 유언이라두 하셔서 꼭 제게 왕위를 양위하여 주시쥬!"

우복은 벌떡 일어나 비류형에게 큰절을 올리기 까지 했다. 그러면서 그는 "감축 드립니다. 형님은 앞으로 백제의 성군이 되실 겁니다." 하고 갑자기 무릎을 꿇었다.

"허, 이 사람 편히 앉게나, 아직은 그냥 자네의 이복형일 뿐인걸."

비류는 은근히 기쁨을 감추지 못했다.

"상감마마, 이 아우가 정녕 형님의 등극을 감축 드립니다."

"허, 아우님, 아직 그런 과찬은 이르지요, 아무튼 고맙구려!"

그날 비류의 사저에서도 그 뒤 두 사람이 거나하게 술을 나눠 마신 건 당연했다.

비류가 분서를 암암리에 시해한 또 하나의 방증은 과연 낙랑에서 보낸 자객에 의해 분서가 죽었다고 한다면, 필시 백제에서 낙랑에 대한 대대적인 항의와 보복이있어야 정상적이다. 그러나 비류왕은 즉위 이후 단 한 차례도 낙랑을 공격한 사실이 없다.

더구나 비류왕 재위 기간엔 낙랑은 물론이고 대륙백제에서도 아무런 사건이 일어난 일도 없고 그 기록도 찾아볼 수 없다. 이렇게 비류왕은 철저하게 대륙백제를 외면한 게 사실이다.

당시의 백제는 사실상 두 개의 백제로 나누어 볼 수 있다. 분서왕이 한성 백제 쪽에 거의 관심을 보이지 않고 대륙 백제에만 머물다 낙랑태수가 보낸 자객에 의해 죽었다는 사실도 한성백제 쪽에서 얼마나 대륙백제를 혐오했는가를 방증하는 기록이다.

그러니까 비류는 한때 은둔 생활을 했지만 분서왕이 한성 쪽에 관심을 거의 보이지 않자 서서히 두각을 나타내어 이미 분서왕이 죽기 전에 자신의 역량으로 혁명군을 조직하고 한성백제 쪽의 실질적인 지도자로 행세하는 한 편, 위에서 지적한대로 해구나 우복 등 왕족의 여러 대표와도 암암리에 유대를 돈독히 하여 한성 쪽의 실세로 행세하다가 갑자기 분서왕이 변을 당하자 그 여세를 몰아 신민의 대표 회의를 소집, 무혈혁명으로 임금이 된 게 분명하다.

이렇게 본다면 비류왕의 즉위 시기도 꼭 분서왕의 피살 이후라고도 볼 수 없고, 다만 왕이라는 호칭만 쓰지 않고 거의 임금에 준하는 역할을 하다가 분서가 죽자 그때부터 공공연히 왕의 권좌에 오른 지도 모른다.

분서왕의 조부인 고이왕이나 책계왕은 분조(分朝), 곧 조정을 둘로 나누어 한쪽을 임금이 대륙에서 다스릴 때는 태자는 한성 쪽을 다스리는 형식을 취하고, 그 반대로 왕이 한성 쪽에 와 있으면 태자가 대륙 쪽을 경영하는 방식이었는데 분서왕의 경우엔 그것이 불가능했다.

그의 아들들이 너무 어렸기 때문이었다. 그러다보니 그는 주로 대륙 쪽에만 머물러 정치를 했고, 이는 결국 한성 백제 쪽에 반역의 빌미를 키운 결과가 됐다.

분서왕의 묘호인 '분서(汾西)'란 말은 '클 분, 서녘 서' 곧 서쪽에서 크게 왕도를 폈다. 란 뜻이 있고 비류왕의 묘호인 비류(比流)는 첫째 온조 임금의 형 비류가 비록 즉위는 못해 봤지만 그 비류(沸流)란 이름과 음이 같게 지은 데도 묘한 의미가 있고, 둘째 '견줄 비, 혹은 나란히 비'란 뜻이 비자에 있음은 분서왕과 견주고 싶고 분조의 현실에서 분서왕과 나란히 왕정을 펴고 싶다는 뜻도 포함된 것으로 안다.

뒤에 다시 밝히겠지만 비류왕이 서거한 뒤에 곧바로 그 뒤를 이어 비류왕의 큰 아들이나 둘째인 근초고왕이 왕위를 계승하지 못하고 일단 대륙 백제 쪽에서 자란, 이제 나이가 40이 넘은 계왕이 승계한 사실을 봐도 당시 분조의 현실에서 고이왕계가 왕통을 이어받지 못한 사실이 얼마나 중대한 과오로 지적, 고이왕계의 많은 추궁을 당했으면 계왕이 등장 했을까 하는 아이러니를 이해할만

하다.

 아무튼 이렇게 비류왕은 어찌어찌해서 임금이 됐고 재위 40년이란 긴 세월을 권좌에 올라 영화를 누렸지만 자신의 후계를 계왕에게 내 줄 정도로 아슬아슬한 임금 노릇을 했고, 당시의 백제는 사실상 대륙과 한반도로 분조되어 늘 정치적 공방이나 견제가 끊이지 않는 불연속선의 연장위에 있었다고 보아도 무방하다.

 따라서 겉으로는 무력을 앞세운 바 없지만 결국 자신의 세력을 확장, 힘으로 임금이 된 비류왕은 즉위 직후부터 민심 안정에 매달릴 수밖에 없었다.

 그가 즉위한 뒤 9년이 되는 해에 나라의 외롭고 가난한 백성, 곧 과부, 홀아비, 고아 등을 구휼하는데 힘을 썼다는 기록도 민심 애무의 일환이라고 볼 수 있다.

 비류왕 24년(327) 9월의 일이다.
 병관좌평이 황급히 대궐에 들어와 어전에 부복하고 비류왕에게 위급한 반란사태를 아뢰기 시작 했다.
 "마마, 큰 일이 났습니다."
 "병관좌평, 갑자기 큰일이라니?"
 비류왕은 무심히 물었다.
 "마마, 아직 내신좌평으로 있는 우복이 강 건너 북한성에서 반란을 일으켰습니다."
 "아니, 뭣이라? 우복이 반란?"
 "네, 그러하옵니다. 창과 칼로 무장한 군사 수백을 거느리고 산성에서 아우성 치고 있습니다."

좌평은 겨우 고개를 들고 임금을 보았다.

"허허, 그 녀석이 반란을 일으킨 이유가 뭣인가?"

임금은 여유가 있었다.

"확실히는 모르겠사오나 분서왕을 이어 용상에 오를 사람은 분서왕의 아들이거나 우복인 자기 자신이여야 하는데 마마가 등극하신 일은 잘못이라며 그 일을 못 마땅히 여겨 군사를 동원했다는 소문이 퍼져있습니다."

"우복이 이놈! 내가 제 놈을 배다른 아우지만 그래도 아우로 생각해서 내 재위 18년에 내신좌평으로 중용했건만, 이놈 보라는 정사는 뒤로 미루고 그동안 군사를 제 사저에서 길러 급기야 반란을 일으키다니? 이놈을 내 그냥 두고 볼 줄 아는가?"

비류는 사려 깊은 인물이지만 이날만은 화가 머리끝까지 치밀었다.

"마마, 고정하시고 제게 이놈을 치라는 하명을 해 주십시오. 내 이 놈을 며칠 안에 잡아다 물고를 내고 마마 앞에 대령하겠나이다."

병관좌평은 늠름하게 나왔다.

"알았다. 먼저 좌평들 긴급회의를 갖기로 하자. 그러나 너무 성급히 쳐들어가지 말고 성 아래에 우리 궁중 군사를 철통같이 배치하여 이놈들이 내려오지 못하도록 길을 막고, 아래에서 성으로 올라가는 군량미와 병기 보급을 모두 끊고 이놈들이 허기져서 힘이 다 할 때 한꺼번에 쳐 들어가 쥐 잡듯이 토벌하는 방법이 가장 좋을 듯하구나!"

비류왕은 병서를 많이 읽은 지략가이기도 했다.

"마마, 훌륭하신 분부이시옵니다. 마마의 분부대로 거행하겠나이다."

그날, 좌평들의 비상소집과 긴급회의가 열렸음은 물론이지만 왕이 제시한 토벌작전보다 더 나은 계책은 나오지 않았다.

우복의 이러한 반란은 첫째, 그가 독립적 성격의 군사적 기반을 가지고 있었다고 볼 수 있다. 그의 재지 기반은 한강 이북의 북한성 일대였음을 알 수 있고 이러한 현상은 당시 왕권 하에 군사권이 일원적으로 편성되지 않았음도 짐작 할만하다.

따라서 이러한 우복의 반란은 단순한 정변이 아니라 충분히 쿠데타의 성격을 띠고 일어났다고 보아야 한다.

정변이라면 한성 내부에서 벌어진 일일 터인데 산성을 거점으로 일어났으니 병력을 동원한 반역이다.

다음으로는 비류왕에 대한 고이왕계의 지지가 시종일관 지속되지 않았음을 짐작 할만하다. 즉 고이계 안에서도 비류왕을 지지한 세력과 그렇지 못한 세력은 있었다고 보아야한다.

더구나 우복은 나이 어린 분서의 아들(뒤에 계왕이 됨)을 대신하여 분서를 이어 왕위에 오를 수 있는 최우선 영순위에 있었던 입지를 생각하면 비류왕 옹립 시 신민의 추대를 꺾지 못하고 왕위를 차지하지 못한 게 너무 분한 나머지, 그리고 막상 등극하고 나니 언젠가 비류왕이 서거하더라도 그 아들들에게 왕위가 이어지지 자기에게는 비류가 약속한 대로 다음 왕자리가 거의 무산된 것이나 마찬가지라는 판단이 드니 이래저래 화가 치밀어 거사를 한 것으로 볼 수 있다.

비류왕의 입장에서도 등극 후 곧바로 우복을 좌평에 기용한 것이 아니라 재위 18년에야 고이계의 불만을 무마하는 입장에서 내신좌평으로 임용했으니 이런 처사를 우복이 별로 고마워할게 없는 노릇이 아닌가.

그러나 우복의 대항은 그리 강하지 못했다.

그의 거사는 비류왕이 짐작한대로 군사의 사기 면에서나 군비 혹은 군량미 면에서 그리 대단하지 못했다.

결국 우복의 반란은 거의 한 달 만에 걸친 궁중군의 고사 작전 끝에 한꺼번에 돌진하여 반란군을 체포, 소탕하는 방법으로 조금은 싱겁게 끝나고 만 셈이다.

비류왕은 그런 우복을 조정 중신들의 상소나 건의처럼 국문을 통하여 사형에 처할 수도 있었지만 일단 난이 평정된 뒤에는 또 나름대로의 관용을 베푸는데 인색하지 않았다.

이복동생이란 핏줄도 있었지만 우복의 용상 꿈은 산산이 깨진 마당에서 그를 죽여 무엇 하겠는가. 비류왕은 우복을 죽이지도 가두지도 않고 그냥 방치하다 시피 했지만 우복에 대한 경계는 결코 소홀히 하지 않았다.

이때 우복을 평정하고 우복의 반란을 더 이상 확대하지 못하도록 억제한 인물이 바로 진의(眞義)이다.

진의는 비류왕 30년, 그러니까 우복의 난이 있고나서 6년 뒤에 내신좌평에 임명된 인물이지만 알게 모르게 우복의 난을 평정하고 그 뒤에도 민심을 수습하며 비류왕을 실제로 보필한 세력이 진씨 가문이고 이 진의는 그 진씨 문중의 대표로 보아야 한다.

비류왕을 이어 왕위에 오른 13대 근초고왕의 왕비가 진씨인 것을 보면 이때부터 비류는 진의를 중심으로 한 진씨 문중과의 유대가 아주 긴밀했음을 알 수 있고, 뒤에 다시 밝히겠지만 근초고왕의 즉위문제도 진씨 문중과 누누이 그리고 진지하게 논의가 있었음이 분명하다.

이렇게 본다면 비류왕 초기에는 진씨 문중을 억누르고 해씨 문중이 실권을 잡았다고 볼 수 있고 그 뒤 우복 등이 등장하면서 우씨계가 비류왕을 에워싸고 있었지만 우북의 반란 실패 이후에는 다시 진씨 계가 두각을 나타내어 실권을 행사 한 것으로 보아야한다.

따라서 우복의 난이 일어난 것이나 평정한 것은 비류왕 24년의 일이나 그 후유증이 완전히 정리되고 실질적으로 난이 평정 된 것은 진의가 내신좌평에 오른 비류왕30년 뒤로 보아야한다.

그러나 비류왕 40년의 재위 기간은 그리 태평성대는 아니었다.

비류왕 13년의 일이다. 봄에 혹심한 가뭄이 들어 백성들의 농사가 모내기에서부터 큰 어려움을 겪었다. 그런가 하면 봄밤의 어느 날 하늘에서 큰 별이 서쪽으로 흘러가는 것을 많은 백성들이 보고 기이하다고 수군거리기도 했다.

소문은 궁 안에도 흘러들어 임금도 결국 알게 되었고 임금은 즉시 주변을 물리고 일관(日官)을 독대하다시피 호젓하게 불러 그 연유를 물었다.

"마마, 큰 별이 서쪽하늘로 흘러간 것은 필시 여기서 서쪽인 중국 땅에 남아 있는 분서왕의 원혼이 한성백제의 평화를 시샘한 탓이옵니다. 언젠가는 그 분서왕의 아들 중에도 임금이 나와야 한다는 분서왕의 피맺힌 항변이 그리 큰 별로 바뀌어 서쪽 중국 땅에서 빛을 보기 원한다는 징표라 할 것입니다."

일관은 거침없이 임금에게 아뢰었다.

"음, 일관의 판단에 추호도 거짓이 없으렷다?"

사려 깊은 비류왕은 침착하게 물었다.

"마마, 제가 어느 안전이라구 거짓을 고하겠나이까?"

일관은 고개도 옳게 못 들었다.

"알았다, 나가 있거라!"

비류왕은 당장 일관을 물리고 혼자 명상에 잠겼다.

자신이 분서왕의 어린 아들들을 몰라라하고 신민의 추대라는 미명아래 임금 자리에 앉아 있는 것도 솔직히 왕위 찬탈이나 매 한가지라는 생각이 늘 그를 괴롭혀 온 것이 사실이다.

더구나 비록 정권은 비류왕 자신이 쥐고 있지만 자신을 에워싸고 있는 왕족이나 귀족, 그리고 정객들 사이에선 아직도 비류는 고이왕계의 시샘과 비판을 받고 있다는 현실도 늘 조마조마한 것이 사실이다. 그런 입장이고 보니 비류는 그런 천문을 보고 나간 일관을 함부로 목을 벨 수도 없는 처지다.

(음, 내가 임금 자리에서 물러날 때는 무조건 내 아들 중에서 임금을 시킬 것이 아니라 분서왕의 아들 중에서 후계자를 일단 골라 등극을 시키고, 그래서 고이왕계의 왕족이나 귀족의 입막음을 한 뒤에 그 아들이 무능함이 들어나면 그때 힘 좋고 영리한 내 아들을 시켜 다시 등극하도록 함이 민심을 달래는 데도 좋을 것이 아닌가.)

비류왕은 그런 속셈도 혼자 챙겨본 게 사실이다.

그런데 설상가상으로 그해 4월에 서울의 한 복판에 있는 큰 우물이 넘치고 그 가운데 검은 용이 나타났다는 소문도 왕도에 자자하게 퍼졌다.

비류왕은 일관을 다시 독대로 불러 그 사실도 물어보았다.

"마마, 서울 큰 우물에서 물이 넘쳤다는 것은 그 만큼 백성의 민심이 한군데로 모이지 않고 산산이 흩어졌다는 징표이옵고, 그 가운데서 검은 용이 나타났다는 것은 마마 말고 또 하나의 용, 다시 말하면 언젠가 이 나라엔 두 임금이 있을 수도 있다는 예고이기도 합니다."

"음, 이번도 거짓이 없으렷다?"

"죽고 싶지 않은 제가 무슨 말을 어찌 함부로 아뢰겠습니까?"

"알았다, 그만 나가거라!"

(음, 이런 민심 속에 내 아들을 처음부터 등극시키면 옛날 고이왕이나 내가 무슨 다름이 있겠나?)

비류왕은 자신을 에워싸고 있는 정치적 불만 세력이 늘 상존하고 있음을 실감하면서, 실은 그래 더 여리박빙(如履薄氷)의 심경으로 조심조심 국정을 잘 운영했는지도 모른다.

그러나 비류왕을 어렵고 괴롭게 만든 것은 고이왕계의 도전이나 자신의 권좌를 암암리에 노리고 있는 정치적 불안만은 아니었다. 그는 그런 와중에서도 많은 천재지변의 어려움을 겪었다.

재위 18년 여름이었다.

아침 군신회의도 있기 전에 조정좌평이 임금에게 급고를 한다.

"마마, 한성이남 시골에서 갑자기 메뚜기 떼가 극성을 부려 그렇지 않아도 가뭄이 심하여 흉년이 들판인데 농사를 아주 망쳤다는 소식이 들어왔습니다."

"어허, 이런 변고가 다 있나? 세상에 웬 메뚜기 떼가 그리 극성을 떠는가?"

비류왕은 기가 막혀 어찌할 바를 몰랐다.

"백성들이 나서서 논밭을 누비며 메뚜기를 잡기는 한다 하옵니다만 워낙 그 떼가 많고 극성이라 거의 속수무책이라 하옵니다."

조정좌평은 머리를 조아리며 고했다.

"병관좌평은 들으시오, 전국 각 병영에 있는 병사들을 풀어서라도 메뚜기 떼를 하루 빨리 잡아 농사에 더 이상 피해가 없도록 하시오!"

"네, 마마의 분부대로 거행하겠나이다."

병관좌평이 임금의 명에 두 말없이 복종했다.

그러나 내륙 백제는 메뚜기 떼로 인해 큰 흉년이 들었다.

비류왕 재위 28년엔 봄에도 여름에도 비가 오지 않았다.

가뭄은 어느 특정지역에만 한하지 않고 가위 전국이 다 가물었다. 6개월이 넘는 가뭄으로 백성들은 곳곳에서 기우제를 지내고 온통 난리였다. 논이 메말라 거북이 등처럼 쩍쩍 금이 갔다.

비류왕은 대궐 후원에 지은 불당에 자주 들렀다. 부처님께 비를 내려주십사 하고 기도를 드리기 위해서였다.

"부처님, 지금 이 나라엔 가뭄으로 온 백성이 농사를 지을 수가 없습니다. 하늘에서 단비가 내리지 않으면 백성들은 먹고 살 양식을 구할 수가 없습니다. 부처님의 자비로 저희 백성들을 살려주십시오."

비류왕은 지극정성으로 부처님께 절하고 기원했다.

그러나 비는 7월이 돼도 오지 않았다. 궁궐엔 나라 이곳저곳에서 흉흉한 소식이 날아들었다. 논밭이 모두 타들어가고 백성들은 굶고 허기가 져서 수도 없이 죽어간다고 했다.

드디어 먹을 양식이 없는 백성들은 산으로 올라가 산 짐승을 닥치는 대로 잡아다 연명을 한다고 했다. 그러나 산 짐승을 잡지도 못한 난폭한 백성들 중에는 산 아래 마을을 밤에 기습하여 멀쩡한 사람을 찾아내어 창으로 찍고 칼로 난도질하여 그 인육을 구어 먹는다는 비보까지 대궐에 날아들었다.

"아니, 아무리 배가 고파도 그렇지 어찌 사람이 사람 고기를 먹을 수 있단 말인가?"

왕은 군신 회의에서 발을 동동 굴렀다.

"마마. 황공 하오이다."

대신들은 한꺼번에 머리를 조아렸다.

우복의 난이 일어난 지 겨우 4년이 지난 비류왕 28년의 일이니 임금으로서는 나라의 이런 변고와 흉년이 너무 괴로울 뿐이었다.

"남한성에 제단을 만들고 다시 기우제를 지내도록 할 것이다."

비류왕은 군신회의에서 떨리는 음성으로 말했다.

이튿날, 왕은 남한성에 행차하여 다시 기우제를 지냈다. 7월 중순의 일이었다.

(천지신명이시여 이 나라에 비를 내려주십시오. 지금 가뭄으로 목이 타는 백성들은 목숨을 부지할 수가 없습니다.)

왕의 그런 기도 덕분인지 7월 하순에야 비는 다소 내렸다. 그러나 이미 농사는 가뭄으로 거의 소생할 시기를 잃은 뒤였다.

설상가상으로 재위 30년 5월에는 밤에 왕궁에 화재도 났다. 화재는 대궐을 몇 채 태우는 데만 그친 것이 아니었다. 불길은 궁궐에 가까운 민가에 까지 번져 죄 없는 민가도 태우고 말았다.

임금은 자신의 측근 중에 측근인 진의를 어전에 불렀다.

"이 번에 대궐에 불이 난 것을 어떻게 보는가?"

비류왕은 낮은 목소리로 물었다.

"글쎄요, 대낮이 아닌 밤에 일어난 화재이오니 분명 그 배후가 있는 것으로 추측이 됩니다만…."

"그렇지, 아직도 고이왕의 왕통을 잇지 못해 부심하며 나를 해치고자 하는 세력들이, 말하자면 우복을 따르는 무리 중에서 임금이 타 죽으라고 대궐에 불을 지른 게 뻔 하지 않은가?"

"저도 그리 생각 하옵니다 마마."

"그렇다면 이참에 그 무리들을 찾아내어 아주 능지처참함이 어떠한가?"

비류왕의 눈이 빛났다.

"하오나 마마, 마마께서나 왕후, 그리고 태자까지 아무 화상도 입지 않으시고 이렇게 무사한 바에는 오히려 그 놈들을 발본색원함이 마마의 부덕으로 백성들에게 보일 지도 모르옵니다. 마마는 그저 아시는 듯 모르시는 듯 대궐만 다시 중수하시고 태연히 지내심이 그 놈들의 원망이나 앙심을 역으로 잠재우는 묘법이라 생각합니다."

진의는 평지풍파를 일으키고 싶지 않은 귀족이었다.

"허허, 내 그대의 깊은 속뜻을 이제 알았네. 임금이 되어 이만 일에 너무 부화뇌동하면 오히려 역습을 당할 우려가 있단 말이 아닌가. 그래 덮어둠세."

"마마, 황공하옵니다."

진의의 배려가 적중한 탓인지 나라 안은 그런대로 무사했다.

그해 7월에 임금은 불탄 대궐을 수리했다. 궁궐 중수의 책임도 임금은 내내 진의에게 맡겼다.

궁궐이 웬만큼 제 모습을 되찾자 임금은 진의를 편전으로 불렀다.

"허허, 이 번 궁궐 중수의 대임을 그대가 아주 잘 마무리 해주어 너무 고맙구려. 내 그대의 그동안의 여러 가지 공로를 어여삐 여겨 오늘 내신좌평에 그대를 제수하는 바요."

비류왕은 파안대소 했다.

"마마, 신은 아무 한 일이 없습니다. 너무 황공무지로 소이다."

진의는 엎드려 임금의 총애를 받아들였다.

진의는 이렇게 하여 내신좌평에 오르고 이때부터 비류왕 시대는 진씨 가문의 영향력이 하늘을 찔렀다.

그러나 백제의 진씨 세력은 비류왕 때가 아닌 고이왕 때부터 그 위세가 대단했다.

고이왕 때 진씨 가문의 정치 판도를 보자. 먼저 고이왕 7년에 내외 병마의 일을 관장하는 좌장(左將)자리에 진충(眞忠)이 등용 됐다.

그러한 진충은 뒤에 왕 14년엔 우보(右輔)에 중용 된다. 이조 때로 말하면 우의정쯤 되는 자리다. 고이왕 27년엔 진물(眞勿)이 병마사 임무를 수행하는 좌장에 임명되기도 했다.

고이왕 28년엔 임금이 백제에서는 처음으로 6좌평 제도를 시행했는데 이때 내신좌평에 우수(優壽), 내두좌평에 진가(眞可), 내법좌평에 우두(優豆), 위사좌평에 고수(高壽), 조정좌평에 곤노(昆奴), 병관좌평에 유기(惟己) 등이 임용 된 것을 볼 수 있고 이때도 진가가 내두좌평의 요직에 오른 것을 보면 고이왕 재위 중에도 진씨 가문은 대단한 위력이 있었다.

다만 비류왕 대에 건너와서 해구나 우복처럼 비류왕의 즉위에 직접 관여한 사실이 없어 한 때 진씨 세력이 주춤하긴 했어도 결국 우복의 난을 앞장서서 평정하고 뒤에서 비류왕을 실질적으로 보좌한 진의가 나타남으로서 진씨 가문은 다시 최정상의 귀족이 된 셈이다.

이렇게 본다면 고이왕계를 보좌하던 진씨 가문에서는 상당한 사병(私兵)조직을 보유하고 있었을 것으로 추정할 수 있고, 그 사병 세력과 궁중 군이 힙세하여 우복의 난도 퇴지 평정한 것으로 보아 무방하다.

따라서 진씨 가문에서는 고이왕, 책계왕 이후 분서왕이 비명에 갔다하더라도 그 후계를 분서왕의 아들이 잇지 못하고 비류왕이 등극한 사실을 두고두고 못마땅하게 생각해온 진씨 일부가 있었을 것으로 볼 수 있으며 이러한 진씨 가문의 불평은 진의라는 내신좌평을 통하여 비류왕이 생각한 자신의 후사문제를 전혀 엉뚱한 방향에서 모색할 수밖에 없도록 조정하였음이 분명하다.

비류왕의 후계구도에 관한한 먼저 비류왕의 대를 이어 태자 노릇을 한 왕자에 대한 구체적인 기록이 없음에 주목해야 한다.

뒤에 13대 임금으로 12대 임금 계왕(契王)의 뒤를 이어 등극한 근초고왕은 무조건 비류왕의 둘째 아들이란 기록만 있지 그 형이

(첫아들) 누구인지 그 어머니가 누구인지 전혀 알 수가 없다.

더구나 비류왕의 2자라면 비류왕 사후에 곧바로 임금 자리에 오르지 못하고 왜 다시 고이왕의 증손자 벌인 계왕에게 먼저 왕위가 넘어가고 그 뒤 2년도 채 못 되어 다시 초고왕계인 근초고왕에게 임금 자리를 빼앗겼는지 알 수가 없다.

이러한 몇 가지 의문점은 진씨 가문과 비류왕, 그리고 진씨 가문과 근초고왕 사이의 묘한 함수 관계를 유추하지 않고서는 그 해답이 나올 수 없다.

비류왕 30년 진의가 내신좌평에 오를 무렵 구(句)라는 이름을 가진 왕자는 나이 열 두 살이었다. 내신좌평 진의는 자신의 입지가 웬만큼 확고히 되자 어느 날 임금을 독대하여 왕자문제를 거론하기 시작했다.

"지금 마마 밑에 아들 중에 대를 이을 왕자로 누구를 생각하고 계십니까?"

진의는 거침없이 물었다.

"글쎄 말이오. 경도 아다 시피 내겐 첫 왕비와 둘째 왕비에게서 각각 아들이 하나씩 있지 않소? 그런데 첫 왕비 소생인 맏아들은 나약한 제 에미를 닮은 탓인지 체구도 작거니와 성품도 용렬하여 내 아무리 봐도 왕재가 못 된다고 생각하오. 그렇다면 키도 크고 말 잘 타고 활도 잘 쏘고 성품도 아주 활달한 둘째왕비 소생 구가 왕재감인데 그 아이를 내가 지금부터 너무 감싸고돌면 첫 아들을 에워싸고 있는 세력들이 무슨 해꼬지를 할 지 모르니 아직은 내내색을 하지 않고 있는 중이오."

비류왕은 진의를 믿고 솔직히 자신의 의중을 말했다.

"마마, 그렇다면 이렇게 하시지요. 먼저 내년쯤에 큰 아들을 평범한 집안의 딸에게 혼사를 시키시고, 후년쯤에, 그러니까 구 왕자가 나이 열 넷이 되는 해에 제 큰 딸에게 장가를 들도록 해주시지요. 그렇게 해서 구 왕자가 제 사위가 되면 그 때부터는 저의 진씨 가문에서 구 왕자를 마마의 뒤를 이을 왕자로 뒤에서 얼마든지 보호할 수가 있습니다."

진의는 왕재감인 구를 구보다 두 살 위인 자신의 큰딸과 혼사를 시켜 사위로 삼은 뒤 어떤 절차를 거치더라도 비류왕을 이어 왕위에 오르게 하여 비류왕 이후의 정권을 진씨 가문에서 완전히 장악하려는 배짱이었다.

그런 진의의 검은 속뜻을 모르는 비류왕은 아니었다.

그러나 진의 말고, 그리고 진씨 가문 말고 구왕자를 보호해 달라고 간곡히 당부할 만한 신하나 가문도 없었다.

"경의 그런 구상도 아주 타당하다고 생각하는 바이오. 다만 경의 생각대로 내가 세상을 떠난 뒤 대뜸 구를 왕위에 오르게 하면 두 가지 일이 마음에 걸리는 바요. 그 하나는 큰아들을 놔두고 둘째 아들을 즉위시킨데 대한 비난이 예사롭지 않을 것이며, 다른 하나는 진씨 가문에서도 가끔 불평이 나오는 것으로 알고 있소만 고이왕계의 불평이 이만 저만이 아닐 것이요.

내가 즉위할 때는 다행히 분서왕이 자객에게 갑자기 죽었고 그 맏아들이 너무 어려서 그런대로 신민의 추대를 받아 용상에 올랐지만 지금은 그 아들이 나이 40이 가깝고 아직도 고이왕의 왕통을 이어나가야 된다는 생각을 가진 신민이 적지 않은 마당에 경의 사위라고 해서 무조건 왕통을 잇게 하면 또 무슨 해괴한 일이 벌어질지 모르오. 짐은 그게 큰 걱정이요."

비류왕의 생각은 아주 용의주도했다. 그것은 진의가 생각해봐도 너무 당연한 지적이었다.

그러나 그때 진의는 번개처럼 자신의 뇌리를 스치는 기발한 생각이 떠올랐다. 그는 그때 갑자기 비류왕 앞으로 다가앉아 목소리를 아주 낮추어 그 기발한 계책을 아뢰기 시작했다.

"마마, 그럼 이렇게 하면 어떠하겠습니까? 마마가 보실 때 왕재는 틀림없이 둘째 왕자 구 왕자라면 말입니다, 먼저 마마가 승하하신 뒤에 마마의 유언이라고 공표하고 큰아들의 즉위는 뒤로 미루고 먼저 분서왕의 큰아들을 왕위에 오르게 하는 겁니다. 그러면 나라 안의 소문이 대뜸 마마에게 칭송으로 돌아갈 겝니다.

세상에 자기 아들을 둘이나 두고 다시 고이왕의 왕통을 이으라고 유언하고 돌아가신 일은 얼마나 사심이 없는 마마의 큰 뜻인가 말입니다. 그렇다면 마마가 분서왕의 사후에 그 어린 아들을 제껴두고 즉위하신 일도 불가피해서 나라의 정사를 맡아 오신 것이지 왕권이 탐나서 한 일이 아니니 아무 흑심이 없었구나.

이렇게 마마가 속죄한 뜻으로 마마의 평판이 좋은 쪽으로만 자자하게 날 것입니다. 그런 연후에 마치 고이왕이 사반왕을 몰아내고 용상에 오른 것처럼 분서왕의 아들인 새 임금을, 그때가면 나이도 많고 무능할 게 뻔한 그 임금을 3년 안에 무슨 수를 쓰던 힘으로 몰아내고 구 왕자를 저의 진씨 가문에서 새 임금으로 추대하여 등극케 하면 큰아들 문제도 절로 해결 되고, 고이왕통의 승계 문제도 일시나마 복권을 시켜 주었으며 구 왕자가 즉위한 것은 능력 있는 사람이 권좌에 올라야 되는 것으로 고이왕 때에도 그런 선례가 있었으니 더는 묻지 말라고 하면 그 뒤엔 잡음이 안 나올 것입니다."

진의는 대단한 책사였다.

"듣고 보니 경의 생각이 아주 기발하고 절묘하오. 다만 분서왕의 아들을 3년 안에 힘으로 몰아낸다는 대목이 마음에 다소 걸리기는 하지만 하긴 경의 말대로 고이왕도 그런 선례를 남겼으니 경이 중심이 되어 신민을 무마하면 또 그렇게 넘어갈 일이기도 하오. 내 그럼 가만히 있다가 저 세상으로 가기 직전에 경의 말대로 그런 유언을 남기고 떠날 터이니 그리 알고 그 뒤는 내 둘째 아들이자 장차 경의 사위가 될 구가 무슨 수를 쓰던 삼년 안에 왕권을 이어 가도록 기필코 온 힘을 다 해주시오.

그리고 이 구상은 오늘 경과 나, 둘만이 아는 일이지 사전에 누구에게든 발설하면 큰일이 닐 것이오."

비류왕은 진의의 손을 맞잡았다.

"마마, 황공 하오이다. 보잘 것 없는 저의 구상을 이렇게 즉석에서 윤허하여 주시니 저는 정말 몸 둘 바를 모르겠나이다. 마마가 당부하신 대로 오늘의 구상은 단 한마디도 제 입에서 새 나가지 않도록 절대 비밀을 지키겠사오니 안심하십시오."

그렇게 말한 진의는 그 자리에서 벌떡 일어나 큰절을 임금에게 올림으로써 자신의 신의를 더욱 확고히 했다.

비류왕과 진의의 약속은 그대로 잘 지켜졌다.

그 이듬해 비류왕의 무능한 큰아들은 별 수 없는 가문에 장가를 들었고, 또 그 이듬해 그러니까 비류왕 32년엔 드디어 둘째 아들

구가 열 네 살의 나이로 진씨 가문 중에서도 내신좌평에 오른 진의의 딸에게 장가를 들어 그 사위가 되었으니 말이다.

그 뒤로 4년 후, 비류왕은 18세의 왕자 구를 가끔 자신의 편전에 불러 백제 역사의 흐름을 일러 주었고 그러한 가르침 속에는 이미 소개한 대로 시조 온조에 대한 이야기나 호색의 임금인 4대 개루왕에 대한 이야기도 포함되어 있었다.

다시 말하면 비류왕은 그때부터 둘째 왕자 구에게 넌지시 '네가 앞으로 왕통을 이을 세자나 마찬가지다.' 하는 암시를 주고 나서 그러나 모든 계획은 너의 빙장인 진의좌평이 다 짜 놓고 있으니 너는 특히 말조심을 하고 네 빙장이 시키는 대로만 하면 아무 문제가 없다는 식으로 타 이른 게 사실이다.

그러나 여기서 짚고 넘어가야할 큰 문제는 비류왕의 이중성이다. 간단히 생각하면 비류왕은 고이왕계와는 다른 초고왕계의 인물로 기록이 돼 있고 그 기록대로 보면 초고왕계가 틀림이 없다 할 것이다.

하지만 비류왕 18년에 반란을 일으킨 우복과 비류왕의 사이가 우복이 비류왕의 서제라는 점에 착안을 해보면 비류왕은 고이왕 재위 기간에 최고의 요직에 있었던 우씨들과도 같은 우씨라고 볼 수 있고(내신좌평; 우수, 내법좌평; 우두 등) 그렇다면 고이왕도 그 본성이 우씨라는 추정이 나오고, 실제로 〈삼국사기〉등의 기록에도 고이왕의 동생이었던 비류는 책계왕과 분서왕이 한 군현과 싸울 때 오랫동안 민간에 숨어 지냈던 것 같다는 표현이 나온다.

이 기록대로라면 고이와 비류는 같은 우씨로서 친 형과 아우는 아니지만 같은 집 안 사람임은 거의 확실시 된다고 하겠다.

이렇게 같은 우씨 가문의 귀족들이 고이왕대를 지켜 내려오다가 그만 책계왕, 분서왕이 비명에 가고 보니 그 뒤를 이을 마땅한 임금 재목이 없는 상황에서, 더구나 분서왕의 큰 아들 계(契)가 열 살 이내로 너무 어리고 보니 신민의 모임에서 같은 우씨 중에 성품이 너그럽고 인자하여 백성들을 소중히 여겼으며 또 힘이 세고 활을 잘 쏘아 신민에게 고루 인기가 있었던 비류를 왕으로 추대할 수밖에 없었을 것이다.

그리고 당시 비류가 구태어 고이왕계를 표방하지 아니 한 것은 우씨계와 거의 쌍벽을 이루고 있는 해(解)씨 계의 지지도 불가피 했던 만큼 자신을 구수왕의 둘째 아들이며 사반의 아우라는 명분을 내세워 마치 고이왕이 찬탈한 사반왕의 왕통을 자신이 잇는다는 구실로 권좌를 지켜나감도 하나의 묘책이라고 생각했을 것이다.

이렇게 내면적 실제로는 우씨계로서 고이왕계를 계승 하면서도 표면적 명분으로는 사반왕, 초고왕계를 다시 계승한다는 방편으로 어느 쪽에도 편파성이 없는 이중성으로 왕위를 40년이나 이어온 것이 분명하지 아니한가.

그렇지 않고서야 자신의 큰 아들과 더구나 품성이 활달하고 무예에도 뛰어난 둘째 아들을 다 제치고 유언을 통하여 다시 분서왕의 장자인 계왕에게 왕위를 내 준다고 하고 세상을 떠난 비류왕을 이해할 수가 없는 것이다.

이렇게 본다면 기록에 따라서는 근초고왕도 실제로는 비류왕의 피가 섞인 직자도 아니요 왕족 중에서 진씨 가문에서 추대하여 왕위에 오르게 한 인물이라는 주장도 있으나 백제사 기술에 비류왕의 둘째아들이란 기록이 엄존하는 점으로 보아 이점은 그쯤에서 접고 넘어가기로 한다.

드디어 비류왕 41년 겨울, 왕은 더는 병마와 싸워 이길 힘이 거의 쇠진하고 말았다. 그는 붕어하기 하루 전 아침에 무슨 기미를 느꼈는지 먼저 둘째 왕자 구의 어머니인 둘째 왕비를 침전으로 불렀다.

"그대는 내 말을 잘 들으시오. 나는 머지않아 세상을 떠날 것이오. 내가 가고 나면 내 자리를 이을 사람을 놓고 조정이 아주 시끄러울 것을 내 미리 짐작해서 지금 내신좌평으로 있는 구 왕자의 장인인 진의에게 내가 이미 일러둔 말이 있소. 그것은 내 뒤를 이을 임금으로 우선 분서왕의 큰 아들을 추대하도록 하라 하였음이 그것이오.

그리고 나 또한 유훈으로 그리 당부하고 죽을 것이요. 그러면 첫째왕비의 아들은 임금 자리에서 일단 멀어질 것이요. 그런 연후에 3년 안에 진의가 중심이 되어 힘으로 분서왕의 아들인, 나이 많은 새 임금을 몰아내는 것이오. 그런 뒤에 성격도 활달하고 무예도 뛰어난 그대의 아들 구를 새 임금으로 추대하게 하면 그대는 그때 비로소 임금의 생모로서 대왕대비가 되는 것이오. 절차가 이렇게 짜여져 있으니 그리 알고 당장 구가 임금이 안 되는 것을 너무 서운케 생각하지 마시오.

그리고 이 얘기는 내가 죽고 나거든 구에게만 은근히 비치시오. 그러나 이것은 그대 모자만 알고 있는 비밀로 하고 말조심, 말조심을 거듭 철저히 해주시오."

비류왕은 천천히 긴 이야기를 끝냈다.

"마마, 천첩과 제 자식을 그리 생각해 주시니 성은이 망극, 또

망극하나이다. 부디 일찍 가시지 마시고 더 오래 옥체를 보존하시
오소서."
　둘째 왕비, 구의 생모는 감격하여 눈물을 주체하지 못했다.
　"그리 알고, 그만 나가보시오. 어머니가 왕자 구를 그만큼 잘 키
워주어서 아주 고맙구려. 아마 그 왕자는 나라를 위해 나보다도
더 큰 일을 많이 할 성군감이라고 나는 믿고 짐작하오."
　"마마, 성은이 망극하옵나이다."
　왕비는 거듭 합장하고 침전을 물러났다.

　이어 비류왕은 그날 오후에 내신좌평을 위시하여 모든 좌평을
편전에 불러 놓고 내법좌평에게 자신의 유훈을 받아 적으라고 명
했다.
　"마마, 유훈이라 하시니 이 무슨 청천벽력 같은 말씀이십니까?"
　좌평들은 엎드려 통곡하다시피 했다.
　그러나 임금은 궁녀들이 부축해서 겨우 편전에 나온 미령한 몸
으로 천천히 다음과 같이 말했다.
　"내가 너무 오래 용상에 앉아 임금 노릇만 했지 돌아보면 아무
한 일이 없는 것 같소."
　비류왕은 거기서 말을 한 번 멈추었다.
　"마마, 그 동안 이 나라와 백성을 위해 베푸신 성은이 태산 같사
온데 하신 일이 없으시다니요? 천부당만부당 하신 말씀이십니
다."
　좌평 중에 한 사람이 잽싸게 임금의 말을 받았다.
　"마마, 그러하십니다. 마마는 이 나라의 어질고 영명하신 성군

이십니다."

임금에 대한 칭송은 뒤를 이어 나왔다.

"마마는 성군이십니다."

좌평들은 합창하듯 이구동성이었다.

"허허, 너무 과찬들을 하시니 내 오히려 부끄럽구려. 그나저나 인명은 재천이라고 내 머지않아 숨을 거두고 기세(棄世)할 것 같소. 내가 기세하면 내 뒤를 이을 임금을 지금부터 추천할 터이니 내 말에 누구든 토를 달지 말고 잘 들으시오. 내 뒤를 이을 임금으로는 반드시 비명에 돌아가신 분서왕의 큰아드님 계(契)로 하여금 대통을 잇도록 하시오! 경들은 내 이 분부를 기필코 지켜주시오. 내 다른 당부는 아예 더 할 말이 없소."

비류왕의 눈빛이 크게 한 번 빛났다.

"마마, 분부대로 거행하겠나이다."

약속이나 한 것처럼 먼저 내신좌평 진의가 임금의 뜻을 받들었다.

"분부대로 거행하겠나이다."

다른 좌평들도 이구동성으로 외쳤다.

"내 그럼 다시 눕겠소."

비류왕은 그 말 뒤에 다시 침전으로 들어갔다. 그리고 그 이튿날 그는 파란 많은 자신의 생애와 왕업을 접었다.

"아바마마! 이렇게 가시면 저희는 어찌 삽니까?"

큰아들과 둘째 아들이 눈 감은 아버지를 붙들고 울었지만 그는 아무 말도 없이 둘째 아들의 손만 한 번 꼭 쥐었다 놓고는 영영 불귀의 객이 되고 말았다.

5. 계왕의 죽음, 그리고 새 임금 근초고왕

344년 10월, 비류왕이 재위 41년 만에 승하하자 그날 오후에 내신좌평 진의가 중심이 되어 긴급 좌평 회의가 열렸다.

"좌평 여러분! 선왕마마가 승하하셨습니다만 보위는 단 하루도 비울 수가 없습니다. 따라서 선왕마마를 이어 새로 보위에 오를 왕자를 모셔 와야 하는데 새로 모실 임금님은 더 말할 나위도 없이 선왕 마마가 유훈으로 남기신 그대로 분서왕의 맏아들이신 왕자를 새 임금으로 모시기로 합시다."

진의의 목소리는 카랑카랑하기만 했다.

"내신좌평님의 말씀대로 선왕 마마의 당부를 거역할 수 없으니 지금 당장 새 임금을 모시는 절차를 논의하고 그대로 즉위식을 거행 하도록 합시다."

조정좌평이 내신좌평의 말에 호응하는 발언을 했다.

"그래도 그렇지 왕실의 법통은 선왕이 승하하시면 그 뒤를 이어 장자가 보위에 오르는 것이 상례인데 장자가 시퍼렇게 건재해 있는데 분서왕의 맏아들이 어찌 보위를 이어야 한단 말이오?"

위사좌평이 어깃장을 놓고 나왔다.

그러자 기다렸다는 듯이 내신좌평 진위가 손을 홰홰 저으며 위사좌평의 말을 치고 나왔다.

"위사좌평은 들으시오. 선왕은 당신이 보위에 오르고 싶어 오른 임금이 아닙니다. 당시 분서왕이 낙랑의 자객 손에 비명에 붕어하시자 그 뒤를 이을 마땅한 인물이 없지 않았습니까? 분서왕의 어린 아들은 열 살도 아니 되었으니 그 분에게 막중 국사를 맡길 수도 없고 말입니다.

하여 신민의 추대로 선왕께서 마지못해 즉위하셨지만 선왕께서는 늘 분서왕님의 큰아들에게 왕위를 찬탈한 것 같아 재위기간 내내 마음이 편치 않았다고 하셨습니다. 이번에 선왕께서 붕어하시기 직전 당신 스스로 후사를 분서왕님의 맏아들로 하라는 당부를 하신 것은 선왕이 그렇게라도 하셔서 왕위를 찬탈한 자신의 어쩔 수 없었던 잘못을 속죄하고자 하는 큰 뜻도 있사오니 그리들 아시고 선왕의 유지를 받들도록 함이 신하된 도리인 줄 압니다."

내신좌평이 이 쯤 나오니 다시 조정좌평이

"내신좌평님의 말이 백 번 옳습니다. 우리는 모두 선왕의 신하들입니다. 선왕의 신하가 선왕의 유지를 거역할 수는 없습니다."

그러자 회의장에 더는 무슨 말이 나오지 않았다.

다음날 궁궐에서는 궁중 법도에 따라 새 임금의 즉위식이 있었고, 백제 12대 임금으로 계왕은 나이 50세가 넘은 연치로 용상에 올랐다.

그러나 계왕은 서기 344년 10월부터 346년 9월까지 고작 1년 11개월, 그러니까 재위 2년도 채 못 되어 죽고 만 아주 불행한 임금이다.

삼국사기의 기록을 봐도 〈 어리어 옹립되지 않았으나 비류왕이 재위 41년에 죽자 왕위에 등극하였다. 3년, 가을, 9월에 왕이 죽었다. 〉 이렇게 30여자로 간략하게 기록하고 있다.

이것이 계왕에 대한 기록의 전부다.

허지만 계왕의 즉위와 죽음은 삼국사기의 기록처럼 그렇게 간단하지도 평이하지도 않았던 것으로 보인다.

계왕은 설사 고이왕계의 왕통을 잇게 해주자는 진씨계의 후원에 의하여 임금이 됐다하더라도 당시 사병조직까지 가지고 있어 막강한 귀족행세를 한 진씨 가문에 의하여 결국 죽음을 당하고 만 비참한 존재가 되고 말았으니 말이다.

비류왕이 죽고 뜻밖에 용상에 오른 계왕은 나이도 이미 50이 넘었지만 막중국사를 다스릴만한 유능한 존재도 아니었다. 그런대로 그는 천성이 강직하고 나름대로 무술이 뛰어났다는 인물이다.

그러나 이 활을 잘 쏘고 무술이 뛰어난 점, 그것이 그만 계왕의 죽음을 자초한 원인이라고 보아도 무방할 것이다.

346년 8월 쯤, 그러니까 계왕 3년 여름이었다. 내신좌평 진의의 사랑채에서는 밤이 이슥한데도 몇몇 진씨 가문의 벼슬아치들과 이집 사위인 비류왕의 둘째아들 구 등 대 여섯 명이 술상을 가운데 놓고 밀회가 벌어지고 있었다.

그 밀회는 한마디로 금상 임금인 계왕을 몰아내고자하는 〈역적모의〉나 마찬가지의 고약한 모임이었다.

이 계왕을 어떻게 없애버리느냐가 이 모임의 주제나 마찬가지였으니까. 그동안 별별 생각들을 다 제안해 보았지만 모인 사람 모두의 찬성을 얻을만한 묘책은 나오지 않았다.

음식에 독약을 넣자는 독살설, 자객을 침전에 넣어 죽이자는 시해설, 침전에 불을 질러 태우자는 화형설, 그리고 사냥 길에 함께 나가 뒤에서 화살로 쏘아 죽이자는 방법까지 이야기가 분분했다.

"그러면 내가 결론을 내지요. 아무래도 궁중에 놓고 왕을 제거하는 법 보다는 그래도 산속에서 노루나 사슴을 사냥하다가 그만 말에서 떨어져 돌아가셨다는 낙마설이 가장 무난할 것 같은데, 이

것은 거짓말을 해야 한다는 전제가 붙습니다. 무슨 얘긴고 하니, 같이 간 사냥꾼 한사람이 임금을 화살로 쏘아 땅에 떨어져 죽게 하고 우리는 그 순간 낙마에 돌아가셨다고 거짓말을 하면 그게 가장 탈이 없을 방법이라고 생각합니다."

내내 왕자 구의 장인인 진의의 제안이었다.

"허허, 그 방법이 아주 좋겠는데요, 허지만 계왕이 그렇게 쉽게 사냥 길에 나설까요?"

진의의 아우가 물었다.

"계왕은 요즘도 우리 진씨 가문의 눈치를 많이 보는 편입니다. 자기를 용상에 앉힌 것도 우리 가문 아닙니까, 그러니 내가 더 춥기 전에 사냥이나 한 번 가자고 하면 아마 활도 잘 쏘시겠다 틀림없이 따라나설 것입니다."

진의는 사신 있게 말했다.

"그렇다면 그 화살은 누가 쏠 겁니까?"

"……?"

좌중은 누가 한다는 말없이 조용하기만 했다.

그때 한쪽 끝자리에 앉아 술도 거의 마시지 않은 왕자 구가 입을 열었다.

"화살은 제가 뒤에서 알아서 쏘지요."

구는 태연히 말했다.

"야, 하긴 우리 모두 구 왕자님을 위해서 이렇게 모였는데 왕자님이 해결하신다니 역시 보위에 오를만한 재목은 재목입니다."

좌중에서 진의의 조카 벌 되는 젊은이가 말했다.

그러나 그때 나이 지긋한 벼슬아치가 끼어들었다.

"구 왕자님이 쏘시면 아니 됩니다. 왕자님은 장차 이 나라를 다스릴 큰 왕재이십니다. 그런 분은 우선 덕이 있어야 합니다. 왕자님이 아니라도 우리 진씨 문중에는 활 잘 쏘는 무사가 수두룩합니다.

그리고 활은 단 한사람이 쏘게 하면 그 사람이 살인을 한 자신을 스스로 죄인이라 생각하고 평생 그 죄책감에 괴로워할 겝니다. 그리고 단 한 방의 화살로 임금이 죽는다는 보장도 없습니다. 그러니 무장 셋을 뽑아 셋이 동시에 등 뒤에서 활을 쏘아 맞히도록 사전에 타 일러 짜야합니다.

그래야 일도 성사되고 살인의 죄책감도 나누어지게 되어 덜 괴로운 법입니다."

그는 역시 나이 값을 했다.

"아주 좋은 생각이십니다. 그러면 곧 우리 진씨 문중의 호위 좌장에게 알리어 활 잘 쏘는 무사 세 사람을 훈련시키도록 하겠습니다. 계왕과 사냥 날짜가 잡히는 대로 문중 호위대에 일러 놓을 테니 오늘 회합은 이런 정도로 마무리 하시지요."

내내 집주인이며 내신좌평인 진의가 정리를 했다.

그런 일이 있고 며칠 뒤였다.

내신좌평 진의는 호시 탐탐 임금에게 사냥 갈 계획을 전해 올릴 기회를 엿보다가 그날은 마침 궁궐 서쪽에 있는, 활을 쏘는 발사대 보수문제를 진의가 단독으로 들고 나와 임금에게 고하다가 그 이야기 끝에 자연스레 사냥 이야기를 꺼내기 시작 했다.

"마마, 여름 장마에 망가진 발사대보수가 끝나면 거기서 초하룻

날과 보름에 마마의 활 솜씨를 한 번씩 보여주시고 그 뒤 9월쯤에 날을 잡아 구산(狗山) 쪽으로 사냥을 한 번 나가시지요.

그 쪽 산엔 노루와 멧돼지가 아주 잘 잡힌답니다."

"허허, 내신좌평께서 내 활솜씨를 아직도 기억 하고 있구려. 선왕께서도 활쏘기를 즐겨 하셔서 발사대를 궁중에 마련하신 걸로 압니다만."

계왕은 지난봄에 발사대에서 자신이 직접 활을 쏜 기억이 나서 거기까지만 말하고 빙그레 웃으면서 진의를 넌지시 보았다.

"마마, 그리 말씀 하시니 아뢰옵니다만 지난 봄 발사대에서 마마께서는 아주 여러 번 명중을 하셨지 않습니까. 선왕께서도 발사대 뿐 아니라 가끔 사냥을 직접 나가시어 천지신명께 올리는 제사나 가뭄이 들어 올리는 기우제에 선왕께서 손수 잡으신 사슴이나 멧돼지를 제물로 내 놓으신 적이 몇 번이니 있었습니다."

"허허, 그러면 나도 9월 제사에 쓸 제물을 잡으러 구산 쪽에 한 번 가볼까요?"

임금은 내신좌평 진의의 후원으로 자신이 용상에 오른 고마움을 늘 잊지 않고 있었으며 그래 그런지 진의의 건의나 제안이라면 별로 거역하는 법이 없었다.

"그러 하오면 일관(日官)에게 먼저 9월 산제 날을 잡도록 하고 그 전전날 쯤 구산 쪽으로 사냥을 가시지요. 궁중 무장 몇몇과 제진가 호위병 중에서 활 잘 쏘는 무사 몇몇을 동행하도록 하여 함께 사냥을 하시면 아마 산 짐승도 꽤 여러 마리 잡아올 수 있을 것입니다."

진의는 머리를 조아리며 진언 했다.

"경의 생각대로 하시오!"
임금은 무심히 윤허했다.

그해 9월 초 나흘 밤이었다.
내일이면 임금 일행은 구산 쪽으로 사냥을 가기로 정해져 있었다. 그날 밤, 침전에서 침수에 든 임금 옆에는 그의 왕비가 나란히 누워 있었다. 나이 40이 넘은 왕비는 이상하게 이번 임금의 사냥이 마음에 걸렸다.
"마마, 내일 꼭 사냥을 가셔야 하겠습니까?"
왕비는 마른 침을 삼키며 가까스로 물었다.
"왜, 중전은 내가 사냥 가는 일이 뭔가 께름칙하오?"
임금은 태연히 물었다.
"그러하옵니다. 이상하게 이 번 사냥은 안 가셨으면 좋겠다는 생각이 듭니다. 지난 밤 꿈에 저희 친정어머니가 제 손을 잡으시며 사냥 가시는 마마를 못 가시도록 붙잡으라고 울면서 타이르셨습니다. 그러하오니 제 발 가시지 마시지요."
왕비는 자신의 꿈 이야기를 하며 임금을 만류하고자 했다.
"글쎄, 그런 꿈까지 꾸셨다니 중전으로서는 당연한 말씀을 하시는군요. 하긴 나도 썩 내키는 사냥 길은 아닙니다. 그러나 기왕 내가 윤허한 일이니 어찌 하겠소. 더구나 이 번 일을 추진한 진의 좌평으로 말하면 내가 용상에 앉는데 가장 큰 공을 세운 일등공신이나 마찬가지인 충신이 아니오? 나는 솔직히 그 사람 말을 거역하고 임금 노릇을 할 수도 없는 무기력한 임금이 아니오?"
임금은 아내 앞에서도 무기력하기만 했다.

"그래도 마마께서 내일 아침에 조정좌평을 불러 간밤에 배탈이 났는지 옥체가 미령하시다 하시면서 마마께서는 다음 기회에 갈 터이니 경들이나 다녀오시오, 하시고 빠지시는 게 나을 것 같습니다."

왕비는 잠도 잘 생각을 않고 연신 임금의 사냥 행사를 만류하고만 싶었다.

"중전께서 하시는 말씀은 너무 지당하오만 이번 사냥에서 내가 잡은 산 짐승으로 초이레 날 천지신명께 산제를 올려야 나라가 번창하고 백성이 풍년을 맞이한다고 하니 내 어찌 생기지도 아니한 병을 핑계대고 사냥을 포기할 수 있겠소? 내 각별히 몸조심을 할 터이니 중전은 너무 걱정을 하지 마시오."

임금은 아내를 품에 안고 되도록 달래고 싶었다.

"마마, 내일 가시더라도 부디 옥체를 조심하시고 잘 보전 하시옵서소. 저는 그 진씨 가문 사람들이 선왕의 둘째아들인 구 왕자를 내신좌평 진의의 사위로 삼고 은근히 다음 임금 감으로 키우고 있다는 소문을 들어 그런지 언젠가는 마마를 위협할 것만 같아서 늘 마음이 조마조마 합니다."

임금의 품에 안긴 중전은 의외로 대찬소리를 했다. 임금은 적이 그런 중전의 말이 마음에 걸렸다.

"글쎄, 그런 기미가 전혀 없는 것은 아니지만 그럴 바에야 처음부터 구 왕자를 내 자리에 앉히지 나를 용상에 추대해 놓고 지금 와서 역적의 음모를 도모할 게 뭐 있겠소? 너무 방심하는 것도 잘못이지만 너무 남을 의심해서 노심초사하는 것도 군왕의 금도가 아닌 것 같소."

임금은 그러면서 자신의 품에 든 중전의 젖가슴을 어루만졌다. 좀처럼 드문 일이었다. 중전은 임금의 그런 눈치를 놓치지 않고 속저고리를 스스로 벗어 알몸으로 임금의 손에 젖을 맡겼다.

"중전, 기왕 젖을 만지게 할 바에야 우리 모처럼 운우의 정을 나눕시다."

임금도 이상하게 그 밤엔 중전의 몸이 그리웠다.

"마마, 저는 황공하옵니다만 내일 사냥가실 텐데 힘이 드시지 않겠습니까?"

"허허, 아직 그럴 나이는 아니지 않소? 중전과 사랑도 나누고 신하들과 사냥도 가고 그런 씩씩한 임금이 백성도 잘 돌볼 수 있는 게 아니요?"

"마마, 황공하옵니다."

중전은 그러면서 자연스레 자신의 아래 속옷도 모두 벗어버렸다.

아직 40대 후반의 농익은 여인의 몸, 임금은 모처럼 자신도 알몸이 되어 중전의 보드라운 몸을 타고 촉촉한 꽃밭에 자신의 성난 뿌리를 연신 밀어 넣었다.

"마마, 소첩은 지금 죽어도 여한이 없습니다."

중전은 신음소리를 내며 임금의 몸을 얼싸안았다.

"허허, 그 무슨 소리, 죽지 말고 오래오래 살면서 우리 이렇게 사랑을 나눕시다."

"마마, 성은이 망극하옵니다."

임금과 중전은 그렇게 뒤얽혀 그날 밤 짙은 사랑의 기쁨과 아픔을 나눌 수 있었다.

그러나 그것이 계왕의 마지막 운우지정일 줄이야.

그 이튿날이 9월 초닷새 날이었다.
천지신명께 초이레 날 제사를 올리기로 일관이 날을 잡자 사냥 날은 자연히 초닷새로 정해진 것이다. 사시(오전 11시)도 못 되어 궁중 무장 수십 명과 진씨 가문의 호위대 수십 명은 임금이 탄 말 앞과 뒤에서 임금을 호위 하면서 구산 쪽으로 달렸다.
구산에 당도한 일행은 미시(오후2시)경까지 점심을 먹고 신시(3시부터)경에야 사냥에 들어갔다. 구산은 지금의 경기도 소요산 정도로 추정 할 수 있고 그 산세는 그리 만만치 않았다.
내신좌평 진위는 궁중에서 나온 무장 일행은 임금의 앞 쪽에서 산을 헤치며 나가라고 명하고, 자신의 진씨 가문에서 나온 호위대 일행은 임금의 뒤쪽에서 시냥을 하라고 명하였다. 병관좌평 까지도 내신좌평의 명을 거역할 수 없었으니 일행은 내신좌평의 명대로 대오를 짜서 산허리를 달리며 사냥에 나설 수밖에.
사냥이 시작 된 지 30분도 못되어 작은 멧돼지 두세 마리와 산토끼 그리고 노루도 한 마리씩 잡았다.
여기저기서 희생물을 잡을 때마다 산이 떠나갈 만큼 환호성이 터지고 사냥이 한 시간쯤 지나면서는 대오도 뒤죽박죽, 사냥의 열기는 극에 달했다. 계왕도 멧돼지 한 마리를 명중 시켰고 그 때의 함성은 산이 무너질 듯 엄청 났다.
그러나 계왕이 어느 골짜기를 정신없이 달리고 있을 때 난데없는 화살 세 개가 거의 같은 순간에 그의 등과 옆구리에 꽂혔다.
진씨 가문의 무인들이 계왕의 뒤를 호위 하는 체 뒤 따라 다니다가 호위 좌장의 붉은 깃발 신호에 맞추어 일제히 임금에게 화살을 쏜 셈이었다.

　순간 임금은 말에서 떨어져 그 자리에서 숨을 거두었고 이를 본 호위 좌장은 "어서 전하의 몸에서 화살을 모두 빼 내거라! 그리고 상처에 송진을 발라 지혈을 시키거라!" 하고 명했다.

　활을 쏜 세 무인은 잽싸게 달려들어 마치 임금을 얼싸안듯 부추기면서 화살 세 대를 뽑아냈고 미리 준비한 송진으로 지혈까지 도모했다. 이 광경을 예견하고 뒤에서 달려온 내신좌평 진위는

　"전하가 사냥 길에 낙마, 승하하셨으니 보체를 천으로 감싸고 모두 사냥을 멈추고 환궁 할 채비를 갖추거라!" 하고 비통한 목소리로 명했다.

　그리고 언제 마련했는지 진씨네 무인들은 아주 두꺼운 붉은 천으로 계왕의 몸을 겹겹이 싸고 있었다.

　혹시 피가 흘러 나와도 같은 붉은 색이면 쉽게 눈치를 채지 못하도록 한 조처였다.

　그때 까지도 임금의 앞에서 달려 나가며 사냥에 정신이 없던 궁중 무장들은 이 사실을 까맣게 모르고 있다가 진씨 가문의 무인 하나가 뒤따라가며 "전하가 낙마 승하 하셨소!" 하고 외치자 그때야 어리둥절, 하나 둘 씩 현장으로 돌아왔다.

　"아니, 이럴 수가? 어찌 그리 쉽게 전하가 낙마, 승하하신단 말이오?"

　궁중 호위대장이 눈을 부라리며 내신좌평을 쏘아봤다.

　"낙마하시어 승하하실 수도 있지, 어찌 호위대장이 그런 눈으로 나를 보시오?"

호위대장도 내신좌평 진의가 천거한 무장이니 진의는 아무 두려울 게 없었다.

"내신좌평어른, 제가 호위를 잘못해서 승하하신 것 같아 죄스러워 한 소립니다."

그때야 진의는 가볍게 웃음을 물고

"전하는 너무 급하게 험한 산길을 달리시다 그만 낙마하시어 승하 하셨으니 제관들은 그리 알고 일체 입조심을 하시오.

만일 전하의 승하문제로 무슨 딴 소리가 나오면 그 누구를 막론하고 목을 벨 것이니 그리들 아시오! 그러면 전하의 보체를 아까 끌고 온 수레에 잘 모시고 제관들은 환궁을 서두르시오!"

실권자 진의가 제왕이었다. 누가 감히 진의의 명이나 그의 방침을 거역할 사람이 일행 중에 있었겠는가.

일행이 침묵 속에 궁중에 돌아온 것은 술시(밤 8시)경이었다.

진의는 그 밤중에 긴급 좌평 회의와 조정 중신 회의를 연달아 주재하면서 당장 계왕의 장례(국장)절차와 새 임금의 추대(즉위)절차를 논의 했다.

그러나 신하들의 관심사는 장례절차에 있지 않고 누가 당장 이 밤중에 계왕의 뒤를 이어 대권을 이어 갈 것인가에 주목하고 있었다. 해시를 지나 자시(밤 11시 이후)에 가까워서야 내신좌평 진의는 좌평과 조정 중신 들의 합동 회의를 주재하면서 아주 야무지게 말했다.

"그동안 여러분의 많은 고견을 듣고 그 대체적인 결론에 따라 지금부터 선왕의 장례절차와 새 국왕의 추대 절차를 제관들 앞에 공표할 것이오! 먼저 선왕의 장례 절차는 내법좌평이 주재하여 국법에 따라 엄수하도록 하시오! 그리고 새 국왕의 추대는 촌각도 미룰 수 없으니 이미 3년 전에 붕어하신 비류대왕의 둘째 아드님이시며 왕자로서의 기품과 지혜, 그리고 출중한 무예까지 겸전하신 구(句)왕자를 추대하고자 하는데 여기에 반대하시는 중신이 있으면 누구든 말해보시오!"

진의는 눈을 부라리고 중신들을 훑어봤다.

"내신좌평 어른, 왜 선왕의 장자도 멀쩡히 살아 있는데 그 장자를 두고 둘째인 구 왕자를 보위에 추대하는 겁니까? 혹시 좌평어른의 사위라서 앞으로 국구(國舅)행세를 노리는 조처가 아닙니까?"

중신 중에 우씨 가문의 한사람이 거침없이 물었다. 그러나 그때 진씨 가문의 중신 인 진정(眞淨)이란 사람이 걸걸한 목소리로 맞서고 나왔다.

"그 무슨 그런 해괴한 소리를 하시오? 지금 구왕자의 형이란 사람이 있는 줄 모르는 사람이 어디 있소이까? 그러나 보위에 오르실 분은 무조건 장자라고 오를 수 있는 게 아니라 나라를 다스릴 만한 능력이 있는 왕자, 임금이 되실만한 출중한 자격이 있는 왕재, 곧 그런 재목이 돼야 우리가 마음 놓고 추대할 수 있는 노릇이 아니겠소?

솔직히 내신좌평까지 지낸 어른이 무슨 국구자리가 탐이 나서 당신의 사위를 천거했겠소. 그게 아니라 같은 왕자라도 그 지혜로 보나 사나이다운 기백으로 보나 구 출중한 무술로 보나 둘째 왕자인 구 왕자께서 보위에 오르셔야 이 백제 국이 융창하고 장차 반석위에 오를 것을 미리 아시고 하신 말씀이니 그리 아시고 구왕자로 추대하기로 합시다."

"허허, 내 어쩌다 구왕자의 장인이 되고 보니 아닌 게 아니라 가끔 좀 난처하기는 하오만."

진의가 진정의 말끝에 그렇게 토를 달기는 했다.

"내신좌평 어른의 말씀대로 구 왕자를 새 군왕으로 보위에 모심이 가한 줄 아뢰오!"

병관좌평의 동의였다. 그러자 중신 모두가 약속이나 한 것처럼

"가한 줄 아뢰오!"

하고 합창이나 하듯 동의 했다.

"그러 하오면 비류대왕의 둘째아드님이신 구 왕자를 우리 백제국의 새 임금으로 만장하신 여러 중신이 추대하여 주셨으니 내일 아침 사시에 즉위식을 거행하도록 할 것입니다.

따라서 제관들은 한 치의 착오도 없이 이 즉위식이 원만 거행되도록 협력 동참하여 주시기 바랍니다."

내신좌평의 그 말로 중신회의는 거기서 끝이 났다.

그날 밤, 중전의 처소에서는 이미 임금이 사냥 길에서 낙마하여 승하했다는 소식을 듣고 중전은 머리를 풀고 오열하며 하염없이 눈물을 흘렸다.

생각하면 금상과의 지난밤 나눈 운우지정이 그 마지막이 될 줄이야. 아무리 진씨 가문에서 조정을 잡고 뒤 흔든다 해도 이렇게 무참하게 임금이 당할 줄은 너무 몰랐다. 중전은 믿기지 않는 이 현실이 너무 억울하고 분한 것이다.

"마마, 그러니 제가 뭐라 했습니까? 아무래도 진가네 놈들이 수

상하니 사냥을 다음으로 미루시라 하지 않았습니까?"

중전은 땅을 치며 통곡했다.

"중전마마, 아무리 금상께서 승하하셨지만 슬픔을 그만 참으시고 심기를 고정하시지요. 이제 중전께서는 대왕대비가 되실 분이옵니다."

나이 지긋한 궁인하나가 보다 못해 그리 말했다. 그러나 중전은 단호히 말했다.

"이 사람아, 대왕대비가 뭐 그리 대순가. 금상께서 사냥 길에 낙마라니 말도 안 되는 거짓말이다. 임금 자리를 노린 비류왕의 둘째 왕자와 그 사람을 에워싸고 부귀영화를 누리려고 하는 진씨 가문에서 미리 짜고 저지른 반역이다. 활로 금상의 뒤에서 금상을 쏘아 말에서 떨어뜨리고 낙마 어쩌구하며 터무니없는 소문으로 얼버무리고 있지만 이건 보나마나 뻔한 거짓이요 조작이다."

"마마, 미천한 저희들이 어찌 마마의 억울한 심경을 짐작이라도 하겠습니까? 그러하오나 너무 슬퍼만 하시면 옥체를 다치시오니 이제 그만 고정하시지요."

궁인은 고개를 조아리며 아뢰었다.

"나는 오늘밤, 금상을 따라 죽고 말 것이다. 내가 죽거든 내 시신도 마마의 능 옆에 나란히 묻어주라고 내가 유언했다 하거라. 그러면 혹여 마마의 능이 있는 산자락 어디에라도 묻어 줄줄 아느냐. 꼭 그리 말하거라."

그러자 중궁전은 궁인들의 울음소리로 더욱 비탄에 빠졌다.

아니나 다를까, 중전은 그 밤을 꼬박 눈물 속에 보내더니 새벽녘에 궁인들도 지쳐 잠시 눈을 부치고 있는 사이에 그만 중궁전

들보에 흰 천을 걸고 그 천에 목을 매고 자결하고 말았다.
　며칠 뒤, 계왕의 장례식 날 중전의 시신도 새 임금 근초고왕의 명에 따라 계왕의 능에 나란히 합폄을 했지만 그 능이 어디쯤인지는 아직도 밝혀진 바가 없다.

　한 편, 중신회의를 성공리에 끝낸 내신좌평 진의는 그날 밤에 말을 달려 왕자 구의 집에 당도, 사위인 구를 새 임금으로 추대하게 되었다는 소식을 숨 가쁘게 전했다.
　"왕자님께서 새 임금님으로 등극하시게 됨을 감축 드리옵니다. 오늘밤 중신회의에서 한사람도 거역함이 없이 왕자님을 새 군왕으로 추대하였나이다."
　진의의 말투는 이미 임금을 모시는 신하의 그것이었다.
　"모두가 빙장어른의 큰 덕으로 아옵니다. 그동안 서 때문에 노고가 크셨습니다."
　왕자 구도 우선 장인을 치하했다.
　"아버님, 너무 고맙습니다."
　내일이면 중전이 될 딸도 머리를 조아려 기뻐했다.
　"막중 군왕의 자리는 한 시도 비울 수가 없어서 내일 사시에 성대하게 즉위식을 거행토록 하라고 제신들에게 당부하고 나왔습니다. 아마 밤을 새워 그 준비에 만전을 기할 것입니다."
　진의는 의기양양하여 이렇게 다시 고했다.
　그러나 구왕자는 장인인 진의에게 이렇게 말한다.
　"빙장어른! 어른께서 그동안 저의 등극을 위해 음으로 양으로 고생하신 공덕은 제가 너무 잘 압니다. 저는 지금부터, 평생 그 은

덕을 어떻게 다 갚아야 할지 큰 걱정입니다.

그러나 그 은덕은 살아가면서 차츰 차츰 갚아나가도록 하고 저는 이제 제 생각 중 옳다고 믿는 일은 누가 무슨 소리를 하든 끝까지 밀고 나갈 작정입니다.

군왕은 백성과 나라를 위해 있는 것이지 자기 자신의 영화나 군왕과 가까운 신하들의 권세와 영달을 위해 있는 존재가 아닙니다. 따라서 내일 즉위식부터 결코 성대하고 호화롭게 치르려고 하지 않겠습니다.

아주 간소하게 그리고 조용하게 즉위식을 치르도록 해 주십시오. 아무리 쉬쉬하려고 해도 선왕이신 계왕을 사냥 길에서 진씨 가문의 무인들이 시해한 사실은 곧 세상에 알려질 것입니다.

이런 절차로 임금 자리에 오르게 되는 제 마음이 뭐 그리 즐겁고 자랑스럽겠습니까? 저는 앞으로 국정을 수행함에 있어서 선왕을 시해한 죄를 저 자신이 활을 쏴서 그리 된 것으로 생각하고 그 죄를 속죄하고 참회하는 심정으로 나랏일도 겸허하고 진실하게 하나하나 풀어나갈 것입니다."

그 때 겨우 나이 20을 넘긴 청년 구는 나이답지 않게 군왕으로서의 자신의 처지와 치세의 정도를 미리 알고 있었다.

"상감마마! 분부하신대로 내일 사시에 있을 즉위식은 아주 간략하게 거행토록 하겠습니다. 마마께서 그리 말씀을 해 주시니 신은 오직 황공 하올 뿐입니다."

내신좌평 진의도 새 임금이 될 왕자 구의 진의를 새삼 짐작하고 머리를 조아렸다.

"그렇게 하시오. 지금 당장 궁에 다시 돌아가시어 모든 절차를 되도록 간소하게 치르도록 제관들에게 지시하시지요. 이거 밤도 늦은 데 미안합니다만…."

"마마, 분부대로 거행하겠나이다."

진의는 그 즉석에서 차비를 하고 다시 궁으로 돌아갔다.

그러나 계왕의 즉위 사실과 그의 죽음에 대해서는 얼마든지 또 다른 상상과 추론이 가능 할 수 있다.

〈삼국사기〉에는 백제의 다른 왕들에 대해서는 연도별로 그런대로 많은 사실을 기록하고 있다. 그러나 계왕에 대해서는 출신과 성품 그리고 왕위 즉위와 함께 곧바로 '죽음'이라는 간략한 사실만을 40여자로 기록하고 있다.

계왕은 그러니까 고작 24개월 정도 왕위에 있다가 346년 9월에 죽었다고 전한다. 그의 죽음에 대하여 특별한 원인이나 이유도 밝히지 않은 것을 보면, 그리고 그의 재위 기간이 너무 짧았다는 것을 보면 그의 죽음이 석연치 않았음은 너무나 자명한 일이다.

생각하면 계왕(契王)이란 왕명도 석연치 않다.

계왕은 정식 묘호가 아니라 단순히 '계'라는 이름에 왕자만 붙인 격이다. 그러니 정확히 말하면 계왕은 묘호가 아니다.

온조왕 이후 계왕에 이르기 까지 백제 임금의 묘호는 온조, 다루, 기루, 개루, 초고, 구수, 고이, 비류 등등 모두 두 글자로 되어 있다. 그런데 유독 계왕만 외자로 되어 있다.

그 뒤 근초고, 근구수 등의 2세적 개념이 있는 묘호를 제외하고는 대부분이 두 글자로 이뤄 졌고, 말기의 성왕 이후에 혜왕, 법왕, 무왕만이 외자 임금이다.

성왕 시절 이후에 외자 묘호가 나타나는 것은 중국 남북조나 당의 영향 때문이다.

그러나 비류왕 시절까지 두 글자로 이어오던 묘호의 전통을 깨고 계왕이 외자 묘호를 받았다는 것은 이해할 수 없는 일이다.

이렇게 본다면 계왕은 두 자 묘호의 전통을 깬 것이 아니라 아예 묘호를 받지도 못해 그저 이름에다 '왕'이라는 칭호를 갖다 붙인 가짜 임금일 가능성이 높다는 생각이다.

이런 추론이 맞는다면 계왕의 즉위 자체도 정상적인 절차라고 볼 수 없고 그의 죽음 또한 순리에 따른 것이라 볼 수 없다.

따라서 〈삼국사기〉의 기록도 신빙할 수는 없다. 계왕은 실제로 임금 노릇을 한 것인지 아니한 것인지도 알 수가 없다.

그렇다면 소설과는 달리 비류왕 서거 후에 실질적으로는 진씨 가문을 업고 근초고왕이 임금 자리에 군왕의 대행 형태로 있다가 (문서상으로는 계왕이 군왕인 것처럼 조작하고) 마침 비류왕의 맏형이 서거하자 3년 만에 그때부터는 근초고왕이 대내외에 비로소 군왕의 즉위 사실을 공표하고 임금 행세를 시작한 것인지도 모른다.

일이 이쯤 됐다면 당시 진씨 가문의 엄청난 위세로 보아 문서상으로 임금 자리에 있던 계왕 하나 쯤 무인을 시켜 시해하는 것쯤이야 전혀 어려울 게 없는 절차였다고도 볼 수 있다.

그리고 백제의 역사에서 고이왕과 근초고왕은 두 가지 면에서 서로가 흡사한 군왕이다. 그 하나가 재위기간 동안 가장 강력한 나라를 건설했다는 점이고, 다른 하나가 둘 다 정권을 잡기 위해 정도를 벗어난 행위(쿠데타)를 서슴없이 자행한 인물이었다는 점이다.

고이왕이 나이 어린 조카 사반왕을 내쫓고 왕위에 올랐던 것처럼 근초고왕도 반란을 일으켜 계왕을 죽이고 왕위에 올랐음은 거의 확실한 일이다.

다만 두 임금이 모두 백제의 역사에 놀랄만한 치적을 남겼고 특히 근초고왕은 전쟁에 많이 이겨 국토를 넓히고 중국, 일본과의 외교를 통하여 무역을 강화하며 백제문화의 창조와 창달에도 기여한 공로가 크기 때문에 계왕을 시해하고 왕위를 찬탈한 죄과가 그의 크나 큰 영도력과 치세의 공적 때문에 묻혀버리고 만 것이 아닌가 한다.

아무튼 그 다음날 사시에 비류왕의 둘째 아들 이며 죽은 계왕과는 8촌 정도의 친척 아우인 구는 아주 간소한 절차에 따라 백제 제13대 임금으로 즉위하였다.

〈삼국사기〉에 따르면 근초고왕은 비류왕의 둘째 아들로서, 체격과 용모가 기이하고 빼어났으며, 원대한 식견이 있었는데 계왕이 죽자 왕위를 이었다고 기록하고 있다. 그는 서기 346년에 즉위하여 30년간 백제를 다스리다가 서기 375년에 죽었다고 한다.

그러나 〈삼국사기〉에는 비류왕의 첫째 아들 곧 근초고왕의 형이 누구였는지, 어떤 연유로 동생인 근초고왕이 형을 제치고 왕위에 오를 수 있었는지에 대해서는 아무런 기록이 없다. 그리고 근초고란 왕명은 왜 그렇게 지었는지, 언제부터 사용했으며 그것은 과연 무슨 뜻을 지니고 있는지에 대해서도 전혀 해명이 없다.

거듭 말하고 싶거니와 승전국의 역사는 패전국의 역사를 경시하거나 인멸하는 경우가 얼마든지 있을 수 있다고 본다.

더구나 〈삼국사기〉가 고려시대인 12세기 중엽에 김부식에 의해 편찬된 역사서임을 감안한다면 신라에 의해 멸망한지 이미 500년 가까이 지난 백제의 역사 관련 기록이 당시까지 생생하게 유지 보전 되었다고 보기는 어려우며 그런 점에서 〈삼국사기〉가 지닌 사료로서의 한계를 이해 못하는 바는 아니다.

아울러 근초고왕의 이름과 관련된 기록을 찾아보면 〈삼국사기〉 〈삼국유사〉에는 근초고왕으로, 일본 〈고사기(古事記)〉에는 조고왕(照古王)으로 〈일본서기〉에는 초고왕, 속고왕(速古王)으로 〈신찬성씨기록(新撰姓氏記錄)〉에는 근속고왕(近速古王)으로 그리고 〈진서〉에는 여구(餘句)등으로 기록이 나온다.

이 중 초고, 속고, 조고는 모두 같은 음을 달리 표현한 예로서 대체로 백제의 고유어를 한자로 표기할 때 생긴 차이라고 보아진다. 그리고 〈진서〉의 '여구'는 백제왕실의 성씨인 부여(扶餘)에서 이를 간략하게 줄여 '여'자만 취하고 '근초고' 혹은 '초고'에서도 앞의 글자를 생략, 뒷 글자 '고'만 취하는 데서 생긴 중국식의 표기에서 비롯된 듯한 느낌이다.

그리고 '근초고'라는 이름이 왕위에 오르기 전부터 사용한 소위 '휘(諱)'였는지, 아니면 그가 죽은 뒤에 그를 추모하여 새롭게 붙여준 이른바 시호(諡號)였는지도 분명하지 않다.

만약 휘였다면 백제는 그때까지(4세기 후반) 아직 '시호제'를 사용하지 않은 것이 되며, 반대로 시호였다면 백제는 그때 이미 중국식 시호제를 사용할 정도로 중국의 유교문화의 영향을 받고 있었다는 추정이 가능하다.

그러나 〈진서〉에 기재된 근초고왕의 이름인 '여구'가 '부여초고' 혹은 '부여근초고'에 대응함이 틀림이 없다면 '초고'나 '근초고'는 결코 시호일 수 없다는 결론이다. '여구'는 근초고왕의 재위 당시에 중국에서 사용한 이름인데 시호란 상식적으로 당사자가 죽은 다음에 새 임금이 내리는 이름이기 때문이다.

또한 '근초고'란 이름은 '여구'인 근초고왕이 즉위한 뒤에 자기 자신을 다음 두 가지 면에서 자신의 증조부인 '초고왕'과 큰 인연이 있음을 직시하고 이를 만천하에 공표하기 위해 스스로 붙인 왕명이라고 볼 수 있다.

그 하나가 자신은 백제 제 5대 '초고왕'의 직계임을 시사한 점이다. 마침 제 8대 임금으로 행세한 고이왕이 스스로 4대 개루왕의 둘째 아들이라고 하면서 초고왕의 직계인(손자) 사반왕을 내몰고 무력으로 권좌에 오른 사실을 근초고왕은 달갑게 여기지 않고 있다가,

자신이 권좌에 오르자 진짜 초고왕의 왕통을 이어 나갈 정통 임금은 자기 자신이라고 만천하에 공개하고 싶었던 것이다. 곧 자신이야 말로 백제 역사에서 '고이계'의 왕통을 부정하고 제 5대 초고왕의 직계로 그 조상을 추모하고 기념하면서 초고왕 명 앞에 '가까울 근자(近)자를 붙여' 근초고왕 '이라고 이름 지은 것으로 보아진다.

다른 하나는 제5대 초고왕의 즉위 연대와(서기 166년) 제 13대 임금인 자신의 즉위 연대가(서기 346년) 공교롭게 그 간지가 병오년(丙午年)으로 일치한다는 점이다. 곧 '나는 초고왕의 직계이며, 즉위한 해도 같은 병오년이니 내 어찌 가까울 근 자(近)를 내 왕명 앞에 안 붙일 수 가 있겠는가?' 하는 식으로 '근초고왕'이 되었다

고 보아진다.

　이는 앞에서도 지적했듯이 백제 역사의 정통성을 위해 초고왕계를 자신이 의도적으로 계승했다는 과시이고, 다른 하나는 백제 역사에서 '고이왕계'의 틈입을 정면으로 부정 반대하는 근초고왕의 절규가 내재된 왕명이라 볼 수 있다.

　이렇게 근초고왕은 초고왕을 추억 기념했다고 볼 수 있다. 이는 초고왕과 근초고왕이 매우 밀접한 관계임을 암시하는 요인이라 할 수 있다.

　우리 역사상 고구려에서도 동천왕이 자신의 선대 이금인 태조왕의 이름 궁(宮)을 본 따 자신의 휘를 위궁(位宮)이라한 것처럼 상황이 다소 다르기는 하나 백제의 근초고왕도 똑같이 증조부인 초고왕의 왕명을 본떠 지은 이름이며, 그의 아들인 근구수왕도 초고왕의 아들 수구왕의 왕명 앞에 근자를 붙인 것은 마찬가지이다.

　이렇게 근초고왕이 초고왕을 추억하고 기념하게 된 동기와 관련하여 우리가 다시 생각해보아야 할 문제는 비류왕과 근초고왕의 관계가 어딘가 석연치 못한 점이 있고, 더구나 근초고왕이 자기의 힘(무력)으로 권좌에 올랐다는 사실이다.

　이렇게 본다면 근초고왕이 비류왕과는 아무런 혈연관계도 없는 이질적 집단에서 나온 사람으로 볼 수도 있는데 설사 그렇다 하더라도 백제사의 큰 흐름으로 보아 근초고왕이 온조나 초고왕계의 범위를 크게 벗어난 것은 아닌 만큼 종족이 아주 달랐다거나 전혀 다른 정치집단에서 돌출한 인물은 아니라는 점이다.

　이렇게 근초고왕은 온조나 초고왕계나 마찬가지로 내륙의 한산(漢山)을 수도로 삼고 이곳을 중시함으로서 전통적 사상적 배경의 유사성도 공유하고 있는 것이다.

 이러한 여건을 고려해 보면 근초고왕과 근구수왕이 초고왕과 구수왕을 추억, 기념 하게 된 가장 큰 이유가 무엇이었을까.

 그것은 자신들의 왕대에서 부터라도 왕위 계승의 정통성을 확보하고 더 나아가 종족 내부의 여러 가계집단을 의도적으로 통합하려는 목적이 내재해 있었다고도 볼 수 있다.

 이러한 추론이 가능하다면 근초고왕 대에 확연히 드러나는 백제의 거창한 발전이나 서기(書記)의 편찬 같은 업적은 이와 같은 통합작업이 성공적으로 이루어지고 있었으며, 국가 시조로서의 온조왕의 위상이나 정통성도 근초고왕 대에 이르러 보다 확고하게 부각, 선양 되었다고 볼 수 있다.

 이와 같이 백제사에서 처음으로 정통적인 왕권의 안정과 국력의 신장을 도모한 임금이 근초고왕임을 보면 실제적인 백제의 선국이나 창업을 근초고왕 대부터로 보아야한다는 견해도 결코 무리는 아니라고 본다.

 새 임금 근초고왕은 그런 포부와 야망을 가지고 자신의 치적을 시작한 셈이다.

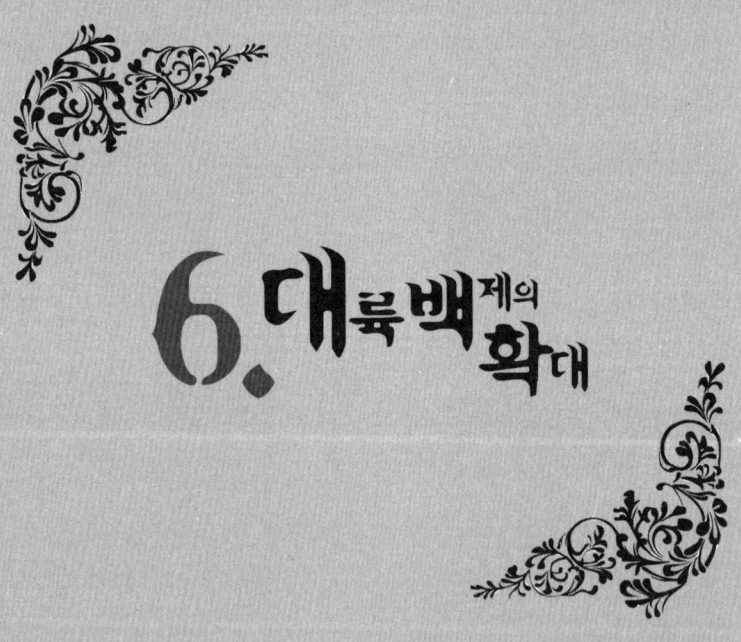

6. 대륙백제의 확대

서기 346년 9월에 제 13대 임금으로 왕위에 오른 근초고왕은 권자에 오른 지 며칠이 지난 어느 날 자신의 편전에서 군신회의를 개최하고 비장한 어투로 자신의 소신을 밝히기 시작했다.

"경들은 잘 들으시오. 경들이 나를 이 나라 새 임금으로 추대해 준 은혜는 한 없이 고맙소. 또 사냥 길에 나가셨다 낙마하시고 승하하신 선왕의 장례도 무사히 엄수해준 노고에 대해서도 고맙게 생각하오.

그런데 지금 우리 백제를 둘러싸고 있는 여러 나라들의 움직임을 살펴보면 과인이 편안하게 이 한성 백제나 지키고 앉아 있을 형편이 되지 않고 있소. 오늘은 그럼 경들 앞에 이웃나라의 그동안의 움직임을 비교적 소상히 일러주고 과인이 앞으로 어떻게 대응 하겠다는 의지를 밝힐 작정이오.

먼저 서해 바다 건너 중국 땅을 살펴보면 내게는 부왕인 비류내왕 때부터 흉노의 귀족 유연이라는 사람이 그 아들 유총과 함께 여러 차례 낙양을 공격하여 낙양을 함락 했고, 그 뒤에는 장안성을 공격, 장안성도 무너뜨렸으니 그대로 서진은 멸망하고 말았소. 그러다보니 이른바 5호 16국의 시대가 열렸는데 이렇게 중국 땅이 여러 갈래로 나눠자 고구려와 선비족이 때는 이때다 하고 세력 확대의 길로 나서기 시작했소. 먼저 고구려는 이미 미천왕 대에 서안평을 공격, 국토를 넓혔고, 그 뒤는 우리와 가까운 낙랑군도 공략, 점령하였으며 계속 남하하여 대방군도 점령했고 그 다음해에는 현도성까지 고구려의 손안에 넣었단 말이오.

경들도 아시다 시피 낙랑과 대방은 우리 대륙백제와 가장 가까운 나라들인데 고구려가 이렇게 침공, 미천왕의 세력 확대는 그대로 우리 대륙 백제의 기반을 송두리째 뒤흔드는 고구려의 과욕이요 야망이라고 볼 수밖에 없었소.

그러나 그런 고구려도 소위 선비족이라고 하는 모용씨 세력을 이기지는 못했지 않소? 고구려와 치열한 영토 뺏기 싸움을 벌인 모용선비족은 고구려보다 우세를 보이더니 몇 해 전에 국호를 연(燕)이라 칭하고, 요하 상류의 양안에 도읍을 정하고 그 뒤 막강한 힘으로 고구려의 신성까지 쳐들어와 고구려 고국원왕으로부터 화의하겠다는 약조까지 받아내지 않았소?

약세에 몰린 고국원왕은 태자 구부를(뒤에 소수림왕)연의 도성에 입조토록 하는 굴욕을 겪고서야 잠잠했고, 그 뒤로도 연은 수도를 발해만 근처 용성(조양)으로 옮기고 계속 고구려를 침탈했소.

계속된 연나라의 침공으로 고구려는 힘도 옳게 쓰지 못하고 무너졌고 결국 도성인 환도성까지 함락되는 치욕을 겪었소. 고국원왕은 가까스로 환도성에서 피신, 목숨은 부지 했지만 미처 달아나지 못한 왕족과 왕후, 태후 등은 모두가 연의 포로가 되었고, 못된 연나라 군사들은 심지어 고구려 미천왕의 왕릉까지 파헤쳐 미천왕의 시신까지 싣고 연나라로 가버렸으니 이 얼마나 무참한 일이오?

일이 이 지경이 되자 고국원왕은 연나라의 신하가 되겠다는 굴욕적인 서약을 하기에 이르렀고, 이렇게 최대의 강적 고구려를 무릎 꿇린 모용황은 수도를 이번에는 계현(지금의 북경)으로 옮겨 더욱 세력을 확장 하고 있소.

재작년에는 그 모용황이 우문선비족을 멸하여 병합하고 작년에는 고구려의 남소를 함락시켰으며 과인이 즉위한 금년에도 대대적으로 남하할 기세를 꺾지 않고 있다하니 내 어찌 임금이 되었다고 가만히 앉아 태평가나 부르고 있을 형편이란 말이오?"

거기까지 침착하게 말한 임금은 신하들을 한번 둘러보고 숨을 돌렸다.

"상감마마, 어찌 그리 우리 백제를 에워싸고 있는 이웃나라들의 움직임을 단숨에 말씀하실 정도로 소상하게 잘 아시옵니까? 소신들은 그저 마마의 출중하신 통찰력과 막강하신 지도력에 따라 분부대로 신명을 바쳐 일하고자 하오니 무엇이든 하명하여 주시옵소서."

내내 내신좌평 진의가 장인의 체통도 잊고 앞장서서 한마디 한다.

"내신좌평님의 말씀 잘 알겠습니다. 기왕 이 분이 말씀을 주셨으니 한마디 과인이 미리 경들 앞에 분명히 하고자 하는 생각이 하나 있습니다. 그것은 다름이 아니오라 앞으로 과인이 국사를 집행함에 있어서는 공과 사를 엄격히 구분하여 행하겠다는 과인의 뜻을 밝히고자 함입니다. 내신좌평님이 사사롭게는 분명 제 장인이시지만 과인은 장인이시라고 공사를 혼동하여 이 분을 우대할 생각은 추호도 없다는 제 뜻을 경들은 다 아셔야 한다는 말입니다."

새 임금은 태도가 분명했다.

"성은이 망극하옵니다."

누구랄 것도 없이 신하들은 일제히 머리 숙여 그렇게 아뢰고 있었다.

"하하, 두고 보시면 아시겠지만 과인은 호강이나 하자고, 권세나 휘둘러보자고 이 용상에 올라 앉아 있는 게 아닙니다.

기왕 힘들고 어려운 절차로 이 자리에 앉은 과인은 임금은 오직 나라와 백성을 위해 온 정성을 다해 국사를 다스려 나가야 한다는 신념을 하루도 잊지 않고 챙겨가면서 그저 백성의 믿을 만하고 부지런한 머슴이 되겠다는 생각하나로 일할 작정입니다."

새임금은 뭔가 다른 느낌을 신하들에게 주고 있었다. 그것은 비류왕이나 계왕을 모시던 신하들이 느껴왔던 분위기와는 영판 다른 감회였다.

"성은이 망극 하옵니다."

이번에도 신하들은 그 말 밖에 더 할 말이 없었다.

"하하, 그래서 아주 미리 드리는 과인의 생각인데요, 과인은 곧 중국 땅 대륙 백제로 건너가서 거기서 한 동안 아니, 더 긴 10여년 세월이라도 거기서 중국 제국의 동정을 살피면서 이 쪽 백제국과 대륙 백제의 내치와 외치를 동시에 잘 추진하고 언젠가는 여기로 돌아 올까하오."

"마마의 크신 뜻을 듣자오니 더욱 성은이 망극하옵니다."

신하들은 감히 딴청을 부릴 엄두도 나지 않았다.

그러나 그날 밤, 편전에서 망신을 당한 장인 진의는 그냥 자신의 상처를 혼자 매만지고 말 위인이 아니었다.

그는 초저녁에 궁에 들어가 왕비가 된 자신의 딸을 만나보고 낮에 있었던 임금의 이야기를 그대로 전하면서

"아니, 마마가 누구 때문에 용상에 올랐는데 이 애비를 신하들 앞에 그렇게 망신을 줄 수가 있습니까?"

하고 분을 감추지 못했다.

"아버님, 고정하시지요. 아마 마마께서는 일부러 진씨 가문이 임금과 너무 가깝다는 소문이 나는 걸 막아 보시려고 그러신 걸로 압니다."

"아무리 그래도 그렇지, 지금 이 나라 삼척동자도 진씨 가문의 막강한 군사 덕에 그 군사들이 사냥 길에서 산짐승을 사냥한 것이 아니라 선왕을 사냥하고 새 임금으로 추대하여 임금이 됐다는 걸 다 아는 마당에 우리 진씨 가문이나 탓하고 나올 때가 아니지 않습니까?"

진의는 딸도 두려울 게 없었다.

"아버님, 제가 침전에서 상감마마에게 잘 말씀 드릴 터이니 오늘은 그냥 돌아가시지요."

왕비 진씨는 아버지를 다독일 수밖에 없었다.

"그럼 오늘은 중전 마마만 믿고 물러갑니다."

진의는 일단 궁을 나왔다.

그날 밤, 늦게 침전에 든 임금 옆에 누운 왕비는 차분한 말투로 아버지 일을 꺼냈다.

"마마께서 공평하고 사심 없이 국사를 이끄시려는 뜻은 저도 잘 아옵니다만, 많은 신하들 앞에서 제 애비를 그리 말하신 것은 좀 지나치신 일이 아니었나 싶습니다.

많은 군사까지 거느린 진씨 가문 이야기는 제가 진씨 성을 가졌으니 삼가 하겠습니다. 만사를 너그럽게 보살피시는 마마이시니 언제 따로 부르셔서 마마의 진의 는 그게 아니었다고 다독여 주셨으면 합니다."

왕비는 아버지와는 달리 덕도 있고 지혜도 있는 여인이었다.

"알겠소. 내 공평무사하게 나랏일을 한 번 해볼 욕심으로 그리 말했는데 장인어른이 퍽 서운 했나 보구려. 내 따로 불러 잘 말해 줄 테니 너무 심려하지 마시오."

임금은 그렇게 왕비를 위로하고 잠에 들었다.

그 뒤로 임금이 진의를 불러 저간의 일을 왕비의 간청대로 말하고 위안했음은 물론이었다.

근초고왕은 임금 자리에 올라 맨 먼저 자신이 초고왕의 2세라는 뜻으로 묘호를 '근초고왕'이라고 칭하고 나섰지만 이는 어디까지나 방계혈통으로 집권한 고이, 책계, 분서, 계왕으로 이어지는 고이왕계를 부정하고 적통의 왕계를 복원하겠다는 인식을 백성들에게 주고자 함이지 자신이 비류왕의 둘째 아들인 이상 비류왕 자체가 초고왕과 직접적인 혈통을 이어온 임금이 아닌 바에야 근초고왕도 초고왕의 직계는 아니었다.

따라서 그가 스스로 초고왕의 직계임을 강조하고 나선 것은 그의 집권을 정당화하고 방계가 아닌 직계임을 강조하여 계왕으로부터 부당한 절차로 왕권을 빼앗은 자신의 소행을 호도하기 위한 하나의 방편으로 볼 수밖에 없다.

그러나 그가 상당 기간 동안 왕위를 찬탈한 죄과로 정신적으로 시달려 온 것은 사실인 모양이다.

특히 그는 자신을 용상에 추대한 진씨 가문에 진 빚 때문에 진씨 가문의 눈치를 보지 않을 수 없는 난처한 입장에 처하게 되었다. 그래서 겉으로는 자신의 장인에게 까지 공사를 초월하여 장인을 특별히 우대하지 않겠다고 공공연하게 말했지만 그건 어디까지나 형식일 뿐, 그는 집권 후 상당기간 동안 진씨 가문의 신세를 지지 않을 수 없는 운명을 안고 살았다.

하여 그는 솔직히 한반도 쪽의 백제는 진씨 가문에 맡기고 자신은 대륙 백제가 있는 중국으로 건너가 고이왕계가 이룩한 대륙 백제의 확장이나 꾀하고 싶은 생각이 이만저만이 아니었다.

더구나 그 당시 고구려와 백제 사이에 있던 군현 세력이 고구려에 의해 축출됨으로 해서 고구려와 살을 맞대고 있게 된 백제로서는 북부에 군사적 재지 기반을 두고 있는 진씨 세력을 무시할 수 없었다. 이렇게 진씨 세력은 한갓 한 가문의 권세 정도가 아니라 당시 조정을 좌지우지 할 수 있는 막강한 군사적 영향력을 소지하고 있었던 만큼 누가 임금이 됐다고 해도 무시할 수 없는 실세로 작용하고 있었다.

근초고왕 2년에 내신좌평 진의는 대륙백제로 떠나려는 임금에게 내내 진씨 가문의 실세 기용을 더욱 강력하게 건의하고 나왔다.

"마마께서 아무래도 대륙 백제가 걱정이 되어 중국 쪽으로 건너가시고지 작년 즉위하실 때부터 그 뜻을 말씀 하셨는데 가시기 진에 좌평 직에 저희 진씨 가문에서 한 사람만이라도 더 임명을 하시고 가시면 저와 그 사람이 손을 잡고 조정 일을 낙출 없이 해 나갈 수 있을 것 같습니다만...."

진의는 이미 진씨 가문에서 백제의 조정을 진씨 세력으로 중앙귀족화하려는 의도를 당당하게 제안한 셈이었다.

"빙장어른, 아무래도 과인이 대륙 쪽으로 나가 그 쪽 영토를 확장하는 것이 급선무일 것 같습니다. 그렇다면 여기 조정 일을 함께 의논하실 인물이 누가 좋을 지 천거해 보시지요?"

"선왕이 사냥 길에서 돌아가시던 날 밤 중신회의에서 누구보다 앞장서서 금상을 추대한 사람이 있습니다."

"그 사람이 누굽니까?"

"제 진씨 가문의 대들보격인 진정(眞淨)이란 사람입니다."

"아, 알만 합니다. 그러니까 빙장어른의 육촌 형님인가 하는 그 분 말이지요?"

"네 그러하옵니다."

"그러면 그 분으로 조정좌평을 삼고 내신좌평이신 빙장어른과 두 분이 앞으로 우리 백제국의 대소사를 잘 처리해 나가주시기를 당부합니다."

근초고왕은 선선히 진정의 인사문제를 수긍했다.

그리고 얼마 후에 왕비 진씨와 더불어 중국, 대륙백제로 건너가 그 쪽에서 임금 노릇을 하기 시작했다.

임금이 대륙 백제로 떠난 한반도 백제는 그대로 진씨 가문의 왕국이나 마찬가지였다. 특히 나이 지긋해서 조정좌평이 된 진정의 권력 장악력은 대단했다.

임금 다음가는 정치적 영향력을 확보한 진씨의 두 좌평들은 백제 왕국을 마치 자신들의 전유물처럼 농단했다.

그 둘 중에 뒤늦게 벼슬길에 오른 진정의 횡포가 더욱 자심했다. 그는 성질이 아주 흉악하고 어질지 못해 일을 처리함에 있어 아주 까다롭고 자질구레한 잔소리까지 많았다. 그런 그를 사기에서는 임사가세(臨事苛細)라고 표현할 정도이니 그가 얼마나 잔인하고 세심하게 백성을 괴롭혔는가를 짐작 할만하다.

그는 조정좌평으로서 주로 형 옥사(刑 獄事)를 담당한 고관이었는데 가령, 지방의 군현 중에서 중앙 정부의 명을 거역하는 두령이 있거나 정부의 조세를 거역하고 회피하려는 사람이 있다면 즉시 군사를 풀어 그를 포박 해다가 무섭게 매를 때리는 형장을 집행하고 그 죄인을 아주 여러 날 감옥에 가두어 옥사를 시키거나 병신을 만드는 중형을 과하기가 일쑤였다.

그리고 진정은 왕후의 친척이라는 배경을 믿고 근초고왕의 즉위를 반대했던 정치세력에 대한 탄압과, 당시 부를 누리는 특수계급의 독자적이고 배타적인 세력을 무섭게 견제한 인물로 보아야 한다.

즉 진정은 근초고왕의 등극에 불만을 품는 반대세력과 부유 세력에 대한 억제와 해체를 통하여 이들을 왕의 통제아래 굴복할 수 밖에 없도록 막강한 관료체제를 구축하고 이 속에 귀속시키는 작업을 수행한 사람이다.

근초고왕이 대륙백제로 떠나기 전 진정은 왕과의 독대를 청하고 이렇게 말했다.

"상감마마, 소신은 기왕 전하께서 저를 조정좌평의 막중한 임무를 맡겨주신 이상 감히 왕권에 반대하고 비판적인 태도로 나오는 세력들을 추호도 용납하지 아니할 것입니다.

그들이 앞으로 저를 욕하고 저주할지언정 나라의 체통과 권위를 분명하게 세워 감히 왕권을 무시하거나 음해하려는 세력이 결코 발을 못 붙이도록 할 것입니다."

이 말을 듣고 근초고왕도 적이 놀란 것은 사실이었다.

"경은 어찌 그리 철저하게 반대세력을 탄압하자는 거요?"

"마마께서도 보시지 않았습니까. 선왕이신 비류대왕 시절, 유력한 반대세력들을 제대로 통제하지 못하셔서 우복의 난을 비롯해서 얼마나 힘든 정치를 하셨습니까.

이제는 상감마마께서 등극하신 이상 반대세력은 철저하게 다스리고 무서운 왕권을 수립하여 전하의 권위나 체통이 반석위에 오를 수 있도록 왕정을 도모하셔야합니다. 그 쉽지 않은 일을 제가 도맡아 수행해 나갈 각오입니다."

이야기를 듣고 보니 진정의 뜻도 일리가 있었다.

"경의 이야기는 무슨 뜻인지 잘 알 것 같소. 임금이 즉위한 뒤에 왕권을 튼튼히 해야 나라가 원만히 경영될 터이니 그리 대단한 결심을 하신 걸로 짐작하오. 그러나 백성들은 차갑고 무서운 왕권보다는 어질고 착한 임금의 선정을 더 원할 것 같소. 내 머지않아 대륙백제로 건너가 그쪽의 정사를 도모하고 올 것이니 우리 장인이신 내신좌평과 잘 상의하셔서 이 나라의 정사를 원만히 운영해 나가도록 잘 당부하는 바요."

근초고왕은 진정을 잘 다독이고 싶었다.

"마마, 나라의 근본을 바로잡으려면 처음부터 철저하게 백성을 다스려 나가야 합니다. 저는 분골쇄신하는 정신으로 이 나라와 상감마마를 위해 제 소신을 다 할 것이니 너무 허물치 마시옵소서."

임금도 더는 무슨 말을 못했다.

얼마 후 근초고왕은 대륙백제로 건너갔고 한성 백제 쪽에 남은 진씨세력은 마치 그들이 진씨 왕국이라도 세운 듯이 근초고왕 전기의 정치를 독점, 운영하기 시작했다.

이렇게 진정은 독재행각을 단행하니 백성들의 원성이 그칠 날이 없었다. 그래도 그는 눈 하나 까딱하지 않고 든든한 궁중군사와 자신들이 양성한 진씨 가문의 호위 군사를 믿고 계속 학정을 단행해 나갔다.

그런 한 반도 백제에서의 진씨 세력 횡포를 바다 건너 대륙 백제에 있는 근초고왕이야 잘 알 리가 없었다.

다행히 대륙 백제로 간 근초고왕은 당시 중국 대륙에서 고전을 면치 못했지만 그런대로 꿋꿋하게 대륙 백제를 지켰다. 북쪽에선 연(燕)나라가 거듭 팽창, 남하를 계속해 왔고, 서쪽에선 유총을 제거하고 권좌에 오른 후조의 석륵 세력이 만만치 않았으며, 남쪽에선 동진이 정상을 되찾은 뒤 북진정책을 도모하고 있었다.

당시 사마중달의 아들 사마염이 위나라를 멸망시키고 세운 진(晉)나라가 북방 흉노와 선비족의 대대적인 침략을 견디지 못하고 317년 손권의 옛 근거지인 남경으로 도읍을 옮겼는데, 이 나라가 바로 동진이다.

게다가 한반도에선 연나라에 줄창 당하면서도 재기의 기회를 엿보고 있는 고구려의 세력도 간과할 수 없었다. 이런 사면초가와 같은 틈바구니에서 대륙 백제를 올바로 경영하기 위해 심혈을 경주하고 있는 근초고왕의 지략은 예사가 아니었다.

근초고왕이 당시 대륙에서 영토 확장에 주력했다는 증거는 일본의 〈고사기〉의 기록에 나타나고 있다. 이 책 '응신천왕' 기사에서 일본왕의 부탁을 받은 백제의 왕이 백제의 왕인(王仁)박사를 일본에 파견한 내용이 보이는데 그때의 왕이 바로 근초고왕이라는 기록이다. 여기에서 대륙 백제의 확장 문제를 다루기 전에 백제의 유교와 이에 관련된 학자들을 살펴 볼 필요가 있다.

근초고왕 대에 백제는 유교 이념을 기반으로 하여 국가체제를 정비 하였고, 정확한 년대는 알 수 없지만 근초고왕은 이미 학자 아직기(阿直岐)를 일본에 보내어 〈논어〉와 〈천자문〉 등을 전수한 바 있었다.

왕인은 그 뒤에 전임자로서 일본에 파견되었던 아직기의 천거로

〈논어〉 10 권과 〈천자문〉등을 가지고 가서 일본 오진 천황태자의 스승이 되었다. 왕인은 이렇게 유교의 경서에 통달하였으므로 왜왕과 그 신하들에게 경전을 가르친 큰 스승이 되었다.

왕인 뿐 아니라 그의 자손들도 대대로 가와치, 아스카 일대에 거주하면서 문서 등을 맡아보면서 고대 일본의 문화 향상에 크게 기여한 바 있다.

왕인박사의 묘소는 오사카와 교토의 중간 지점인 히라카타시(枚方市)에 있다. 현재 묘의 참도 입구 오른 편에는 '사적 전왕인묘(史蹟 傳王仁墓)' 라는 글자가 작은 바위에 새겨져 있다고 한다.

그리고 근처에는 왕인 공원이 조성되어 있고 나라의 이치노모도에는 왕인의 신위를 모신 와니시모(和爾下) 신사가 남아있을 정도로 그가 현재까지 일본에 남긴 자취는 크고도 깊다고 보아야 한다.

이때 왕인과 함께 일본에 간 일행 중에 오인 (吳人) 베틀장인 서소(西素)라는 사람이 있다. 서소는 기록대로 오나라 사람이다. 오나라는 중국 양자강 하류 남북 땅을 지칭하는 곳으로, 오나라는 그 중에서 주로 남쪽으로 치우쳐 있었다.

그런데 백제에서 왕인과 함께 일본에 보낸 서소가 오나라 사람이라는 것을 간과해서는 안 된다. 그가 양자강 근처의 오나라 사람이라는 것은 곧 백제의 힘이 그곳까지 미쳤다는 의미가 되는 것이다. 이런 사실은 대륙 백제의 힘이 양자강 유역에 까지 뻗혀 있었음을 증명한다.

다만 여기에서 짚고 넘어갈 일은 같은 일본의 사서인 〈일본서기〉의 기록은 〈고사기〉의 기록과 차이가 난다는 점이다.

〈일본서기〉엔 백제 제 17대 임금인 아신왕(아화왕) 대인 405년으로 왕인 박사가 일본에 간 것으로 기록 돼 있다. 이 점에 대하여 사학자 박영규씨('백제왕조실록' 저자)는 '서술의 관계와 사료의 신빙성으로 볼 때, 왕인 박사가 일본에 건너간 시기는 근초고왕대가 아니라 아신왕대로 보는 것이 옳겠다.'고 밝혔고 서소 또한 아신왕 대에 일본에 함께 간 것으로 보아야 한다고 했다. 그러나 그때까지 대륙 백제는 양자강 유역까지 영토를 확장하고 있었던 것으로 본다면 그러한 기반은 근초고왕 대에 이룩된 것으로 보아 무방할 것이다.

이를 뒷받침하는 다른 증거로는 사서 〈북사〉에 '백제(百濟)……거강좌우(據江左右)'라는 기록이 나오는데, 여기서 강이란 양자강을 일컫는다.

이를 해석해 보면 '백제가 양자강의 좌우 땅을 차지하고 지켜냈다.'는 뜻이 된다. 이러한 〈북사〉의 기록은 근초고왕이 양자강 좌우 땅을 차지하고 그 영향력으로 오나라 사람 서소를 왕인과 함께 일본에 파견한 당위성을 입증 하는 것이다.

다음으로 대륙 백제로 건너간 근초고왕의 업적 중에서 '요서경략설'을 상기하지 아니할 수 없다.

근초고왕의 요서경략설을 지지하는 역사학자의 상당수는 그의 재위 무렵인 370년 전 후로 보고 있다. 이는 은연 중 근초고왕대의 활발한 외교 군사력을 염두에 둔 이론이다.

따라서 요서경략설에 대한 이해는 4세기 백제사를 이해 하는 데 큰 영향을 줄 것으로 생각한다.

요서 경략의 주된 근거는 〈송서(宋書)〉 '이만전(夷蠻傳)'의 백제국 조와 〈양서(梁書)〉' 제이전(諸夷傳)'의 백제 조에 나온다.

먼저, 송서의 기록을 보면 다음과 같다.

---백제국은 본래 고려(高驪)와 함께 요동의 동쪽 천 여리 밖에 있었다. 그후 고려가 요동을 공략하여 차지하자, 백제는 요서를 차지하였다. 백제가 다스리는 곳을 진평군, 진평현이라 한다. 의희(義熙)12년에 백제왕 여영(餘映)을 '사지절도독 백제 제 군사 진동장군 백제왕(使持節都督百濟諸軍事鎭東將軍百濟王)'으로 삼았으며, 고조가 즉위하여서는 작호를 진동장군으로 올려주었다.

위의 기록으로 보아 백제가 요서지역을 경략한 것은 의회 12년에 앞서는 일이라고 하겠는데, 의회 12년은 백제의 18대 진지왕 12년(416)에 해당함으로 우리는 여기에서 시기의 상충을 부정할 수 없다. 즉 이 기록대로 본다면 백제의 요서 경략은 근초고왕대보다 훨씬 늦게 이루어 졌다고 볼 수 있는데 설사 기록은 그렇더라도 요서 경략의 기초를 미리 닦은 임금은 근초고왕이라고 보아 큰 무리가 없을 것이다.

다음으로 양서의 기록을 보면 그 나라는 본래 구려(句驪)와 함께 요동의 동쪽에 있었다. 진나라 때 고구려가 이미 요동을 공략하자 백제도 역시 요서, 진평 2군의 땅을 점거하고 스스로 백제군을 설치하였다.

진나라 태원 연간(376~396)에는 왕인 수(須)가, 의희 연간에는 왕인 여영이... 각각 산 사람을 바쳤다.

이러한 양서의 기록을 보면 백제가 요서지역을 경략한 것은 근구수왕(375~384)이전일 개연성이 높다고 하겠다.

이는 송서에 비해 양서에서 백제가 요서지역으로 진출한 시점의

폭을 더욱 좁힌 것이며, 이는 근초고왕 대에 요서지역을 경략할 가능성이 더 많음을 시사하는 방증이기도 하다.

백제의 요서 영유설에는 그 견해가 아주 다양하다. 이를 긍정적으로 보는 학자도 있고 부정적으로 보는 학자도 있으며 그 중간의 어정쩡한 입장을 취하는 학자도 있다.

부정하고 있는 견해는 중국측 사서에 기록된 진말(晉末)의 시기에 요서지방은 모용씨에 의하여 점유되었던 사실과, 당시 백제와 중국 사이의 지리적 위치가 너무 멀어 부당하다고 보는 것이다.

어정쩡한 입장으로는 백제의 요서 영유의 주체가 백제 자체가 아닌 낙랑, 부여, 또는 마한과의 관련된 세력으로 보고 있는 설이다.

그러나 여기에서는 주로 긍정적 견해를 피력한 학자들의 소신을 소개하면서 당시 백제가 대륙백제에서 국위를 크게 선양한 사실을 확인하고자 한다.

먼저 신라 말의 학자 최치원은

"고구려와 백제의 전성 시절에는 강병이 백만이나 되어 (중략) 남쪽으로는 오월(吳越)을 침공하였고 (중략) 중국의 커다란 좀이 되었다."라고 하여 해상을 통한 백제의 중국 남부 진출을 언급하였다.

여기서 사학자 이도학(李道學)의 고무적인 이야기를 들어보자. 그는 당시 중국에 있었던 '백제향(百濟鄕)'에 대하여 다음과 같이 기술하고 있다.

"대양을 누볐던 백제의 역동적인 자취는 현재까지도 남아있다. 중국의 최 남부 지역인 광서 장족자치구(廣西壯族自治區)에 위치한 지금의 '백제향' 이 그곳으로서 백제군이 설치되었다.

진평군(晉平郡)은 그 자치구 내의 창오현(蒼梧縣) 일대나 복건성의 복주(福州)로 새롭게 비정된다. 〈신당서〉에서는 백제의 서쪽 경계를 월주(越州, 절강성 소흥시)라고 하였다. 이 또한 백제의 중국 경영을 암시해주는 기사가 아닐 수 없다."

이 연구에서 보듯이 백제 때 중국 대륙에 백제인에 의해서 무역이 이루어지고 백제문화의 중국 전수가 가능했기에 그 땅에 '백제향' 이라는 이름이 생겨나고 지금도 그 자취를 찾아볼 수 있다는 것은 너무 신기하고 반가운 일이 아닐 수 없다.

이도학은 계속해서 말하고 있다.

"백제는 제주도 뿐 아니라 북규수와 지금의 오키나와를 중간 기항지로 삼고 대만 해협을 지나 필리핀 군도에서 인도차이나 반도까지 항로를 연장 시켰다.

백제는 다시금 항로를 확장시켜 북인도 지방의 모직물을 수입하여 왜에게 선물하기까지 했다. 모두 6세기 중반에서 7세기 중반경의 일이다. 이러한 항해 경로 덕분에 성왕 대에는 승려인 겸익이 중 인도에서 불경을 가져올 수 있었다.

'모든 길은 로마로' 란 말이 있듯이, 동아시아의 모든 물산은 백제로 집중되었다. 그랬기에 백제 땅에는 남방 조류인 공작과 앵무새, 그리고 건조지대에서 서식하는 낙타, 초원의 목축인 양 등과 같은 진귀한 동물들이 서식할 수 있었다. 물산 뿐 아니라 사람도 마찬가지였다.

중국의 역사책인 〈수서〉에 보면 '백제에는 신라, 고구려, 왜인 등이 섞여 살고 있으며, 중국인도 있다.' 고 하였다. 그랬기에 백제는 고구려의 69만 호보다 많은 76만호를 거느린 대국의 위용을 자랑하게 되었다. 76만 호라면 400만에 육박하는 인구를 거느렸음을 뜻한다."

이 엄청난 사실은 굳이 백제 근초고왕 대에 이룩된 현실만이 아니라고 해도 좋다. 이는 근초고왕은 고사하고 고이왕 때부터 시작하여 성왕 때나 그 이후의 백제 판도를 소개한 기술일 수도 있다.

그러나 13대 근초고왕 때부터 가일층 대륙 백제에 뿌리를 내리고 그 기초위에 나라를 경영하고 군사를 일으켜 차츰차츰 이룩해 낸 성과로 본다면 너무나 위대한 백제의 자랑이 아니겠는가.

그는 백제향을 개척한 백제의 힘을 당시 백제에서 방(舫)이라는 이름의 쌍배를 운용하면서 대양을 누볐던 백제의 역동적인 무역 활동에서 찾을 수 있다고 말하고, 최근 그가 소개하여 백제향을 찾아간 KBS 제작팀의 활동상을 지적했다.

제작팀은 1996년 우리문화와의 연관성이 느껴지는 광서 장족 자치구 내의 옹녕현(邕寧縣)일대를 탐방한 바 있다고 한다.

이곳이 소위 '백제향' 혹은 '백제허(百濟虛)' 라는 지역으로서 그들이 찾아가 보니 '백제가(街)', '백제세무소', '백제여사(旅社)' 등의 거리나 회사 이름 등이 눈에 띄었다고 한다.

그리고 이곳에서는 전라남도 지역에서 보이는 독특한 맷돌과 외다리 방아, 서낭당 문화의 흔적을 찾았다고 한다.

광서장족 자치구에서는 우리나라처럼 정월보름과 단오절을 명절로 삼고 축제처럼 즐기고 경축하고 있다는 점도 놀랍고, 우리나라 '강강수월래'와 같은 집단무용도 찾아볼 수 있다 해서 더욱 신기했다.

곧 그 장족의 민속춤인 '삼현춤'을 출 때는 춤꾼들이 둥근 원을 그리고 춤을 이끄는 남자가 삼현금을 반주하면 그 밖의 사람들은 음악의 박자에 따라 노래하고 춤추면서 원을 줄이기도 하고 확대하기도 하며 긴 소맷자락을 내 젖는다고 한다.

이 춤은 〈삼국지〉동이전 마한관계기사에 등장할 정도로 유연한 연원을 지닌 '강강술래'를 연상시킨다고 보았으니 말이다.

더구나 장족들은 우리민족의 특기라고 볼 수 있는 활쏘기도 잘 한다고 했다. 그들은 소리가 나는 신호용 화살인 명적(鳴鏑)을 사용할 정도로 활쏘기에 능숙했는데, 지금도 음력설에는 민속의상을 입고 활쏘기대회를 한다고 하니 너무 놀랍다.

이렇게 4세기경부터 항해술을 길러온 백제는 6세기경에는 아주 해상 활동이 더욱 강화되어 제주도→북규슈→오키나와→대만해협 →필리핀군도→인도차이나 반도→인도 에 이르는 항로를 개척하였을 정도로 발달된 항해술과 교역반경을 가지고 있었다.

아울러 진평군이 설치된 지역은 북 중국에서 찾아볼 수 없는 팥 문화권에 속한다고 한다.

이 팥문화는 한 반도와 일본 열도에서도 확인된다는 점에서 공유하는 문화의존재를 생각하게 한다. 그리고 운남성(雲南省)의 첩첩산골인 호도협(虎跳峽)에서 나시족(納西族)출신 처녀들이 지게에 나무를 지어 나르고 있는 모습이 발견되었다.

우리민족의 독창적 발명품이라는 지게가 - 우리민족이 사용해온 것과 같은 모양의- 이렇게 뜻밖에도 운남성에서 발견되었다는 것이다. 이 사실은 두 지역의 민족 사이에 문화, 민속적 연관이 분명히 있음을 암시한다고 보아지는 확실한 일이다.

위에서도 지적했듯이 백제의 요서영유설에는 몇몇 학자가 부정적 견해를 보이고도 있으나 그에 못지않게 많은 학자들이 긍정적

측면에서 백제는 분명히 중국대륙에 진출, 요서지방을 영유했고 해양 활동의 강화를 통하여 일본은 물론 동지나해 내지 인도까지 무역과 문물교류를 시행한 나라로 보고 있는 것이다.

그럼 여기에서 긍정적인 견해를 갖고 있는 몇몇 학자의 주장을 들어보자.

신경준(申景濬)은 "최치원의 대사시중 서장에 근거하여 백제의 요서영유는 사실이며 〈삼국사기〉에 기록이 없는 것은 누락된 것이다."

신채호(申采浩)는 "근구수왕 대에 중국의 요서, 산동, 강소, 서강 등의 지방을 점령하였던 것이며 북조계의 사서에 기록이 없는 것은 북조사관들의 태도 때문이다."

김상기(金庠基)는 "백제의 근초고왕 말에 고구려의 요동진출에 대항하여 이루어진 역사적 사실이다."

김세익은 "백제의 항해술, 조선술, 해군력에 의하여 3세기 말에서 6세기 초 중엽에 걸쳐서 요서지방에 백제군이 설치되고 유지되었던 것이다."

방선주(方善柱)는 "〈남제서〉에 기록된 지명의 검토에서 요서지방이 아니며 백제는 화북지방에 진출한 것임. 요서 하북에 정착한 고구려의 포로를 안무시키기 위한 것이며 시기는 360~370년에 하였으며 특히 백제의 요서지방의 점령은 중국의 사민책(徙民策과) 관련이 있다."

김철준(金哲埈)은 "〈송서〉〈양서〉 '백제전' 의 내용에서 백제가 진세부터 점유했으며 근초고왕 당시 요서를 점령하면서 백제의 극성기를 맞이했다. 475년 고구려에 의해 한성은 함락되었지만 중국의 산동이남 지역엔 어느 정도의 영역을 보유하고 있었다."

 이와 같이 몇몇 학자들의 견해를 찾아보았지만 백제가 3세기부터 해외 진출이나 해외 교역 과정을 거친 것은 거의 확실한 사실로 보아야 할 것이다. 더구나 백제가 위치한 한반도의 서남부 지역은 동해안과 달라 해안의 굴곡이 심하고 섬이 아주 많아 자연적으로 항만이 발달된 곳이다.

 항만이 발달 되었다는 사실은 배를 타고 외부세계로 진출, 다른 나라와 교역을 도모할 수 있었다는 천혜의 조건이다. 이런 여건은 자연스레 조선술과 항해술의 발달을 가져왔다. 이런 기술은 배를 만들고 배를 타고 바다를 건너 어느 나라엔가로 나갈 수 있게 한 단초가 되었다. 그 대상국이 일본과 중국이고 더 멀리는 남지나 해역을 지나 인도 쪽 까지도 교역할 수 있게 된 것이다.

 그러나 가장 빈번한 교역 상대국은 일본과 중국으로 볼 수 있다. 백제는 중국대륙에 진출, 중국과 교섭을 하는 한편 근초고왕 대인 4세기 후반에는 이미 백제인 들이 많이 나가 있던 일본열도와도 교역을 시작하여 그 조정과도 공식적인 외교관계를 맺게 되었으니 놀라운 일이 아닐 수 없다.

 3세기 후반에는 '동이' 혹은 '마한' 이란 이름으로 중국의 서진 정권에 자구 조공을 했다는 기록이 중국 문헌에도 나오고 있지만 이러한 이름 가운데는 분명히 '백제' 도 함께 포함되어 있다.

 그러나 4세기대 이후 중국대륙은 남조와 북조로 나누어진다.

 백제는 북조와 교류하기 위해서는 고구려의 해안을 통과해야 하는 만큼 항해상의 부담이 북조와의 교섭보다는 남조와의 교섭이 용이 했음은 당연한 일이다.

오죽하면 백제에서는 고구려를 '큰 뱀' 혹은 '물뱀' 이라고 할 만큼 고구려를 기피했을까. 더구나 남조는 중국대륙의 본래 주인인 한인(漢人)이 세운 정권이었다. 이러한 남조와의 교류는 백제 입장에서는 단순히 항해의 문제만이 아니었다.

백제 건국 이전 (온조 이전)부여에 뿌리를 둔 백제로서는 고구려보다 한인정권의 남조에 더 애착을 갖게 된 것이다.

고구려가 자국의 이익을 챙기는 등거리 외교를 북조와 했다면 백제는 그 역사의 뿌리를 의식한 명분 있는 외교를 남조와 했다고 볼 수 있다.

그리고 근초고왕 대에 특기할만한 외교는 백제와 남조 쪽의 동진과의 관계다.

〈삼국사기〉'백제본기'의 기록에도 근초고왕은 재위 27년과 28년 봄에 시신을 진에 보내 조공한 기록이 있고 중국 정사〈진시〉'간문제기'에는 함안(咸安)2년 6월, 사신을 보내 백제왕 여구(餘句)를 배하여 '진동장군영낙랑태수(鎭東將軍領樂浪太守)' 로 하였다. 는 기록이 있다.

여기서 여구는 근초고왕을 가리키며 결국 동진에서 그를 '진동장군 낙랑태수' 로 봉책한 사실을 확인할 수 있다.

그때 근초고왕은 장인인 진의를 불러 태수 봉책 문제를 상의한 바 있다.

"내신좌평께서는 나를 진나라에서 낙랑태수로 봉한다는데 어찌 생각하시오?"

명색 임금을 태수로 봉하겠다는 진의 태도가 반신반의 되어 물은 말이다.

대륙백제의 확대

"당연히 태수의 봉책을 수락하셔야 합니다."

"무슨 이유로 그리 말하십니까?"

"중국이라는 큰 나라와 고구려를 제치고 무역과 외교를 원만히 하시려면 아무리 태수의 봉책이라도 선선히 받으셔야 합니다."

진의는 나라의 실리를 아는 인물이었다. 하여 근초고왕은 동진의 사신을 들라 하고 흔쾌히 태수의 봉책을 받았다.

이러한 백제의 조공과 진의 봉책은 서로의 필요에 의한 쌍방의 이익에 보탬이 되는 외교행위로 볼 수 있다.

다만 여기에서 '낙랑' 이란 표현을 쓴 것은 그 만큼 백제가 요서지방으로 이동한 낙랑 대방과 밀접한 관계에 있었던 사실에 기인하여 진에서는 낙랑과 백제를 혼동한 결과로 보여 진다.

아무튼 이렇게 백제가 근초고왕 대에 중국과 공식적인 외교관계를 갖게 된 것은 백제가 그만큼 성장 했다는 증거다.

그러나 이러한 백제국의 성장과정에서는 '마한' 을 떼놓고 생각할 수 없는 문제가 있다. 〈삼국사기〉에 의하면 마한은 백제의 온조왕 대에 이미 멸망한 것으로 나타나고 있다.

그러나 중국의 〈진서〉에 의하면 290년까지 수차에 걸친 마한의 진에대한 조공기사가 전해지고 있는 것이다. 그러므로 간혹 진서에 나타나는 마한의 조공을 백제의 조공으로 본 견해도 있다. 그러나 이는 어디까지나 쌍방의 분명한 상대인식의 기록이므로 의당 마한의 조공으로 보아야 한다.

그렇다면 진에 조공한 마한 세력은 어느 마한일까. 이는 온조왕 대에 백제에 의해 망한 세력이 아니라 잔여의 마한세력으로 이들의 진에대한 조공이 진서에 기록된 마한으로 추정된다.

그러나 이 잔여 마한 세력은 비록 54개국으로 이루어 졌어도 그 응집력이 부족했다. 따라서 근초고왕 대에 이르러서는 (이후 다시 언급하겠지만) 잔여 마한 세력을 정벌하고 단독으로 진과 외교를 강화한 것이다.

이렇게 근초고왕의 업적 중에 가장 눈에 띄는 것은 대륙백제에서의 영토의 확장이다. 그는 대륙 백제에서 땅을 크게 확장하여 남쪽으로는 양자강에 이르렀고, 북쪽으로는 요동지방에 육박하였으며 , 서쪽으로는 덕주, 곡부, 청강, 양주에 이르렀다. 그러니 그 영토는 본토인 한반도 백제의 몇 배나 되었다. 고구려와의 충돌은 이러한 영토 확장의 과정에서 필연적으로 발생한 다툼의 결과였다.

그러나 여기에서 또 한 번 집고 넘어갈 일은 〈삼국사기〉의 기록 문제다. 〈삼국사기〉에서는 근초고왕의 즉위 이후 거의 20년간의 기록을 전혀 남기지 않았다. 〈삼국사기〉의 기록은 근초고왕 21년 이후의 기록만으로 집중되어 있는데, 그렇다면 이는 무엇을 생각하게 하는 것인가. 즉위 이후의 근초고왕은 약 20년간 주로 대륙백제에 가서 영토를 확장하는데 심혈을 경주한 것으로 안다.

이는 누가 뭐라고 해도 백제 인으로서는 너무 위대한 업적이다, 그러나 〈삼국사기〉를 기록한 저자는 근초고왕의 그러한 활동(재위 20년간)을 전혀 신빙성이 없는 것으로 판단하였다. 그리하여 〈삼국사기〉의 기록에서 이를 모두 빼버린 것이다. "패전국의 역사는 승전국의 기록에 반해 인멸당하거나 폄하되고 삭제될 수밖에 없다."

이것이 역사기록의 상례요 사실이라면 너무 안타깝고 슬픈 일이 아닐 수 없다.

7. 마한의 정복과 내륙 백제의 확장

근초고왕은 대체로 즉위 한 뒤 거의 20년간을 대륙백제에 머물면서 산동반도를 중심으로 백제의 본거지를 삼고 한때는 양자강 유역까지 진출하며 대륙 백제의 세력을 키워온 걸출한 인물임에는 틀림이 없다 할 것이다.

그러나 그에게도 중국 땅에 머물면서 임금 노릇을 하는 데에는 한계가 있었다. 너무 오래 한반도의 백제를 비워 놓을 경우 누가 또 무슨 짓을 하여 나라를 송두리째 빼앗길지 모른다는 불안감이 없지 않아서였다.

그는 재위 21년경 다시 한반도로 귀국, 이제는 내륙 백제의 영토 확장과 고구려와 신라, 그리고 바다건너 일본에까지도 외교를 정상화하는 노력이 필요하다는 것을 절감했다.

그러나 그에게 고구려는 뜨거운 감자와 같은 묘한 나라였다.

백제의 시조요 자신의 조상인 온조 임금을 생각해도 백제는 그 건국의 뿌리가 고구려에 있음을 모르는 근초고왕이 아니었다. 아무리 온조나 그 형인 비류가 고주몽의 피를 타고 나지는 않았지만 온조의 어머니 소서노가 한 때 고구려 시조 고주몽의 아내였다면 백제는 고구려와 뗄래야 뗄 수 없는 형제 나라와 같은 인연을 타고 난 게 사실이 아닌가.

그러나 고구려는 백제를 그리 대단한 나라로 보지 않았다.

대륙백제에서 책계왕이 대방의 딸 보과에게 장가를 들어 대방이 책계왕의 장인의 나라가 돼 있음에도 고구려는 대방을 공략하여 백제를 괴롭힌 게 사실이다.

근초고왕은 즉위 초에 주로 대륙백제의 거점인 산동반도 지역에서 남쪽으로 영토를 확대하다가 한 때 북으로 눈을 돌리게 되었다.

그가 대륙백제에서 북진을 도모하게 된 동기는 모용선비가 세운 연나라가 몰락의 길을 걷던 360년경(근초고왕 재위 14년경)이었을 것이다.

당시 연나라는 세력이 약화되어 몰락의 길을 걷고 있었고, 저족의 부씨 일족이 세운 진(秦)이 북방으로 세력을 확대해 오고 있었다. 이러한 양상은 북쪽 진출의 기회를 노리고 있었던 근초고왕의 백제에겐 호기가 아닐 수 없었다.

그러나 그것은 남진의 기회를 노린 고구려에게도 마찬가지로 호기였다. 따라서 고구려와 백제의 충돌은 거의 필연적이었다.

이러한 전쟁 분위기는 결국 369년 9월 마침내 고구려의 고국원왕이 보병과 기병 2만을 거느리고 치양을 공략함으로서 양국은 실제로 전쟁상태에 들어가게 된 것이다. 고구려군이 치양을 약탈하자 근초고왕은 태자인 휘수(혹은 구수, 후에 근구수왕)를 불렀다.

"너는 아직 나이 스무 살도 안 된 젊은 태자이지만 너의 무술과 용맹성은 능히 고구려 군을 물리치고도 남음이 있을 것으로 믿고 우리 군사를 붙여 출정시키고자 하니 나가서 잘 싸우기 바란다."

근초고왕은 아들에게 엄하게 그러나 아들을 백 번 믿는다는 표정으로 당부했다.

"아바마마, 소자 아버님의 분부대로 전장에 나가 고구려 군사들을 물리치고 아버님의 소원을 풀어드리겠습니다."

아들 휘수도 대단한 무인이었다. 그는 위풍당당하게 전쟁터에 나아가 고구려 군과 일진일퇴의 접전을 계속하고 있었다.

그런 어느 날이었다. 갑자기 고구려 진영에서 밤늦게 사기(斯紀)라는 자가 은밀히 백제 진영을 찾아와 태자 휘수를 알현하고자 했다.

"태자마마, 고구려 진영의 사기라는 자가 태자마마를 뵙기를 청합니다."

백제군 좌장이 태자에게 급고했다.

"뭣이? 이름이 사기라? 그렇다면 그 사람이 원래 우리 백제군에 속해 있었는데 실수로 대왕 마마가 타시는 말의 발굽을 상하게 하여 고구려로 도망간 녀석이 아닌가. 하필 그 놈이 무슨?"

"태자마마, 그 사람이 원래 백제인이요, 실수한 뒤에 고구려로 도주한 사실은 저도 잘 알고 있습니다. 하오나 그런 놈일수록 적의 정보를 정확히 고변할 수도 있다고 봅니다."

좌장은 사기를 만나줄 것을 간청하다시피 했다.

"그래? 그럼 한 번 만나보자!"

드디어 사기는 태사 앞에 무릎을 꿇고 고구려군의 정황을 고변하기 시작했다.

"태자마마, 제가 고구려 진영에 몸담고 보아하니 고구려 군사는 숫자는 많으나 모두 가짜군사로서 수를 채운 것에 불과합니다. 그러나 그 중 가장 강한 군사는 붉은 깃발을 든 부대입니다. 만일 그 붉은 깃발 부대를 먼저 공격하신다면 나머지는 오합지졸이니 치지 않아도 저절로 허물어질 것입니다."

"네 말을 믿어도 되겠느냐?"

휘수태자는 거듭 다짐을 했다.

"태자마마, 제 말이 거짓이오면 그 날로 제 목을 베시기 바랍니다."

드디어 이튿날 전투에서 휘수는 사기의 말 그대로 붉은 깃발의 부대를 집중적으로 공격하여 결국 적병 5천명의 머리를 베는 대승을 거두게 되었다.

기세가 오른 백제군은 달아나는 고구려군을 전멸이라도 시킬 것처럼 추격하여 고구려 군을 수곡성 서부지역까지 몰아갔다.

이때 장군 막고해(莫古解)가 백제군의 진격을 만류하며 태자 휘수에게 아뢰었다.

"태자마마, 일찍이 도가의 말에 만족할 줄 알면 욕을 당하지 않고, 그쳐야할 때 그칠 줄 알면 위태롭지 않다고 하였습니다. 지금까지 얻은 바도 많은데 어찌 더 많은 것을 바라겠습니까?"

"하하, 장군의 그 말도 옳은 것 같으니 우리 그럼 이쯤에서 멈추지."

태자는 막고해의 충언을 받아들여 더 이상의 추격은 그만두고 중단했다. 그리고 그 곳에 표적을 만들고 그 위에 올라가 좌우를 돌아보면서 말했다.

"백제군이여 장하다. 과연 오늘 이후로 누가 다시 이곳에 올 수 있겠는가?"

그 후, 그곳에는 마치 말의 발굽같이 틈이 생긴 암석이 있는데 사람들은 지금도 그것을 태자의 말 발자국이라고 부르고 있다고 한다.

휘수 태자의 이러한 자신만만한 말투에서 드러나듯이 당시 백제군의 사기는 대단했다고 보아진다.

치양을 공격한 고구려 군을 격퇴시킨 근초고왕은 그해 11월에는 한수 남쪽에서 대대적인 군사 사열을 감행했다.

이것은 일종의 백제군의 막강함을 알리는 무력시위이자 고구려 군에 대한 사전 경고이기도 했다. 이때 근초고왕은 휘하 병력으로 하여금 황색 깃발을 사용하도록 했는데 이는 스스로 황제의 군대임을 공포한 일이었다.

그런 백제의 위세에 눌린 고구려 군은 한동안 백제 땅을 침공하지 않았다.

치양 전투에 패한 여파가 그렇게 무서울 수가 없었다. 그러나 371년 9월, 고국원왕은 다시 백제를 공격해 왔다. 하지만 이번엔 패하 강가에 매복 중이던 백제군에 의해 여지없이 쫓겨 갔다.

이렇게 고구려와 백제는 가까우면서도 서로 미워하는 먼 나라가 되었다.

그러면 당시 이렇게 막강한 백제의 군사력을 키워 낸 백제의 지배계층인 귀족, 혹은 왕족이 과연 한수 중심의 한반도 중부에서 자연발생적으로 출생한 토착민인가 아니면 북방 계, 곧 부여나 고구려 쪽에서 이주해온 이주민 가운데서 이러한 지배계층이 생겨난 것인가.

이 문제를 놓고 문헌을 살펴본 결과 백제의 정치와 군사력을 이끌고 나간 지배계층은 공교롭게도 부여계통의 이주민과 고구려계통의 이주민이 그 원류를 이루었다고 해도 과언이 아니다.

근초고왕 대를 전후한 4세기 후반 무렵 백제엔 60만 명 내지 7, 8십만 명이 모여 살았다고 보는데 이 백제 인들은 과연 어디에서, 그리고 어떤 연유로 이곳에서 살게 되었는가. [수서] 〈동이전〉의 (백제)기록에 따르면 백제에 살고 있던 사람들은

"그 출신이 잡다하여 신라, 고구려, 왜 출신뿐만이 아니라 중국 사람도 상당수 끼어 있었다."라고 기록하고 있는 점으로 보아 한반도 백제에는 주변 각국에서 무역이나 외교 관계 혹은 잡다한 상인들 까지도 많이 들어와 터를 잡고 산 것으로 볼 수 있다.

그러나 보다 많은 이주민을 기록한 주민으로는 먼저 '부여족'을 들 수 있다.

무엇보다 백제의 건국을 주도한 세력도 부여계통의 이주민으로 보고 있다.

온조왕 41년에 왕의 친척인 을음(乙音)의 뒤를 이어 부여 출신 해루(解婁)가 우보에 임명되었다는 기록이라든지 부여 계통의 해씨가 진씨와 함께 대대로 중앙의 요직을 독점한 데에서도 그 부여족 이주를 알 수 있다.

부여와 백제의 연관성은 대부분의 중국 사서(주서, 구당서, 신당서 등)에서 모두 백제를 '부여의 별종'이라고 소개한 데서도 입증할 수 있다.

여기에서 부여족과 근초고왕과의 관계도 추정해 볼 필요가 있다 할 것이다.

백제사에 있어서 고이왕대와 마찬가지로 근초고왕 대에서도 혈통의 단절(단층)이 있었다고 보는 게 학계의 정설이다. 즉 고이왕계인 우(優)씨로부터 여(餘)씨로 바뀌었을 뿐 아니라 왕위 계승 면에서도 꼭 역모에 의해 왕권이 바뀐 것처럼 비정상적인 계승이 백제역사에는 빈번하기 때문이다.

사가들의 견해를 보아도 한반도에서는 민족 이동 기에 정복국가의 특색을 가진 북방 유목민 들이 기병전(騎兵戰)위주의 전쟁 수행

능력을 가지고 집단적으로 한반도 지역으로 남하하여 토착세력을 제압하고 새로운 왕조를 세운 사례를 자주 볼 수 있다고 했다.

이런 관점에서 본다면 근초고왕도 기마병 세력이 만주지방으로부터 남하하여 기존 토착세력을 제압 내지는 규합하고 왕위에 오른 임금이라고 보아도 무방하다는 것이다.

더구나 근초고왕대의 백제가 호한 혼합문화를 지녔다는 징표로 가장 먼저 손으로 꼽을 수 있는 것은 근초고왕이 중국 사서에서 여(餘)씨로 표기된 첫 번째의 백제왕이라는 점이다. 그리고 [진서] 권9 간문제기 함안 2년(372)6월조를 보면 근초고왕의 이름을 '여구(餘句)로 표기 하였으므로 근초고왕 때부터 백제왕의 성씨가 ' 여(餘) '로 바뀌었음을 알 수 있다.

아울러 중국 사서에 부여 왕족의 성씨가 ' 여 '씨로 표기 된 것은 부여기 346년 모용씨의 습격을 받아 현(玄)읭 이하 약 5만 명이 포로라는 점에서, 이는 근초고왕이 전연에 의해 습격당한 그 부여에 소속되고 있음을 절실하게 말해주는 대목이다.

여기에서 근초고왕에 대한 재미있는 가상이 한 가지 성립 된다고 보아진다.

즉 부여가 모용씨의 두 번째 강습을 받아 완전 소멸 된 시기가 346년 정월인데 공교롭게도 바로 그 해 9월에 백제의 제12대 임금인 계왕이 즉위 3년 만에 무슨 이유에선지 모르게 갑자기 죽고 그해 10월에 제13대 근초고왕이 즉위 하였으니 이는 일단의 부여인 들이 만주 땅을 떠나 백제까지 와서 일련의 군사적 역모를 기했다고 보면 시기적으로는 아주 잘 들어맞는다.

그리고 근초고왕이 즉위한 뒤에 이미 소개한 바 있지만 북쪽의 전진(前秦)과 수교하는 대신 굳이 장강 이남으로 쫓겨 간 동진(東晋)에 대하여 조공을 한 배경에는(진동장군낙랑태수로 봉책) 과거 부여의 복국을 위하여 도움을 준 진 무제에 대한 은의가 작용하였으리라고 유추되는 점에서, 학자에 따라서는 근초고왕의 출자가 북만주에 있던 부여가 틀림이 없다고 보는 견해도 있다.

그것이 사실이라면 근초고왕이 비류왕의 둘째 아들로 비류왕 밑에서 오랫동안 태자로서의 자질을 키워 왔다는 것이 한 갓 허구로 돌아가는 모순을 감당해야 하는데 솔직히 여기에서 그 진위를 밝힐 수는 없다.

그러나 비류왕 자신부터 그가 한수 부근의 토착민은 아니고 만주 쪽 부여나 고구려에서 기마를 타고 창검을 휘두르며 부하를 거느린 무사의 신분으로 지내다가 어떤 이유에서든 다른 이주민들에 합류, 아들 구를 데리고 한수 근처로 들어왔을 수도 있다. 이후 그는 백제왕실과 가깝게 접근하여 정치적 역량을 기르다가 때가 되어 초고왕계를 잇는 왕족이라 자처하고 자신도 신민회의에서 추대 받아 임금이 되고, 아들 구도 먼 훗날 권좌에 오르게 한 비류왕인지도 알 수 없으니 말이다.

그 경위야 어떠하든, 4세기 근초고왕 대에 와서는 백제왕의 성씨가 우씨나 해씨에서 부여씨로 바뀌었음은 충분히 이해할만 하다.

다음으로 부여계통의 이주민 못지않게 백제에 영향을 준 이주민이 고구려 계의 이주민이다.

백제의 건국 신화에서 시조인 온조를 주몽의 아들로 묘사한 것이라든지 성왕의 아들 위덕왕이(제27대)아직 왕자일 때 자신의 성이 고구려와 같다고 밝힌 사실 등은 고구려와 백제의 깊은 연결고리를 연상케 한다.

고고학 측면에서도 백제 지배층의 고구려 문화 지향성은 아주 뚜렷하게 포착된다. 가령, 서울 송파구 석촌동 일대에 분포 된 적석총은 압록강 유역의 고구려 적석총을 그대로 본 딴 것임에 틀림이 없다. 그 무덤 가운데 석촌동 3호분은 그 축조된 모습으로 보아 왕릉 급으로 추정, 그 피 장자를 근초고왕으로 상정하기도 하니 고구려가 백제에 미친 영향은 지대하다 할 것이다.

비록 근초고왕대의 이야기는 아니나 백제 개로왕대에 고구려의 승려인 도림(道琳)의 간첩 설화도 아주 재미있다.

고구려의 장수왕은 백제를 치기 위하여 사람을 시켜 간첩할만한 사람을 구했다고 한다. 이때 도림이란 중이 응모하여 선에 들어 고구려로 와서 장수왕을 진견했나.

장수왕이 도림을 보고

"그래, 스님이 무슨 묘방이 있소이까?"하고 물으니

"이 어리석은 것이 도는 알지 못하나 나라의 은혜를 갚으려고 생각한 바가 있사오니, 바라옵건대 대왕께서는 저를 불초하게 여기지 않으시고 쓰신다면 결코 왕명을 욕되게 하지 않겠습니다. 저도 바둑을 꽤 두고 백제의 개로왕도 바둑을 좋아하니 바둑 두면서 이야기를 하면 좋은 결과가 있을 줄 아옵니다." 했다.

장수왕은 그 말을 듣고 기뻐하며 그를 백제로 보냈다.

도림은 고구려에서 죄를 짓고 도망 온 것처럼 행세하다가 하루는 대궐에 들어가

"소승이 어려서부터 바둑을 배워 자못 신묘한 경지에 들어갔으

니, 바둑 즐기시는 대왕을 뵙고 바둑을 몇 수 가르쳐 드리고 싶습니다. 이런 제 뜻을 대왕에게 전해주십시오."했다.

그 말을 개로왕이 전해 듣고 도림을 불러 실제로 바둑을 두어보니 과연 도림은 국수(國手)급이었다.

그때부터 개로왕은 도림을 상객으로 우대하면서 매우 친숙해져 오히려 늦게 만난 것을 한탄할 정도였다. 왕의 신임을 받으면서 자주 접할 기회를 가졌던 도림은 개로왕의 은혜에 보답한다고 하면서 무엇보다 국고를 탕진하기에 가장 안성맞춤인 토목공사를 하시라고 다음과 같이 건의했다는 것이다.

"대왕의 나라는 모두 산과 언덕과 강과 넓은 평원입니다. 이는 하늘이 베풀어준 험한 요새요, 사람이 만든 형국이 아닙니다. 그러므로 네 개의 이웃나라들이 감히 엿볼 마음을 품지 못하고 다만 받들어 섬기고자 하는데 겨를이 없이 원하는 것 같습니다.

그런즉 왕께서는 당연히 뜻이 존엄하고 고상한 위세와 나라를 부강하게 한 업적이 있으므로 이로 인하여 뭇사람의 이목을 두렵게 해야 할 것입니다. 성곽은 보수되지 않고, 궁실도 수리 되지 않았으며 선왕의 해골은 맨땅에 매장되어 있고 백성의 집은 자주 강물에 파괴되고 있으니 소승은 외람되게 어떤 방책을 세우시라고 말씀드리지 아니할 수 없습니다."

개로왕은 이와 같은 도림의 말에 혹하여 궁실과 왕릉 그리고 제방과 성곽을 새로 쌓고 화려하게 치장한 결과 창고가 텅 비고 주민들의 생활이 아주 곤궁해 졌다고 한다.

이런 와중에서 도림은 다시 고구려로 도망가서 장수왕에게 백제의 실정을 고하니

"허허, 스님이 아주 큰일을 도모했소이다."

하고 치하한 뒤에 군사를 내어 백제를 쳐서 왕성인 한성을 함락시키고 개로왕을 살해하기에 까지 이르렀다.

더구나 개로왕의 최후에 대해서는 백제 인으로 죄를 짓고도 고구려에 망명한 두 무인 재증걸루(再曾桀婁)와 고이만년(古尒萬年)이 고구려 군에 합세하여 남침, 7일만에 북성을 함락 시키고 이어 남성을 공략하자 왕이 성 밖으로 도망 나가는 것을 보고 걸루 등이 길을 막고 말에서 내려 왕에게 절을 하고나서는 왕의 얼굴에 세 번 침을 뱉고 왕의 죄를 여러 번 꾸짖고 나서 왕을 포박, 아차성 아래로 보내어 그를 창으로 찔러 죽였다는 기록이 있으니 백제의 배신자 둘이 저지른 만행은 차마 상기하기에도 괴로운, 용서하고 싶지 않은 치욕이다.

아무튼 고구려에서는 한 군현이 멸망한 이후 많은 백성들이 백제 쪽으로 이주 혹은 망명하였음을 알 수 있다.

이렇게 백제의 정치지도자 계층이나 군사 지도층에 있던 많은 사람들은 대체로 토착민이 아니고 만주 벌판에서 창을 휘두르며 군마를 달리던 부여족 혹은 말갈족이나 고구려의 유민들로 봄이 타당하다.

이런 군사적 특성을 지닌 지배층이기에 마한의 정복도 무력을 앞세워 가능했던 것으로 추측할 수 있다.

아울러 당시의 백제는 북방 유목민족인 물길(勿吉)의 주된 병기로 기병전에 쓰였던 각궁(角弓)을 사용하였다. 철기와 각궁은 그 효능으로 볼 때 전쟁터에서 아주 우수한 군 장비다. 이러한 군 장비를 고구려나 백제가 공유한 것으로 볼 수 있다.
 이렇게 북방 유목민이 쓰던 군 장비로 무장한 백제군이 한반도 중 부 이남으로 진출하고 보니 보병단계에서 크게 벗어나지 못한 금강 이남의 마한 세력을 무력으로 제압하기는 너무 쉬운 일이 아닐 수 없었다.

 마한의 정복에 앞서 근초고왕은 아들인 태자 휘수와 병관좌평을 위시해서 장군 목라근자, 황전별 등을 편전에 불러 사전 작전회의를 가진 것은 물론이었다.
 "짐이 이제 중국대륙에서도 거의 손을 뗀 바나 마찬가지인데 그렇다면 우리 백제의 영토는 이 반도 남쪽으로 키울 수밖에 없는 처지가 아니겠소?"
 근초고왕은 비장한 얼굴로 신하들을 둘러 봤다.
 "마마, 소장들에게 마한정복의 대임을 맡기신다면 죽음을 각오하고 나아가 싸우겠나이다."
 장군 목라근자의 맹서였다.
 "마마, 저도 목라장군과 똑같은 각오로 우리 백제 국을 위해 신명을 바치겠나이다."
 황전별 장군의 복창이었다.
 "아바마마, 마한 땅이나 가야 땅은 우선 지세가 완만한 평야지대이고 그들이 가진 병기 또한 활과 대창 정도이니 철기와 각궁, 그리고 기마 병력을 많이 가지고 있는 저희 백제군사는 능히 마한뿐 아니라 반도 남단까지 모두 정복할 수 있는 힘이 있다고 자부합니다."

태자는 당당한 목소리로 진언했다.

"허허, 그대들의 이야기를 들으니 우리 백제는 이 반도 남단을 다 병탄한 바나 마찬가지구려, 아무튼 마한과 가야를 먼저 공략한 뒤에 신라와도 국교를 원만히 하고 그 여세를 몰아 고구려와 겨루어 나가든 크게 싸우든 해야 하지 않겠소?"

근초고왕은 편전에 꽉 차게 말했다.

"성은을 받들어 모시겠나이다."

신하들은 일제히 머리를 조아렸다.

이렇게 하여 한반도 서남부를 공략하는 백제의 정복활동은 시작된 터였다.

군사력에서 월등히 우위에 있었던 백제로서는 반드시 무력으로만이 아니라 상호 디협에 의해 공존을 모색할 수도 있있겠지만 이해득실로 보아 오히려 무력으로의 병탄이 실리가 있었을 것이다.

근초고왕 대에 절정을 이룬 백제의 정복활동은 크게 세 방향으로 전개 되었다고 볼 수 있다. 그 첫째가 현재 경기도, 충청도, 전라남북도에 걸쳐 자리를 잡은 마한으로의 진출이요, 그 다음이 낙동강 유역 가락국으로의 진출이요, 마지막이 황해도 방면, 곧 고구려와의전쟁과 영토분쟁이 그것이다.

이 중에 먼저 마한 땅을 보자.

마한은 월지국(月支國), 백제(伯濟), 모수(牟水), 고탄자(古誕者), 비리(卑離) 등 54개의 지역으로 나뉘어 있었는데 근초고왕 24년엔 탁대의 월지국(지금의 익산 부근)을 함락시키고 전라도 서남해안을 모두 차지했다.

이 마한 세력은 영산강유역의 나주를 중심으로 그 잔존 세력이 세형동검, 철기문화를 발전시켰으나 결국 근초고왕의 군사에게 병탄되고 말았다.

이 무렵 근초고왕과 왕자 귀수(근구수왕)는 백제의 장군 목라근자(木羅斤資)와, 황전별(荒田別) 그리고 백제를 도우려고 온 일본의 신공황후가 파견한 왜장 사백(沙白), 개로(蓋盧) 등을 데리고 출전하여 고해진(古奚津, 지금의 나주지방), 침미다례(忱彌多禮, 지금의 제주도), 비리(比利, 지금의 전주), 벽중(辟中, 임실), 포미지(布彌支, 순창), 반고(半古, 구례)등을 공략하였으며 그에 앞서 신라의 비자벌(比自伐, 창녕), 남가라(南加羅, 김해)등 7국을 평정하기도 했다.

〈일본서기〉 신공 49조에 기록되어있는 지금의 전라도 지역에서의 왜군의 군사 활동도(위에 소개한 왜장 사백 개로 등의 군사) 사실은 근초고왕의 간청에 따른 왜군의 지원군 활동이며 이는 백제의 군사 활동이나 마찬가지로 볼 수 있다.

이렇게 왜군의 움직임을 백제군의 군사 활동으로 환치해 놓고 본다면 백제군의 군사 활동은 노령산맥 이북의 전라북도 일부와 낙동강 유역, 그리고 전라남도 해변지역까지 이어졌다고 볼 수 있다.

아울러 추풍령을 넘어 진출한 백제군은 지금의 낙동강 유역을 통과하면서 계속 남하하여 이미 밝힌 대로 소위 가라(加羅) 7국도 평정하였을 것이다.

이어 경남 해안 쪽으로 우회전하여 지금의 전남 강진 땅인 고해진을 거쳐 해남 쪽인 침미다례를 함락시킨 백제군의 사기는 대단한 것이었다.

그러나 실제로 백제의 영토로 편입시킨 지역은 현재의 부안, 김제, 고부(정읍의 고부면) 일원에 국한되고 있는 만큼 대체로 노령산맥 근처까지 영토 확장을 우선 단행한 것으로 본다.

이를 뒷받침하는 몇 가지 기록은 먼저, 〈삼국사기〉 온조왕기 가운데 백제 영역 개척의 하한선인 "고사부리성(古沙夫里城)을 쌓았다."는 기록은 고사가 지금의 고부(정읍)인 점을 알 수 있다.

다음으로 백제의 토기 가운데 세발 달린 삼족토기(재털이 모양)가 노령산맥 이남을 넘지 못하고 경기도, 서울, 충청남도 등에서 집중 출토되고 있다는 점이다.

물론 4세기 중반이후 백제의 세력은 영산강 유역까지 확대되고는 있었지만 당시엔 점령이라기보다 지배권을 행사하는 선에서 영토적 복속은 단행하지 않았다고 본다. 이는 영산강 유역의 마힌 제국을 그 옆에 있는 가야와 동등하게 취급할 수밖에 없었기 때문이다.

이렇게 영산강 유역에 강제 복속을 단행하지 않는 대신 백제는 그 지역에 '담로제' 형식의 공납적 지배를 실시하는 선에서 그쳤을 것이다.

이와 같이 당시 중국 대륙이나 일본등과 교역을 통해 막대한 부를 축적한 백제는 왕권 중심의 집권력을 강화하고 나아가 광대한 지역을 통치, 장악하기 위하여 종래와는 다른 새로운 수취체계(담로제 등)와 지배력 창출이 시급했음은 물론이다.

당시 낙동강 유역에 자리 잡고 있었던 진한과 변한 땅에서는 마구류(馬具類)등 수준 높은 유물들이 출토되고 있으며 특히 변한 지역인 경상남도 창원시 다호리(茶戶里)유적에서는 초기 철기시대의 수준 높은 유물들이 출토된 것으로 보아 이에 비하면 마한의 문화 유적은 열세라고 볼 수 있다.

이러한 마한 문명의 낙후성도 백제에 의한 통합 지배가 그 원인으로 작용했다고 볼 수 있다.

백제의 신속한 영역확장과 마한 제국에 대한 침공, 지배의 원인으로는 이미 왕자 휘수가 밝힌 대로 마한의 지형조건이 험준한 산악지대가 아닌 대부분 야산이나 광활한 평야 지역이었으므로 기동성 위주의 기마전에는 백제군에게 아주 유리 했던 점도 크게 작용한 것으로 볼 수 있다.

〈삼봉집(三峰集) 진법〉에서도 "평원 평야가 편평하게 서로 이어져 있으면 이곳은 거기(車騎)를 사용하는 땅으로, 보병 10명이 기병 1명을 당하지 못한다."라는 기록이 있듯이 백제군의 점령에는 너무 용이한 마한 땅이었다.

이러한 백제의 마한 병탄으로 마한 제국은 구심력을 상실하고 연맹의 해체, 내적 분열 등으로 힘의 공동(空洞)상태가 각개격파로 나타날 수밖에 없었다.

마한과 가야국을 병탄한 근초고왕은 백제의 어느 왕보다도 강력한 중앙집권체제를 이루기 위한 제도의 정비를 추진해 나갔다.

먼저 그는 늘어난 귀족들을 통제하기 위해 관등제도를 정비하고 일원화 하였다.

종래에는 중앙의 유력한 귀족들은 그 규모는 비록 크지 않더라도 독자적인 지배조직을 가지고 있었다. 이는 알게 모르게 왕권과의 지배체계가 이원화 되고 있었지만 근초고왕은 이를 과감히 폐지하고 국왕 중심의 일원적인 관등체계를 만들었던 것이다.

그 방법으로 종래의 솔(率)을 5등급으로 나누어 달솔(達率), 은솔(恩率), 덕솔(德率), 한솔(扞率), 나솔(奈率)로 정하고 덕(德)을 역시 5등급으로 나누어 장덕(將德), 시덕(施德), 고덕(固德), 계덕(季德), 대덕(對德)로 정해 권력을 분화시켰다.

이와 같이 근초고왕때에는 좌평과 달솔에서 나솔에 이르는 솔계 관등, 장덕에서 대덕에 이르는 덕계관등 및 좌군, 진무, 극우 등으로 이루어진 일원적인 관등 체계가 이루어지게 된 것이다.

다음으로 근초고왕이 강력하게 추진한 제도로 담로제(擔魯制)를 들 수 있다.

그는 마한을 정복하고 한반도에서의 백제 영역이 크게 확장되어 온 백성의 경의와 치하를 받게 될 무렵, 중국의 군현과 같은 성격의 담로제를 시행한 것이다.

당시 중앙집권적 국가 체제가 정비됨에 따라 각 지방의 재지(在地)세력들의 독자성이 약화되어 자연스레 지방통치도 직접적인 중앙 통치체제로 전환될 수밖에 없었다.

임금은 당시 편전에서 군신회의를 주도 하면서 다음과 같이 말했다.

"경들은 들으시오, 우리 백제가 남으로 마한을 정복하고 마한 곁에 붙은 가야국까지도 조공을 바치게 한 이 마당에 제대로 각 지방의 물산을 파악하고 그 소출의 상당량을 나라에 바치게 하려면 이제는 각 지방에 중앙에서 관원을 파견하여 엄격히 생산물을 통제하고 관리해야할 필요가 있다고 생각하오.

그것이 내가 중국대륙에 있을 때 알게 된 담로제 이니 각 좌평들과 솔, 덕 되시는 경들은 긴밀히 상의하여 이 담로제의 시행을 철저히 이행하도록 하시오!" 근초고왕은 거침없이 명했다.

"마마, 하명하신대로 한 치의 어김도 없이 담로제를 시행하도록 하겠습니다."

내신좌평이 맨 먼저 어의를 받들어 말했다.

"마마, 분부대로 거행하겠나이다."

나머지 신하들도 복창을 했다.

이 담로제를 뒷받침하는 기록으로 〈일본서기〉 인덕 기(仁德紀)41조에 "백제에서 처음으로 영역을 나누어 향토의 소출을 갖추어 기록하였다."라고 한 기사는 백제의 근초고왕이 각 지방의 생산물을 정확히 파악, 수취하고자 하는 목적에서 처음으로 지방 행정구역을 편성하여 중앙에서 그 지방을 장악할 수 있는 지방관을 파견한 것으로 볼 수 있다.

담로제는 중국에 있었던 군과 현 같은 행정조직으로 소국의 영역은 통치범위로 잡고, 종래의 국읍을 대성(大城)으로 개편하고, 읍락들은 성이나 촌으로 재편 하는 제도이다.

그러나 당시 백제에서 담로에 파견된 지방관은 대성에 주둔, 그곳을 치소(治所)로 하였다. 그런데 당시 소국이나 인구의 규모는 대소의 차이가 많았기 때문에 담로의 크기도 일정하지는 않았다. 따라서 이 담로제 하에서도 각 지역의 추장(호민)층들의 권위나 자치적 질서가 어느 정도 온존되었다고 볼 수 있다.

그 예로 6세기에 이르기 까지 영산강 유역의 추장의 전통적인 옹관묘가 사용된 것은 추장 층의 권위나 자치적 질서의 반영이라고 볼 수 있다.

이렇게 담로의 수는 영역의 신축에 따라 증가하기도 하고 감소

되기도 했다.

　백제의 영역이 북으로는 지금의 황해도 신계지역 까지, 남으로는 전라남도 까지 크게 확대되었을 때는 그 담로가 50여개가 있었다고 한다. 그러나 백제가 한강유역도 상실하고 웅진(공주)으로 천도한 이후에는 〈양서〉 백제전에 고작 22개의 담로가 있었다는 기록이다.

　이러한 담로에 파견된 지방관은 대체로 왕족 출신이 많았고 유력한 귀족 가문의 출신도 있었다고 하니 아무리 근초고왕은 파사현정의 담로체제를 구상했다 하더라도 왕족이나 귀족의 가렴주구도 잦았을 것으로 추측된다.

　한편 근초고왕은 국가의 중앙집권적 체제를 뒷받침할 수 있는 종교직 이념적 제도도 새롭게 정비하였다.

　이 이념적 종교적 정비는 크게 두 가지 방향이다.

　그 하나가 유교적 정치이념의 설정이다.

　이미 소개한 바 있지만, 근초고왕은 왕인(王仁)과 아직기(阿直岐)를 일본에 파견하여 〈논어〉10 권과 〈천자문〉1권을 전달했고, 그들은 일본에서 한학과 유학을 강의, 전수한 것으로 유명하다.

　그 후 아직기와 왕인의 후예 씨족들은 일본의 대화(大和)조정에서 문필을 업으로 하는 사직(史職)에 오랫동안 종사하였다고 한다.

　이렇게 근초고왕은 유교를 해외에 소개할 정도로 유교에 대한 이해가 상당한 수준에 있었다. 아울러 유교를 가르치는 박사제도도 마련하였다. 유교에 심취한 근초고왕은 이를 바탕으로 '역사서'를 편찬하도록 지시했다.

이시기의 역사서는 유교적 가치기준에 입각하여 전대의 왕정이나 행정에 대한 잘 잘못을 평가하여 이를 통해 도덕적 기준을 얻고자 하는 목적에서 만들도록 한 것으로 안다.

그 예가 근초고왕이 박사 왕흥(王興)으로 하여금 서기(書記)라는 역사서를 편찬하게 한 것도 이전의 여러 정치집단의 활동을 왕실 중심으로 정리하고 그 장점을 강조하여 왕실의 권위와 위엄을 나타내기 위해서 인 것으로 추측할 수 있다.

다른 하나의 종교적 이념은 불교를 수용한 것이다.

백제의 불교는 동진(東晉)으로부터 전래되었다고 한다.

백제가 불교를 공식적으로 수용한 시기는 제15대 임금인 침류왕(枕流王)원년(384)으로 알려져 있다. 그렇다면 근초고왕 시기에서는 많이 뒤에 전래된 것으로 보아야한다. 따라서 이 시기에는 불교가 왕실의 엄호아래 권장되었지만 국가의 공식 이념(이데올로기)로는 구현되지 않았다고 볼 수 있다.

다만 알게 모르게 불교는 고차원적인 정신세계를 제시하여 종래의 조상 숭배 및 부족 중심적 신앙체계를 국가차원의 신앙 체계로 격상시키는 역할을 한 것으로 볼 수 있다.

따라서 불교는 각 지역의 족장 중심의 신앙체계를 중앙집권화함으로써 새롭게 이루어진 중앙집권체제를 종교적 사상적으로 뒷받침해주는 역할을 하게 된 것이다.

참고로 여기에서 침류왕의 불교 영입을 보면, 침류왕 당시 남중국의 동진에서 그해 9월에 승려인 마라난타(摩羅難陀)가 뱃길을 이용하여 백제에 들어왔다고 한다. 〈해동고승전〉에 따르면 침류왕이 몸소 교외에까지 나가 마라난타를 영접하였다고 한다.

침류왕은 그를 궁중으로 맞아들여 예를 갖추어 공경하고 후대하였다고 한다. 물론 앞서 말한 대로 백제에 불교가 전래된 것은 이보다 훨씬 앞섰지만 국왕이 앞장서서 스님을 융숭하게 우대하니 이로부터 백제엔 불교가 큰 뿌리를 내리게 된 것으로 볼 수 있다.

그 밖에 백제의 샤머니즘을 간과할 수가 없다.

노령산맥 이북의 마한제국을 통합하는 4세기 중반에 접어들어 국가의 중앙집권적인 권력이 지방에 침투할 수 있는 확고한 계기를 구축하고자 하였지만, 군사적 무력적 복속지배만으로는 지방세력에 대한 효과적이고 영속적인 통제나 지배가 이루어진다고 판단하기는 힘이 들었다.

이러한 맥락에서 백제 왕정은 집단의 통합과 결속에 가장 중요한 기능을 하는 종교적 제휴를 시도하기에 이른 것이다.

그 수단으로 동명묘의 설치라든지 천지신명에 대한 제의(祭儀)와 더불어 국가적 산악을 설정하여 국가권력의 지방 확산과 더불어 지방 토착세력의 정신적 기반이었던 '소도(蘇塗)' 신앙과 같은 이념기반을 흡수하고자 하였다.

〈삼국지〉위서 동이전을 보면, 마한은 귀신을 믿어 국읍(國邑)에서 각기 한 사람을 뽑아 천신(天神)을 주제(主祭)하게 하였는데 이를 천군(天君)이라고 했다고 한다.

이 천군은 샤먼의 계통을 이어 받은 제사장의 성격을 띠는 인물로, 국가체제에 들어와 그 비중이 커진 사회의 공동의식을 주재한 인물이다.

내내 동이전에는 삼한 여러 나라의 별읍에 소도신앙이 있었음을 기록하고 있는데, 이는 읍낙(邑落)공동체를 중심으로 하여 행해

지던 부락제에서 기원한 것으로 추측되며 국가권력이 성장함에 따라서 제천의식으로 승화 된 것으로 짐작되고 있다.

권력의 집중화와 제도의 정비를 통해 중앙집권적 국가체제를 갖춘 근초고왕은 대외적으로 정복활동을 활발히 전개하여 백제 어느 왕대보다도 승승장구하는 역동적인 면모를 과시하였다.

근초고왕은 먼저 가야지역으로 진출하였다. 〈일본서기〉에 의하면 일본의신공왕후가 369년에 가야지역으로 진출하여 창령의 비자발(比自烋), 김해의 남가라(南加羅), 대구의 탁국(㖨國), 함안의 안라(安羅), 합천의 다라(多羅), 창원 또는 의령의 탁순(卓淳), 고령의 대가야(大加耶)등을 쳤다고 한다.

그러나 신공왕후가 가야의 7국을 쳤다는 것은 〈일본서기〉의 편찬자가 왜곡 윤색한 것이고 실제로는 근초고왕이 재위 24년(369)에 이 지역을 평정하여 부용국(附庸國)으로 만든 것을 반영해주는 것이다. 근초고왕은 이 지역을 평정하기에 앞서 이 지역 출신의 장군인 목라근자(木羅斤資)를 편전으로 불렀다.

"마마, 소장을 찾아계시었습니까?"

"그러하오, 짐이 듣기로는 목 장군이 저 아래 가야국의 명문인 목씨 집안의 큰 인물이라는데, 우리 백제에서 마한을 정복한 여세를 몰아 가야를 정벌함이 어떠하겠소?"

백전백승의 기개에 찬 임금의 얼굴엔 강한 정복 의지가 역력했다.

"마마, 그러하오나 가야국은 무력으로 타도하시지 마시고 가야국에서 소출되는 몇 가지 산물을 공납을 받는 선에서 그치셨으면 합니다. 공납만 제대로 받으신다면 군사를 보내시어 피를 흘리고 강점하시는 효과 이상의 실리를 보실 수 있지 않겠습니까?"

목장군은 자신의 고향에 자신이 창검을 들고 찾아가 싸우기가 싫었다.

"하하, 목 장군이 자신의 고향을 크게 아끼시는구려, 장군의 생각이 그러하다면 좋소이다. 내 목장 군에게 가야국을 통치할 권한을 줄 터이니 생산물의 공납 등은 장군이 알아서 하도록 하시오!"

"마마, 성은이 망극하나이다."

이렇게 하여 근초고왕은 이 지역을 직할영토로 하지 않고 공납을 바치는 조건으로 정치적 독립은 유지하는 방안을 취했다.

목 장군이 이 지역을 자신의 뜻대로 통치 했음은 물론이고, 그 목장군의 그늘에 목 씨 가문은 가야에서 백제의 주요한 지배세력으로 등장하기에 이른다.

이 시기에 영산강 유역에는 심미다례(沈彌多禮)를 중심으로 한 마한의 잔여세력들이 모여들고 있었다. 이들은 백제가 지금의 충청도 직산(稷山), 천안(天安) 지역에 기반을 둔 목지국을 병합하였을 때 백제 국으로부터 이탈하여 중국과 외교활동을 하는 등 독자적인 노선을 걷고 있었다.

근초고왕은 이들이 백제에 복종하지 않자 무력으로 제어할 수박에 없다고 판단, 군사를 보내어 먼저 심미다례를 쳐서 복속시켰다. 심미다례가 항복하자 비리(比利), 벽중(僻中), 포미지(布彌支), 반고(半古)등의 세력들은 스스로 투항하여 왔다.

이로서 마한의 모든 잔여세력들은 백제에 복속되었으며 백제는 근초고왕 대에 그 영역을 크게 넓힌 강국으로 변모했다.

이렇게 근초고왕이 백제의 영토를 넓히고 나라를 강국으로 키워나간 의도는 기회만 있으면 자꾸 남진해오려는 고구려에 대한 대응

방안이기도 했다. 그는 어느 날, 마한을 완전 정복하고 난 뒤 궁중에서 조정 백관을 한자리에 불러 자축의 연회를 가진 적이 있었다.

 이 자리에서 그는 축배를 높이 들며 "경들은 들으시오! 이제 우리 백제는 고구려, 신라를 따돌리고 이 반도에서 가장 크고 강한 나라가 되었소이다. 그러나 우리가 촌시도 경계를 늦추어서 아니 되는 나라가 바로 북쪽에 있는 고구려가 아니겠소? 그동안 고구려는 틈만 있으면 우리 백제를 침공, 수많은 사람을 죽이고 우리 백제의 출산 물을 닥치는 대로 약탈해간 아주 고약한 나라요. 그러니 차라리 이제부터는 남동쪽에서 우리 눈치만보는 신라와 긴밀히 지내면서 국력을 더욱 키워 고구려의 침공에 대비하고, 지금이다 싶은 결정적인 기회가 오면 우리 백제 스스로가 고구려를 공략해서 백제의 무서운 기백을 보여주어야 할 것이오! 그러니 경들은 내 꿈이 무엇인지 다 잘 알아들으셨는가?"

 근초고왕은 궁 안이 꽉 차게 큰 목소리로 일갈했다.

 "마마의 성은이 너무 망극하옵니다. 이렇게 우리 백제가 마한, 가야 등을 정복하고 넓고도 큰 강국이 된 것은 오로지 금상마마의 투철하신 지략과 막중국사를 큰 덕으로 다스리시고 용명하신 기백으로 백제 군사를 이끄신 덕분으로 알고 먼저 망극한 성은에 감사를 드리고, 다음으로 우리 백제의 융창에 감읍, 마마에게 거듭 경하를 드립니다."

 병관좌평이 앞장서서 임금을 차하했다. 그러자 모든 신하들이 약속이나 한 것처럼

 "마마, 경하 드립니다."

 하고 일제히 부복하며 이구동성으로 외쳤다.

8. 고구려 나와라!

마한의 잔여 세력을 평정하여 나라의 영역을 크게 확대한 근초고왕은 이제 반도에서 어느 나라든 두려울 게 없었다.

그러나 문제는 고구려였다. 그는 남진해 오는 고구려에 대응하기 위해서 묘안을 짜기 시작 했다.

그것이 먼저 신라와 우호를 도모하여 공동 전선을 형성, 고구려에 대응하자는 방안이었다.

〈삼국사기〉의 기록에 의하면 근초고왕은 왕 21년(366) '봄, 3월에 파견사를 신라에 보내어 초빙하였다.' 라는 기록이 보인다. 이는 신라 내물왕 때에 신하를 신라에 보내어 양국의 우호를 돈독히 하고 신라에서도 백제에 친선을 도모할 수 있는 신하를 초빙하였다는 뜻으로 보인다.

그리고 잇달아 23년 (368)에도 백제에서는 우량 말 두 필을 신라에 보내어 양국의 친교를 더욱 두텁게 한 기록이 있다.

여기에서 백제를 두 번이나 침공, 결국 백제군에 의해 전사하고 만 고구려 고국원왕(故國原王)에 대해 먼저 알아보기로 하자.

고국원왕은 15대 미천왕의 아들로서 이름을 사유(斯由) 또는 소라고 했는데 왕이 된 후에는 고국원왕 혹은 국강상왕(國岡上王)이라고 불렸다.

그는 아버지 미천왕이 일궈놓은 고구려의 영토를 지키려다 결국 전사까지 당하고 만 불행한 임금이다.

그는 먼저 대륙진출의 관문인 중국의 요동지역을 놓고 전연의 모용씨와 치열한 전쟁을 벌였고, 그 뒤 백제군과의 두 번의 큰 전투 끝에 전사하고 만 임금이다.

북방의 유목민족인 선비족의 일파 모용부족이 중국 북서부에 나타난 것은 우리나라 삼국시대이다.

선비족으로 처음 모용씨의 세력을 자처하고 행세한 사람이 모용외이다. 모용외는 당시 중국대륙의 혼란한 틈을 타서 하북성 상류에 근거지를 마련하고 3세기 초에는 요하의 지류인 대릉하 유역으로 진출하였다.

모용외는 이곳에서 선비대도독(鮮卑大都督)이라고 칭한 뒤 흉노의 난을 피해 투항해 온 한인들을 포섭하여 요동지역에서 그 세력을 키우기 시작했다.

서진이 망한 뒤 양자강 유역의 남경에 세워진 동진은 모용외를 무시할 수 없어 그를 요동군공(遼東君公)으로 봉하기도 했다.

모용외는 한인들을 등용하여 국가의 터전을 닦은 뒤 고구려를 포함, 요동주변의 여러 나라를 침략하였다.

모용외가 죽자 이번에는 그의 아들 모용황이 대를 이어 세력을 크게 확대하였다. 모용황도 모용외 못지않은 영웅이었다. 그는 후조와 손잡고 선비족을 통일하였으며 뒤에는 그 후조까지 하북지방에서 몰아내 버렸다.

그런 모용황은 종주국이었던 동진과의 관계도 끊고, 스스로 연왕의 자리에 즉위하여 극성(棘城)이란 곳에 도읍을 정했다.

연나라의 모용황은 중국대륙의 혼란을 이용하여 영토를 확장하려는 점에서 고구려의 미천왕과 같았고, 이렇게 되자 연과 고구려는 국운을 걸고 싸울 수밖에 없었고 그 양상은 모용외가 고구려의 미천왕과, 모용황은 고국원왕과 운명적으로 대물림 싸움을 하게 된 것이다.

그러나 안타깝게도 고국원왕은 연나라와의 거듭된 전쟁에서 거의 연전연패한 불우한 임금이다.

첫 번째 전쟁을 보자.

고국원왕은 평양성을 증축하고 만주 북쪽에 신성을 쌓아 모용황의 침략에 대비하는 한 편, 진나라에도 사신을 보내어 동맹군의 유대를 강화하였다. 그러나 연의 모용황은 그런 기미를 알고 즉시 신성을 공격하였다.

고국원왕은 어쩔 수 없이 자신의 세자를 볼모로 보내고 영에 조공까지 했다. 이게 1차전의 패배다.

고국원왕은 분했지만 다음 전쟁에 대비하여 환도성을 수리하고 국내성을 다시 쌓아 전쟁에 대비했다.

드디어 고국원왕 12년(342년) 왕은 평양에서 도읍을 환도성으로 다시 옮겼다. 그러자 모용황도 도읍을 용성으로 옮겨 고구려와의 일전에 대비하기 시작했다.

두 번째 고구려와 연의 전쟁을 보자.

이번에도 모용황의 선공이었다. 이때 모용황은 먼저 고구려를 정복시키고 이어 우문씨를 복속시키고 그 여세를 몰아 중국 대륙까지 진출할 엄청난 작전을 세우고 있었다.

342년 11월 모용황은 고구려 환도성 공략에 나섰는데 이때 연나라 선봉장 모용한(慕容翰)의 지략이 아주 묘했다. 그는 모용황에게 다음과 같이 자신의 작전 계획을 말했다.

"고구려에서는 반드시 우리가 환도성의 북도로 대군을 진입시킬 줄 알고 북도만을 엄중히 막고, 남도의 방어는 소홀히 할 것입니다. 그러니 우리는 많은 정예병을 남도로 배치하여 적의 약한 방어망을 일찍 뚫고 환도성을 함락시켜야 할 것입니다."

"아하, 그거 아주 기발한 전략이요, 우리는 그럼 남도를 대군으로 공격합시다."

모용황은 선봉장의 건의를 흔쾌히 수락했다.

이 전략에 따라 연나라 군대는 주력군을 남도에 배치하고 고구려의 눈을 속이기 위해 환도성 북도부터 먼저 공략했다. 그것을 모르는 고구려에서는 고국원왕의 아우 무(武)가 정군 5만을 이끌고 침공하는 적을 막으려고 나갔다.

그리고 고국원왕은 자신의 약한 군사들을 이끌고 남도 쪽으로 방어를 나갔다. 전투는 예상대로 연나라에 유리할 수밖에 없었다.

고국원왕의 약한 군사들은 남도에서 모용황이 이끄는 정예군 4만을 저지할 수 없었다. 전투는 순식간에 끝이 나고 적은 황도성으로 물밀듯이 진격해 왔다.

"고국원왕을 잡아라!"

연나라 군사들은 그렇게 외치며 미친 듯이 덤벼들었다.

"환도성으로는 못가겠다. 단웅곡(斷熊谷)으로 가자!"

임금은 시종 무관 두엇만을 데리고 단웅곡으로 피신했다.

이 와중에 고국원왕의 어머니인 대왕대비 주씨와 그의 왕비가 그만 모용황의 군사에 사로잡히고 말았다.

북도를 막으려던 고구려군사는 이렇게 적에게 허를 찔려 완패당하는 수모를 겪어야 했다.

환도성을 차지한 모용황의 기세는 하늘에 닿았다. 그러나 모용황은 자신의 주력군을 고구려에 오래 머물게 할 수는 없었다. 주력군이 환도성에 머물고 있는 기미를 안다면 다른 적이 연나라를 공격해 올 염려가 있어서였다.

모용황은 여기서 한 가지 꾀를 내었다. 그는 선봉장 모용한에게 말했다.

"자, 고국원왕인가 하는 고구려 임금 놈은 단웅곡인가 하는 곳에 숨어 산다지만 그거야 독 안에 든 쥐 아닌가. 허지만 독을 깨고 쥐를 잡는 것만이 능사는 아니지, 하하, 이쯤에서는 우리가 사람을 보내어 제 발로 환도성에 와서 항복을 하라고 권하는 게 훨씬 낫지. 아니 그런가?"

"마마의 생각하심이 백번 옳습니다."

그러자 그때 함께 배석해 있던 좌장사 한수(韓壽)가 더 지독한 건의를 했다.

"마마, 고구려 땅은 산세가 험하여 지키기 어렵습니다. 지금 왕이 도망가 있고 백성들은 흩어져 산 속에 숨어 있습니다만 우리 대군이 철수하면 저들은 또 다시 모여 또 우리를 칠 수 있는 작전을 짤 것입니다. 그럴 조짐이 보이는 바에야 고국원왕의 망부의 무덤을 파 그 시체를 싣고 가고 기왕 생포한 그의 생모도 함께 데리고 가서 고구려왕이 항복을 한 뒤에 돌려보내심이 어떠 하온지요?"

"하하, 그 좌장사의 생각이 아주 좋소, 그럼 그렇게 추진합시다."

하여, 연나라의 비정한 행패가 시작됐다.

고국원왕의 아버지인 미천왕의 능이 파헤쳐졌고, 창고에 수장돼 있던 수많은 보물도 약탈되었다. 어디 그 뿐인가, 그들은 고구려인 5만 명을 포로로 잡아끌고 갔으며 떠나면서 궁궐을 불태우고 환도성의 성벽을 몽땅 헐어버렸다.

아무리 전쟁의 후유증이 무섭다 해도 적이 선왕의 능을 파헤치고 선왕의 시체를 빼앗아가는 수모는 고국원왕에게 너무 비참한 것이었다. 그러나 현실이 그러한 걸 어찌하랴.

이듬해 고국원왕은 자신의 아우를 연나라에 보내어 모용황 앞에 항복하도록 했다. 그의 아우는 아버지의 시신과 어머니를 모시고 갈 마음에 스스로 자신이 연나라의 신하라 자칭하고 보물 1천여 점을 싣고 가서 바쳤다.

그러나 모용황은 미천왕의 시체만 돌려주고 왕모는 계속 붙잡아 두었다.

"아바마마, 자식 된 제가 나라를 옳게 지키지 못하여 아바마마의 시신까지 빼앗겼다가 이제 이렇게 다시 모시니 그 죄가 너무 망극하옵니다."

고국원왕은 미천왕의 능을 다시 만든 후 엎드려 크게 통곡을 했다.

그 뒤 고국원왕은 도읍을 평양의 동황성으로 옮기고 뒷날을 도모하는 수밖에 없었다.

6년의 세월이 또 흘렀다. 348년 드디어 그 기세 등등 하던 모용황이 죽고 그의 아들 모용준(慕容雋)이 즉위했다.

고국원왕은 계속 사신을 보내어 어머니를 돌려보내달라고 했으나 모용준도 이를 거절했다.

모용외, 모용황, 모용준. 3대에 걸쳐 고구려에 지긋지긋하게 피해만 준 연나라의 원수들이었다.

서기 355년, 고국원왕 즉위 25년이 돼서야 모용준은 왕모를 돌려보냈다. 실로 납치당한 지 13년만의 일이었다.

그 대신 고국원왕에게 연나라의 신하임을 자인하는 벼슬을 받으라는 조건이었다.

"어마 마마를 다시 모시는 조건이라면 내 어찌 연나라의 신하 노릇인들 마다하겠는가?"

그리하여 고국원왕은 모용준으로부터 낙랑공왕(樂浪公王)에 봉해져 정동대장군 영주자사 (征東大將軍 營州刺史)란 요상한 벼슬을 받았다.

즉위한지 40년 동안 요동진출의 꿈을 안고 별별 계책을 써 보았지만 주로 모용황에게 수모만을 당했던 고국원왕은 이제 요동으로의 서진 정책을 접고 그 눈을 남쪽으로 돌렸다.

거기에는 백제가 있었다. 백제도 근초고왕이 버티고 있는 만만치 않은 나라였다.

두 나라는 먼저 옛 대방군의 영토를 놓고 싸움을 시작했다.

먼저 〈삼국사기〉(고구려 본기) 고국원왕 39년(369)의 기록을 보자.

'9월에 왕은 군사 2만 명을 거느리고 남으로 백제를 정벌 하기 위해 치양(雉壤)에서 싸웠으나 패하였다.'

다음은 같은 해의 〈삼국사기〉(백제본기)근초고왕 24년(369)의 기록을 보자.

'9월에 고구려왕 사유(斯由, 고국원왕)가 보기(步騎)2만 명을 거느리고 치양에 침입하였다. 사유가 군사를 나누어 민가를 침탈하므로 왕은 태자를 파견하였다. 태자는 군사를 거느리고 치양에 이르러 급히 그를 격파하여 5천여 명을 참획하고 그 전리품을 장수들에게 나누어 주었다.'

이 두 가지 기록으로만 보아도 고구려의 고국원왕은 전쟁 운이 아주 없는 임금이다. 그렇지 않은가. 이미 연나라의 모용씨 측에게 크게 두 번이나 참패하여 자신의 부모 중 아버지는 파묘의 수모와 함께 시신을 빼앗기는 비참한 망신을 당했고, 어머니는 10년이 넘게 연나라에 볼모로 다녀오게 하는 비극을 겪었으니 말이다.

그런데도 이번엔 백제가 탐이 나서 치양 땅까지 공략했지만 또 5천의 군사가 참수 당하는 비운에 떨어지고 말았으니 그의 분함과 원한은 아마 이루 헤아릴 수조차 없었을 것이다.

당시의 상황을 백제 쪽에서 보자.

근초고왕 24년 무렵의 몇 가지 사료를 보면 근초고왕은 조정좌평 진정 등 진씨 세력에 무조건 병권을 위임하지 않고 자신이 직접 군사권을 운용하는 지혜를 가진 임금이었다.

특히 나이 20세가량의 아들 구수(仇首, 후에 근구수왕)를 누구보다도 믿고 있었다.

그는 직접 태자와 함께 군사를 훈련시키고 군사권의 운영을 자신이 직접 관장하는 왕권중심의 군사력 장악을 시도 했다.

근초고왕 24년의 치양 전투를 보자.

그해 9월, 그러니까 가을 이었다. 고구려 쪽에 나가 있는 백제의 첩자가 말을 타고 달려와 백제 왕궁에 급보를 전한다며 태자를 알현하자고 했다.

태자는 그를 태자궁으로 들라 했다.

태자 앞에 부복한 첩자는 "마마, 며칠 안에 고구려 고국원왕이 보병과 기병 약 2만 명을 거느리고 곧 치양(지금의 황해도 배천정도로 추정)쪽으로 침공할 조짐이 보입니다."라고 아뢰었다.

"알만하다. 나도 늘 그런 기미를 눈치 채고 있었느니라."

태자는 첩자의 말을 듣고 이내 아버지 근초고왕을 알현했다.

"아바마마, 며칠 안에 고구려의 고국원왕이 몸소 약 2만의 기보병을 이끌고 우리 치양 땅을 노려 남진해 올 것이라는 급보를 받았습니다. 원컨대 소자를 고구려 군을 막는 백제의 선봉장으로 나가 싸울 수 있게 제수하여 주시옵소서!"

"뭐라, 치양으로? 그렇다면 우리 백제군이 지름길로 먼저 치양에 가서 산 속에 매복해 있다가 골짜기로 남하하는 적을 섬멸하면 그만이 아니냐?"

근초고왕은 이미 그쪽의 지형을 잘 알고 있었다.

"아바마마의 분부대로 미리 우리 군사를 치양 땅 산속에 매복시키고 고구려 군이 나타나면 한꺼번에 돌격하여 모두 섬멸하겠나이다."

"그래, 태자는 선봉장이 아니라 도 총수가 되어 이번 전쟁에 큰 공을 세우라!"

그 아버지에 그 아들이었다.

이튿날, 백제군은 당장 치양 쪽으로 2만 가까운 대군이 급속도로 이동했다. 그것도 적의 척후나 탐지를 막기 위해 주로 밤에 이동했다.

백제군의 이동과 매복이 끝난 다음다음날, 고구려 군은 아무 것도 모르고 치양 주변의 민가를 약탈하면서 산 밑 긴 계곡을 따라 치양성 쪽으로 밀물처럼 태연히 들어왔다.

날이 이미 어둑어둑한 가을 저녁때였다.

"공격하라!"

난데없이 울리는 백제군의 북소리와 함께 공격하라는 장수의 군호가 하늘을 찔렀다. 독안에 든 쥐 꼴이 된 고구려군은 주변 산속에서 쏟아져 나오는 백제군의 화살과 창을 피할 여유가 없었다.
　불화살과 불 칼이 밤하늘을 찢고 수많은 돌멩이가 고구려군사의 몸에 탄환처럼 날아왔다. 아비규환, 백제군의 맹공에 고구려군은 혼비백산 온 길로 다시 달아나기에만 바빴다. 달아나면서 화살과 창에 맞고 칼에 베어 한꺼번에 5천 명이 넘는 고구려군의 시체가 피로 물든 채 산하에 즐비하게 넘어져 있었다.
　고국원왕은 호위장병들의 비호로 겨우 목숨을 부지하고 다시 고구려 쪽으로 달아날 수밖에 없었다.
　비참한 패전이었다. 아무리 생각해도 전쟁과는 운이 잘 안 닿는 임금인데 평생을 전쟁 때문에 시달리는 운명을 타고 난 자신이 죽도록 밉고 싫은 고국원왕이었다.
　백제군은 대승을 거두고 밤하늘이 무너져라 만세를 불렀다.
　"대왕마마 만세!"
　"태자마마 만세!"
　"백제대국 만세!"
　치양 땅 전쟁터엔 고구려 군사가 버리고 간 전리품도 꽤 많았다. 태자는 장군들에게 일러 노획한 전리품을 장병들에게 고루 나누어 주었다.
　이튿날, 백제대군은 강행군을 하여 왕성이 있는 한성(한강 이남으로 추정)으로 개선하였다. 승전보를 들은 근초고왕의 기쁨은 이루 말할 수가 없었다. 궁중 여러 곳에 에 큰 잔치를 벌이고 수많은 장수들과 술을 나누며 승전을 기뻐했다.

"이번 치양 싸움에서는 태자의 공로가 가장 컸구나!"
근초고왕은 손수 태자에게 잔을 내리며 치하했다.
"아바마마, 성은이 망극하옵니다."
태자도 아버지 근초고왕에게 잔을 올렸다.

그로부터 두 달 뒤 한강 남쪽에서 대규모로 백제대군의 사열식이 있었다. 사열식이라기보다 전승을 기념하는 일종의 군사 페레이드였다.

사기가 오를 대로 오른 백제군. 전 장병이 황색 깃발을 나부끼며 임금과 태자가 중앙의 단상에 오르자 미치도록 환호했다. 근초고왕은 이 자리에서 마치 황제처럼 웅자를 나타내며 수만의 백제군에게 손을 흔들며 화답했다.

"대왕마마 만세!"
"태자마마 만세!"
"백제대국 만세!"

치양 땅에서 외치던 만세 소리가 병관좌평의 선창에 따라 다시 몇 번이고 한강백사장에서 울려 퍼졌다. 실로 백제 건국 이래 최대의 승전기념 군사 퍼레이드였다.

그러나 2년 후인 371년(근초고왕 26년) 고구려 고국원왕은 다시 군사를 일으켜 백제를 침공했다.

이미 2년 전에 그렇게 참패를 당했는데도 이상한 고집이 또 그를 전장 터로 몰아넣었다. 생각할수록 답답한 임금이었다.

백제에 대한 원한과 증오가 그를 전쟁광으로 변질 시킨 것이다.

그러나 이번에도 백제에서는 첩자의 도움을 받아 고구려 군의 진입로를 미리 예견할 수 있었다.

고구려 군의 예상 진로는 지금의 예성강을 가리키는 황해도 패하(浿河)부근이었다.

백제군은 치양전투 때처럼 패하 부근에 군사를 또 매복 시켰다. 예상은 다시 적중했다. 고구려 군은 또 백제군에게 포위당해 엄청난 기습을 받고 혼비백산, 오던 길로 달아났다. 백제를 쳐서 두 번째 당한 비참한 패전이었다.

고구려는 이제 백제와의 두 번 패전에서 거의 전의를 잃고 신음하고 있는 짐승처럼 불안한 나날을 보내고 있었다.

백제의 근초고왕이 그런 고구려의 신음소리를 못 들을 리가 없었다. 그는 그해(26년) 겨울이 오자 어느 날 편전에서 태자를 포함한 군신회의를 소집했다.

"경들은 들으시오. 지금 짐이 알기로는 고구려가 우리 백제와의 전쟁에서 두 번이나 참패하여 거의 기진맥진하고 있는 환자 꼴이 아닌가하오. 우리 백제의 영토를 북으로 넓힐 수 있는 절호의 기회가 있다면 바로 지금이 아닌가 하오. 경들의 생각은 어떠하오?"

왕은 카랑카랑한 목소리로 신하들을 압도했다.

"대왕마마, 마마의 고구려에 대한 진단이 아주 적중하신 걸로 아옵니다. 이 겨울에 고구려를 급습하면 고국원왕의 군사는 지금 사기가 떨어질 대로 떨어져 아주 볼 것이 없사오니 우리 백제의 대승은 불문가지로소이다."

병관좌평의 동조였다.

"태자의 생각은 어떠한가?"

근초고왕은 아들에게도 발언의 기회를 주었다.

"아바마마의 생각하심이 아주 적중하신 걸로 압니다. 이 추운 겨울에 고구려를 칠 줄이야 고구려에서도 전혀 예상을 못하고 있을 터이니 이때 출정을 하면 백전백승이 될 것으로 아옵니다."

태자도 자신만만한 기상이었다.

"모두 생각이 그러하다면 우리군사 3만 명을 급히 조련하여 이 겨울에 고구려를 정벌하도록 경들은 만반의 준비들을 하시오!"

"성은을 받들어 모시겠나이다!"

신하들은 이구동성으로 임금 앞에 철통같이 맹서 했다.

두 번의 공격을 당한 백제로서는 보복의 전쟁이 아닐 수 없었다. 그해 겨울 근초고왕은 몸소 태자 구수를 데리고 3만의 정병을 앞세워 고구려 정벌의 길에 나섰다.

한편 고구려의 고국원왕 편전에는 이 추운 겨울에 백제군 3만여명이 수도에 버금가는 평양성을 향해 진격해 오고 있다는 급보가 날아들었다.

"아니, 이번에는 백제의 근초고가 태자와 더불어 우리 고구려를 치려고 와? 더구나 이 무섭게 추운 겨울을 틈타서? 허 이를 어쩐다?"

"대왕마마, 그렇다고 그냥 앉아만 있다가 평양성을 백제에 내줄 수는 없지 않습니까? 나가 싸워야 하지요. 허지만 마마께서는 연세도 지긋하시고 심기도 불편하시니까 친정(親征)은 삼가심이 가한 줄로 압니다."

고구려 대장군이 말했다.

"대장군은 무슨 말이오? 내 지금껏 그냥 앉아 전쟁을 보고만 있었던 적이 한 번도 없었거늘 이번 전쟁이라고 어찌 대궐에서만 서성이란 말이오? 더구나 적국인 백제의 임금 근초고도 친정에 나섰거늘 이 늙은 임금이 어찌 앉아서 듣고, 보고만 있으란 말이오?"

고국원왕은 이상하게 겁도 나지 않았다.

그날 밤, 침전에서 고국원왕의 왕비가 눈물을 흘리며 주상에게 호소하기도 했다.

"상감마마, 이번 전쟁은 이상하게 우리 고구려가 먼저 공격한 전쟁이 아니고 백제에서 먼저 선공을 해왔다고 하니 그 조짐이 아무래도 수상합니다. 제발 이 번 전장에는 나가지 마시옵고 대장군이하 부하 장병들만 평양성에 보내심이 옳은 줄 압니다."

"허허, 중전은 내가 이 번 전장에 나가 전사라도 할 것 같으니까? 내 40년 넘게 임금 사리에 있으면서 평생 전장 터에만 나가다니 이 만큼 늙었거늘 이번 전쟁이라고 아니 나갈 수 있겠소? 우리 고구려군도 그렇게 만만치 않으니 너무 걱정하지 마시오. 또 아오? 이번이 내 재위 중에 승전의 기쁨을 안겨 줄 첫 번째 전쟁이 될지도 모르지 않소."

이튿날 고국원왕은 2만여 고구려 군사를 이끌고 평양성에 나가 백제군을 막아 싸우기 시작했다.

미리 약속이나 한 것처럼 고구려 군사는 붉은 깃발, 이에 대응하는 백제 군사는 황색 깃발이었다. 그러나 고구려군은 이미 사기가 저하 될 대로 저하된 데다가 겨울철이라 군사 훈련도 거의 받지 않고 전쟁 마당에 내몰리고 보니 백제의 정예군을 쉽게 당해

낼 수가 없었다.

평양성을 이미 에워싼 백제 군사들은 태자의 지휘에 따라 일제히 고구려 군에게 화살을 쏘고 창을 내던졌다.

"저기 붉은 깃발을 든 고구려 군사들 중에 고국원왕이라는 자도 묻혀 있을 테니 붉은 깃발의 부대를 공격하라!"

백제의 장군이 그렇게 외치자

"고구려 나와라!"

"고국원왕놈 나와라!"

백제의 대군은 그렇게 외치며 붉은 깃발부대를 무자비하게 공격했다.

전열을 채 갖추지도 못한 훈련부족의 고구려 군은 조직적으로 거세게 밀어붙이는 백제군에게 허무하게 무너지며 패퇴 일로에 있었다.

설상가상으로 그때 난데없는 화살 하나가 고국원왕의 머리 정수리에 날아와 박혔다. 물론 백제군이 쏜 화살이었지만 미리 정교하게 조준하고 쏜 것인지, 아니면 마구 쏘아댄 나머지 유탄처럼 날아와 박힌 것인지는 아무도 모를 일이었다.

"아이쿠!"

화살을 맞은 고국원왕은 그만 말에서 떨어져 땅에서 신음하고 있었다.

"상감마마가 화살을 맞으셨다. 어서 부축하여 피신하시도록 하라!" 장군 하나가 소리소리 지르자 수행장이 임금을 들쳐 업고 고구려 진영으로 정신없이 뛰었다. 그러나 고국원왕은 수행 장의 등에서 이미 눈을 감고 죽어가고 있었다.

"상감마마가 화살을 맞으시고 전사하신 것 같다!"

죽은 듯 축 쳐진 임금을 보고 고구려 군사들은 미친 듯이 외쳤다. 비록 먼 빛이지만 이 광경을 백제군 진영에서도 모를 리가 없었다.

"고국원왕 놈이 화살에 맞아 죽은 것이 분명하다, 아주 이참에 적진에 파고들어 그 고국원왕 놈의 머리를 베어 와야 한다!"

백제장군 하나가 그렇게 외쳤다.

그러나 그때 태자 근구수가 말렸다.

"이 태전에도 우리 백제군은 치양 땅에서 고구려 군을 섬멸했지만 더는 진격하지 않았다. 막고해 장군의 좋은 충고를 들은 때문이다. 오늘도 우리는 고국원왕이 전사한 것이 분명하니 이 기세를 몰아 고구려군의 뒤를 쫓아 고구려를 아주 짓밟을 수도 있다.

그러나 고양이가 쥐를 쫓을 때도 달아날 구멍을 보고 쫓는다는 말이 있다. 여기서 더는 고구려를 쳐부수면 아니 된다. 우리는 이쯤에서 멈추자!"

태자의 그 말을 들은 막고해 장군이 회심의 미소를 띠우며 고개를 주억거리고 나서 말했다.

"과시, 훌륭하신 태자마마이십니다. 그리고 지금부터는 고구려 군사의 수성태세가 얼마 전 패전하고 달아날 때와는 판이하게 다를 것입니다. 제나라 임금이 죽었는데 독이 오를 대로 오른 저들의 무서운 분노와 복수심이 예사이겠습니까?"

막고해는 과시 명장이었다.

백제군은 태자와 막고해 장군의 생각대로 그쯤에서 멈추고 철군할 태세를 갖추기 시작했다.

한 편 고국원왕을 들쳐 업고 평양성으로 후퇴한 고구려 군사들은 얼마 후 임금 고국원왕이 기어이 전사했다는 소식을 전해 듣고 모두 비분강개, 이쯤 되면 고구려 군이 단 한사람도 안 남고 죽어도 좋으니 다시 백제군과 싸워야 한다는 목소리가 진영에 퍼졌다.

그러나 그때 누구보다도 가장 참담한 것은 고국원왕의 아들인 태자 구부(뒤에 소수림왕)였다. 그는 아버지가 죽은 것만이 급한 일이 아니라 다시 물밀듯이 평양성으로 몰려올 백제군을 막아내는 일이 더 급했다.

"장군들은 들으시오! 지금 저 백제군은 우리 부왕마마의 전사소식을 전해 듣고 또 미친 듯이 이 성으로 몰려올지도 모를 일이오, 그러나 이제라도 우리 고구려 군은 정신들을 바짝 차리고 대왕마마의 원수를 갚는다는 일념으로 똘똘 뭉쳐 수성을 한다면 제 아무리 호전적인 백제군사라도 능히 막아낼 수 있을 것이오!"

"태자마마, 이제 우리고구려군사들의 사기는 대왕마마의 전사로 모두 죽을 각오로 싸울 자세가 되어있습니다. 아무 걱정 마시고 진격하라는 명령만 내려 주십시오!"

태자의 가장 측근에 있는 호위대장의 말이었다.

고구려군은 그날 밤, 다시 수만의 군사가 창과 활을 나누어 쥐고 평양성을 사수하기로 나섰다. 그러나 아무리 기다려도 백제군의 평양성 침공은 그 기미가 없었다.

그날 밤 술시(밤 8시경)가 가까워서야 척후군사가 고구려 진영에 급보를 알려왔다.

"백제군은 이미 유시(오후 6시경)에 모두 남쪽으로 회군해 버렸습니다."

그 소식을 듣자 고구려 군 진영은 맥이 빠졌다.

"백제군이 회군했다하니 이제 부왕마마의 장의절차를 숙의하고, 비록 억울하게 전쟁만 치르다 가신 분이지만 가신 분의 위업을 찬양하고 온 백성이 경건하게 명복을 빌고 엄숙히 추도하도록 해야 할 것이오."

그날 밤, 평양성에서 즉시 군왕으로 즉위한 것이나 마찬가지인 태자는 새 임금의 품위를 과시하며 신하들에게 엄명하였다.

치양전투에 이어 평양성 전투에서도 승전의 소식을 전해들은 근초고왕의 기쁨은 이루 말 할 수가 없었다.

더구나 백제의 첩자에 의해 고구려 고국원왕의 전사가 확실하게 전해진 백제의 궁성에서는 개선한 다음날부터 큰 잔치가 거의 매일 벌어졌다.

잔치 첫날, 근초고왕은 문무제관 앞에서 자신의 감회를 위엄 있게 피력했다.

"경들은 들으시오! 우리 백제가 건국한 이래 적과의 전쟁에서 적의 군왕을 전사시킬 만큼 큰 승전의 전과를 올린 것은 이번이 처음이라고 생각하오. 고구려는 그동안 연나라인 모용씨 나라와 쓸데없이 싸움을 자주해 국력을 탕진하더니 공연히 우리 백제를 넘보고 자주 변방을 쳐 내려오다가 이 번 겨울 우리 백제군의 기습을 받고는 임금까지 화살에 맞아 전사했으니 백전백패의 처참한 나라가 되었소이다.

그러나 짐은 이 모든 승전의 전과가 그냥 쉽게 얻어진 요행이 결코 아니라고 생각하오. 그동안 우리 백제를 위해 목숨을 걸고 진충보국한 여러 장군들과 우리 군사들의 노고를 어찌 이 마당에서 짐이 모를 리가 있겠소. 그 장병들에게 임금인 내가 진심으로 고마운 마음을 전하는 바이며, 비록 내 아들이지만 전쟁 때마다 선봉에 나선 우리 태자의 공도 솔직히 칭찬하고 싶소.

자! 우리 모두 술잔을 높이 들고 대 백제의 승리를 다시 한 번 축하합시다."

근초고왕의 목소리가 쩌렁쩌렁 궁 안에 울렸다.

그러자 누구랄 것도 없이 많은 문무관원들이 모두 자리에서 벌떡 일어나 한사람이 선창하면 나머지는 따라서 복창을 했다.

2년 전 치양 전투 끝에 외친 만세소리를 그대로 다시 외쳐 부른 것이다.

"대왕 마마 만세!"

"태자 마마 만세!"

"백제 대국 만세!"

이 만세소리는 몇 번이고 거듭 궁 안에 울려 퍼졌다.

백제 건국 이후(BC18) 거의 400여년, 초대 온조 임금에서부터 기산해서 이렇게 오랜 세월동안 과연 무슨 축제의 잔치가 이렇게 거창하고 신명날 수가 있었겠는가.

근초고왕 26년(371년) 겨울의 이 승전의 축제야 말로 백제 역사의 한 획을 긋는 위대한 백제의 영광이요 자랑이 아닐 수 없었다.

그날 밤, 근초고왕은 거나하게 취한 기분에 모처럼 중전 진씨의 처소에 들렀다.

"상감마마 납시오."

궁녀들이 아뢰자 중전 진씨는 문을 열고 나가 버선발로 임금을 맞았다.

"상감마마, 고구려와의 대전에서 승전하신 노고를 소비는 거듭 감축 드리옵니다."

중전은 진심으로 자신의 남편인 근초고왕이 거룩하고 고맙게 느껴졌다.

"하하, 모두 다 뒤에서 보살펴준 중전의 음덕이 아니겠소?"

보료위에 앉으며 임금은 덕담을 했다.

"소비가 한 일은 아무것두 없습니다."

중전도 자신을 한껏 낮추었다.

"고구려는 임금이 다 전사했으니 전쟁치고는 너무 가혹하고 치열한 전쟁이라 아니할 수 없구려."

"상감마마, 소비는 아무것두 모르지만 이번 전쟁은 임금을 잃은 고구려의 원한이 너무 클 것 같사옵니다. 이럴 때 일수록 승전국은 패전국의 무서운 보복에 대비하여 더욱 군사를 독려하시고 잠시도 국가 방비를 소홀함이 없도록 경계하심이 옳을 듯하옵니다."

"하하, 역시 중전은 대단한 인물이구려. 사람은 누구나 좋을 때 더욱 삼가라는 격언이 있듯이 나라도 전쟁에 이겼다고 군기를 잃고 방심하다가는 불원간 적군의 기습을 받아 아주 곤경에 빠질 수 있다고 봅니다. 과인은 내일부터라도 다시 군사를 독려하고 병권을 강화할 것이요."

근초고왕은 백제의 역사상 고구려나 신라와의 잦은 전쟁이 있었지만 적국의 임금이 전사한 전과를 올린 것은 이번이 처음이라는 것을 너무 잘 아는 임금이었다.

"마마, 성은이 망극하옵니다."

중전은 거듭 하늘같은 남편인 임금을 칭송했다.

그때 궁녀들이 받든 조촐한 주안상이 들어왔다.

"그래, 우리 한잔하구 좋은 밤을 보냅시다."

임금은 왕비가 딸아 주는 술을 흔쾌히 받았다.

"중전도 한잔 하시구려."

"황공하오이다."

하여 임금과 중전은 그날 밤 거나하게 취한 뒤에 촛불을 끄고 옷을 벗고 나서 이부자리 속에 들어가 모처럼 짙은 부부의 사랑과 정을 온몸으로 나누었다.

여기서 한 가지 짚고 넘어 갈일은 당시의 상황을 기록한 〈삼국사기〉 근초고왕 26년 조의 내용 문제다.

고구려와의 전쟁 끝에 고국원왕이 전사했다는 기별을 듣고 근초고왕은 더 이상은 고구려가 공격해 오지 않을 것으로 보고 모든 것을 태자에게 맡기고 한성으로 돌아왔다는 대목에서 〈삼국사기〉는 '왕인군퇴(王引軍退) 이도한산(移都漢山)'이란 기록을 남기고 있다.

이 기록을 학계의 일부에서는 '왕이 군대를 이끌고 물러나 한산으로 도읍을 옮겼다.'고 해석하고 있다는 것이다. 그러나 이 해석은 당시의 정황과 맞지 않는다고 보는 견해가 옳다고 본다.

한산으로 도읍을 옮겼다면 도읍을 한산성, 즉 산성으로 옮겼다는 뜻인데 그렇다면 당시의 도읍인 하남위례성에서 강북인 한산(지금의 북한산)으로 옮긴 셈이 되는 것이다. 이는 전혀 근거가 없는 해석이다.

〈삼국사기〉는 한산과 북한산도 분명히 구분하여 기록하고 있는 한편 전쟁이후에도 백제는 여전히 한성을 도읍으로 삼고 있다는 기록이 있기 때문에 이도(移都)는 '도성을 옮겼다.'라 볼 것이 아니라 근초고왕이 군대를 이끌고 '도성 쪽으로 이동 했다.'고 보면 아무 문제가 없다는 것이다.

더구나 전쟁에서 적국의 왕까지 전사케 한 대승의 승전보 속에서 왜 갑자기 도성을 천도할 이유가 있었겠는가. 따라서 〈삼국사기〉의 '이도한산'은 한산의 도성, 즉 한성으로 군대를 이끌고 옮겨 왔다. 란 해석이 타당하다고 봐야 할 것이다.

고대국가에서 도성은 국가 그 자체의 위력을 나타낸다고 해도 과언이 아니다.

그러므로 평양 전투에서 승리한 근초고왕이 돌아오지미자 도성을 옮겼다는 주장은 이해가 안 간다.

이미 중앙집권적 국가 체제를 이룩한 백제는 한강 이북에 도성 버금가는 전쟁 전진기지를 건설했을 것이고 그곳이 바로 한성, 혹은 북한산성이라고 보아진다.

이런 추정이 가능하다면 근초고왕이 전쟁 후 군사를 이끌고 일단 군사기지인 북한산성 쪽으로 이동하였다는 해석도 자연스러운 것이다.

더구나 왕을 잃은 고구려의 반격이 충분히 예상되는 상황에서 강 남 쪽에 있는 도성을 굳이 강 북 쪽으로 옮긴 다는 것은 납득하기 어려운 해석이다.

말하자면 근초고왕은 오랜 동안 대륙 백제의 중국 땅 도성에서

만 주로 머물다가 이번의 승리로 비로소 본국의 도성인 한성으로 옮겨왔다는 해석이 설득력이 있다는 것이다.

당시 중국에 있는 대륙 백제의 땅은 한반도 백제보다 몇 배나 컸기에 당연히 그쪽에도 한반도 한성 못지않은 거대한 왕성이 있었을 것으로 추정할 수 있다.

이미 밝힌 바와 같이 근초고왕은 즉위 초 수십 년 간을 중국 대륙에서 지냈는데 그곳에 왕성이 없었을 리가 없지 않은가.

대륙백제의 도성은 이미 책계왕 때에 보수한 대방 땅의 하남 위례성 이라고 보아진다. 근초고왕은 거기서 오래 머물다가 한성으로 돌아와 고구려와의 전쟁을 승리로 이끈 뒤 한성에서 왕정을 편 것으로 볼 수 있다.

아무튼 당시 백제는 고구려왕을 전사시킴에 따라 온 백성과 군사의 사기가 충천했다.

그 전과는 백제의 오랜 영광으로 남게 되었는데 그 전쟁이 있은 뒤 100년이 지난 후에도 백제의 개로왕(21대, 455~475)은 "고국원왕의 머리를 베어 장대에 꽂았다."라고 하였을 정도로 두고두고 신명나게 되새기는 감격의 전승이었다.

이 전쟁의 영향에 따라 일시적이기는 하지만 백제는 대동강 유역까지 북쪽의 경계를 확대하였다고 볼 수 있다.

황주에서 출토된 백제의 토기는 그러한 백제의 위세를 잘 반영하고 있다.

이러한 일련의 고구려와의 전승의 영향은 근초고왕의 군사 장악권과 그의 아들 (뒤에 근구수왕)과의 군사 통제 능력을 더욱 강화한 왕권 중심체제로의 확고한 위상정립을 대변케 하고 있다.

당시의 기록들은 특히 태자가 군사권을 운영하는 예가 얼마든지 있음을 보여주고 있다. 이는 태자의 역할이 증대되었음을 보여주는 것이며 또한 부자 공동체제의 왕권의 강화를 의미하는 것이라 이해할 수 있다.

전승 이후 근초고왕은 군사권을 직접 운용함으로서 왕권을 강화시켰을 뿐 아니라 당시 특정한 정치세력으로부터도 군사운용 권을 배제시킬 수 있었다.

그 좋은 예가 근초고왕이 대대적으로 군사를 사열하면서 유독 황색 깃발을 쓰게 통일한 의지도 간과할 수 없는 것이다.

〈삼국사기〉 근초고왕 조 24년 '겨울' 을 보자 '동 십일월 대열어 한수 남, 기치 개용 황(冬 十一月 大閱於 漢水南, 旗幟 皆用 黃)' 이란 기사를 보면 근초고왕이 황색으로 백제군을 일사불란하게 통일, 통제하려는 의지를 엿볼 수 있다.

이는 유력한 정치세력의 사병적 성격의 군사 조직을(예; 왕비족인 진씨 세력의 사병 조직 등) 배제하고 왕권을 중심으로 하는 일사불란하게 일원적인 군사 조직으로 편제되었음을 암시하는 것으로 볼 수 있다. 이는 곧 제도적인 차원에서 근초고왕에 의해 군사권이 확고하게 장악되었음을 알 수 있는 사례이다.

이러한 점은 근초고왕의 아버지인 비류왕이 정치세력을 왕권아래 편제시키지 못하고, 또한 사병적 성격의 군사력을 제도적으로 장악하지 못함으로써 결국 왕권의 무능, 왕권의 강화 실패로 왕권이 흔들린 사실과 비교해 볼 때, 근초고왕이 얼마나 왕권 강화에 심혈을 경주했는가를 알 수 있는 사실이다.

또한 근초고왕 대에는 왕권 강화 및 지속적인 대 고구려 전을 가능케 하는 요인으로 백제 왕정의 경제적인 배경도 중요한 요소로 작용하였을 것이다.

그 경제적인 기반은 철제 농토목구의 발달로 농업 생산력이 향상되었다고 볼 수 있고, 비류왕 대에 이미 이룩된 대규모 저수시설의 축조는 백제 농업의 발달에 큰 도움을 준 것이 사실이다.

근초고왕 대에 활발한 대외 전쟁은 이러한 농업 생산력의 기반 향상에 따라 군량미의 확보나 군비 확보에 큰 역할을 한 셈이다.

또 다른 경제적 기반은 4세기경 백제의 제철산업의 발달을 무시할 수 없다.

진천 석장리의 철 생산 유적은 백제의 제철산업의 왕성함을 보여주는 좋은 예이다.

뒤에 다시 이야기 하겠지만 근초고왕 대에 일본에 보낸 철정 40매를 비롯하여 칠지도와 곡나철산의 존재 등도 당시 백제의 제철산업이 얼마나 훌륭했는가를 보여주는 본보기라 할만하다.

제철산업의 발달은 농기구의 제작 뿐 아니라 전쟁 무기의 생산에도 큰 역할을 하여 군사력의 강화에 직접적으로 기여하는 효과가 아주 크다 할 것이다.

이와 같이 근초고왕 대를 전후한 백제 왕권의 강화는 농업구조의 개선과 철제 생산 등의 경제적 기반이 크게 뒷받침 되어 대외 전쟁의 승리와 영토 확충의 실효를 거둘 수 있었다고 볼 수 있다.

9. 백제의 칼 칠지도와 일본

앞에서 밝힌 바와 같이 백제는 제철기술이 발달했고 그 영향으로 금석문 또한 타의 추종을 불허 했다.

특히 백제의 4세기 대에는 제철기술이 크게 발달하였는데 진천 석장리의 철 생산유적은 백제의 제철산업의 발달을 보여주는 대표적인 예라고 할 수 있다.

이와 관련하여 근초고왕 대에 왜에 보내진 철정 40매를 비롯해 칠지도와 곡나철산의 존재 등도(이상 '일본서기' 9, 신공기 46년과 52년 조 기록) 당시 백제의 제철산업 융성의 사례들이다.

제철산업의 발달은 농기구의 제작뿐 아니라 무기의 다양화를 가져와 군사력의 강화에도 큰 영향을 주었음은 물론이다.

이렇게 4세기 후반에는 백제의 농업생산력과 제철산업 등을 통한 전쟁무기의 발달로 백제가 고구려, 신라, 일본 등의 주변국을 호령할 수 있는 강국의 면모를 보인 것이다.

근초고왕 26년(371년)에 고구려와의 큰 전쟁에서 승리한 백제는 그 기세가 해외에 까지도 크게 미쳤다. 특히 가까운 일본은 그 동안에도 백제에서 유교와 불교를 많이 전수하여 백제문화가 일본문화에 미친 공덕은 지대하다.

이렇게 본다면 백제는 일본의 '스승의 나라' 쯤으로 표현해도 될 만큼 일본은 백제를 우러러 볼 수밖에 없는 나라였다.

그 당시의 백제는 군사적으로나 문화적으로 그렇게 위대했다.

이렇게 위대한 백제가 백제의 제철기술을 이용하여 일본에 '칠지도(七支刀)'라는 칼을 만들어 보낸 것은 결코 우연한 일이 아니다.

이는 마치 임금의 나라에서 신하의 나라에 기념품을 하사하듯 앞으로 일본도 백제와 좋은 유대를 갖고 양국이 서로 돕고 서로 존중하며 나아가자는 굳은 의지를 담아 그 뜻을 새겨 보낸 선물이라고 생각한다.

근초고왕 24(369)년 봄이었다.
근초고왕은 편전에서 중신회의를 주재하며
"신라와 가야국에 군사적 압박을 가하려면 우리 백제는 어느 나라와 손을 잡아야 할 것인가, 경들은 말해보시요?" 하고 물었다. 그러자 대장군 막고해(莫古解)가 입을 열었다.
"상감마마! 그건 물으시나 마나 바다건너 왜국과 긴밀한 국교를 유지하셔야 할 것으로 아옵니다. 왜국은 비록 임나일본부라는 명목으로 가야시역에 행정기관을 설치하고 왜인들을 자유로 출입케 하며, 나름대로 장사도 하고 우리 백제를 도와 군사도 보내주고 합니다만 이러한 왜국을 늘 염두에 두시고 외교와 친화를 도모하심이 가한 줄로 압니다."
막고해의 이야기를 듣고 난 근초고왕은 만면에 웃음을 띠우며 화답했다.
"과연 막고해 장군은 명장이요, 과인도 늘 그런 생각을 깊이 해오고 있었소. 이번에 마한을 정벌하는데도 왜군의 지원은 우리 백제에 아주 큰 힘이 되었다고 믿고 있소. 그렇다면 이제 마한도 다 평정 된 마당에 우리가 왜국에게 어떤 징표의 선물을 내려줘야 이번 출병에 대한 보답도 되고 앞으로도 왜국이 우리 백제를 영원한 우호국으로 보고 믿게 할 수 있겠소?"

그때 막고해 못지않은 중신 구저(久氐)가 읍하고 말했다.

"상감마마, 본래 큰 나라에서 작은 나라에 친교나 우호의 뜻을 내리실 때에는 부월(斧鉞)이나 도검(刀劍)을 하사하심이 상례로 아옵니다."

근초고왕은 구저의 그 말에도 아주 흡족한 반응을 보였다.

"그게 아주 좋은 선물이 되겠구려. 그럼 부월과 도검 중에 어느 선물이 더 좋을 것 같소?"

"부월보다는 도검이 가한 줄 압니다."

좌중에 태자와 몇 몇 신하가 일제히 도검을 추천했다.

"허허, 태자도 도검을 추천하는구려, 그럼 내법좌평은 글 잘하는 선비에게 당부하여 도검에 새길 문장을 지으라 하시고 병관좌평은 무기를 만드는 제철부에 당부하여 멋진 도검을 만들어 그걸 우리 백제 사신 몇이 가지고 왜국에 가서 과인과 태자의 뜻이라 하고 우리 부자 대신 하사하도록 합시다."

근초고왕은 희색이 만면했다.

"성은이 망극하나이다."

중신들은 일제히 머리를 조아려 임금의 뜻을 찬양했다.

그것이 결국 백제의 사신 구저, 미주류(彌州流), 막고해 등에 의해 왜국에 하사된 칠지도인 것이다.

그러나 여기에서 칠지도를 제작, 일본에 하사한 시기를 굳이 근초고왕 24년이니 27년이니 하고 주장할 생각은 없다.

왜냐하면 〈삼국사기〉나 〈삼국유사〉 등의 우리나라 기록에는 백제 어느 왕 몇 년에 칠지도를 제작, 일본에 보냈다는 내용이 전혀 없기 때문이다.

그러면 먼저, 왜 칠지도라고 했는가를 알아보자.

칠지도는 길이 74.9cm의 곧은 칼날에 좌우로 각각 가지 칼이 세 개씩 뻗어 있고 가운데 창끝과 같은 칼날까지 합치면 모두 일곱 개의 칼날이 있어 칠지도라고 부르게 된 것이다.

이 기묘한 칼에 대한 기록은 일본의 사서인 〈일본서기〉 '신공기' 52년(372) 조에만 등장한다.

'신공기'란 우리나라 고대사와는 악연을 맺고 있는 일본 신공(神功)왕후의 역사를 기록한 부분이다. 즉 백제의 근초고왕이 사신인 구저(久   )를 통하여 '칠지도 1구와 칠자경(七子鏡) 1면 및 각종의 중보(重寶)를 바쳤다.'라는 기록이 그것이다.

이 기록에 따른다면 신공기 52년이 서기 372년이니까 우리 백제의 근초고왕 27년에 해당된다 할 것이다.

그러나 굳이 이 연대를 고집하지 않는 이유는 이 신공기의 허구성 때문이다.

신공기에 의하면 신공왕후는 아버지가 죽자(사실 그녀의 아버지는 독살되었다는 설이 유력함)여왕으로 등극하여 한반도의 3국(신라, 백제, 고구려)을 모두 정벌했다고 허풍을 치는 여걸이다.

이런 이유로 '신공기'는 허황된 전설이나 설화라고 비판, 그 신빙성을 인정받지 못하고 있다. 그런데도 기묘하게 다른 기록과는 달리 '신공기'의 기록 중 칠지도의 기록은 현재까지 실제의 칼과 함께 전해지고 있다.

이 칼은 일본 나라현(奈良縣) 덴리시(天理市)에 있는 이소노카미 신궁(石上神宮)에 소장되어 있다.

이 칼이 일본 국보로 지정된 것은 1953년이다. 1874년 8월에 이 신궁의 대궁사(大宮司)였던 스카마사토모 (菅政友)가 칼에 묻은 녹을 제거하는 과정에서 명문(銘文)의 존재를 발견한 후 세상에 알려졌으며 이 칠지도의 명문과 관련하여 이 칼이 크게 주목을 받게 된 것이다.

특히 칠지도의 명문에는 우리 '백제'가 언급되어 있고, 그것이 위세품이란 성격을 갖추고 있기에 제작자와 소유자의 관계, 증여자와 수납자의 관계가 무엇인지에 따라 정치, 사회적 위상이 결정될 수 있기에 고대의 한일관계, 특히 백제와 일본의 관계정립에 중요한 물적 사료(史料)로 검토되고 있는 것이다.

칠지도는 단철(鍛鐵)로 만들어졌으며, 칼몸(刀身)의 앞뒷면에는 모두 61자(字)가 금상감(金象嵌)되어 있는데 상당한 마모가 있어 일부분의 문자는 판독이 어려운 상태다.

그러면 여기에서 그 명문의 내용을 알아보자.

[앞면] 泰△四年△月十六日丙午正陽造百練銕
　　　七支刀世辟百兵宜△供侯王△△△作

[뒷면] 先世以來未有此刀百濟王世△奇生聖
　　　音故爲倭王旨造傳△後世

이상은 이도학교수의 저서『살아있는 백제사』(2006년간, 휴머니스트사 간) 350쪽~351쪽에 의거하여 소개하거니와 이 명문의 해석도 내내 이도학 교수의 해석을 따르기로 한다.

[앞면의 해석] 태화 4년 5월16일 병오일의 정오에 백 번 단련한

강철로 칠지도를 만들었는데 (이 칼을 소지하게 되면)모든 병해 (兵害)를 물리칠 수 있으며 순탄하게 후왕으로 나아가는 게 마땅하다. [아무개가 이 칼을] 제작하였다.

[뒷면의 해석] 선세 이래 이 칼이 없었는데, 백제왕 치세에 기묘하게 얻은 성스러운 소식이 생긴 고로, 왜왕을 위하여 만든 뜻을 후세에 전하여 보여라.

이와 같은 칠지도의 명문 해석이 가능하다면 그 제작연대는 369년, 곧 근초고왕 24년으로 추정할 수 있다.

칠지도에 대한 연구 성과를 객관적으로 정리해 보면 다음의 네 가지 견해로 요약할 수 있다.

〈첫째〉하사설이다

이는 백제왕이 왜왕에게 내려준 (하사) 것이라는 주장이다.

〈둘째〉헌상설이다. 이는 백제왕이 일본 왜왕에게 삼가 바친(헌상)것이라는 주장이다.

〈셋째〉동진왕의 전달설이다.

이는 이 칼을 동진에서 만들어 백제를 통하여 왜왕에게 전해주었다는 설이다.

〈넷째〉대등설이다.

이는 백제왕이 왜왕에게 대등한 관계에서 형평성에 의해 전달했다는 설이다.

이상의 네 가지 설에 대하여 대체로 한국의 학자들이 첫 번째의 하사설을 주장하는가 하면 일본의 학자들은 두 번째 헌상설을 주장하는 것은 당연한 아전인수 격 경향이라고 볼 수 있다.

그러면 여기에서 칠지도에 관한 학계의 네 가지 견해를 검토해 보기로 한다.

〈첫째〉하사설의 배경이다.

백제는 건국 이래 근초고왕 대를 맞이하여 가장 넓은 영토와 가장 왕성한 문화를 자랑하기 시작 했다.

그러한 여건으로 보아 당시의 선진국인 백제가 후진국이랄 수 있는 일본에 이런 칼을 하사했다고 보는 것은 자연스런 논리가 아니겠는가.

이도학 교수의 다음과 같은 자신만만한 견해는(위의 책 354쪽~355쪽)하사설의 배경을 웅변 이상으로 대변하고 있다.

(전략)칠지도의 명문 해석을 토대로 할 때 그 제작연대는 369년으로 밝혀졌다.

중국에서도 그 같은 표기가 없었던 것은 아니지만 동진의 공식 연호 표기인 '太和'의 변형된 표기인 '泰和'는 백제 화 된 동진의 연호라는 차원에서 볼 때, 그 독자성 내지는 자주성의 일면을 엿볼 수 있는 자료라고 하겠다.

그리고 그 명문의 내용에는 황제적 표현인 '성(聖)'과 더불어 교지(敎旨)의 의미인 '지(旨)'가 사용되고 있다. 게다가 그 명문 말미의 "후세에 전하여 보여라."라는 문구는 제왕이 신하에게 훈시하는 관례적인 용어로 명령형의 하행문서 양식이다.

그런 만큼 제작자인 백제의 근초고왕이 왜왕에게 칠지도를 하사하였음을 알 수 있다. 이와 같은 해석은 369년 겨울 근초고왕이 마한 연맹에 대한 지배권을 장악한 기념비적인 해에 황색 기치의 물결 속에서 큰 사열식을 가졌던 황제적인 위세와도 부합된다.

그러면 백제왕이 왜왕에게 칠지도를 하사한 동기는 무엇이었을까? 백제왕은 호족들을 중앙권력체계 내로 복속시키기 위한 일환으로 동진제 청자와 초두를 하사해 주었다.

이것과 동일한 시각에서 칠지도의 하사 동기를 구할 수 있는데, 역사적으로 볼 때 부월(斧鉞)이나 도검(刀劍)의 사여는 하위자에 대한 상급자의 신표(信標)로서의 성격이 강하였다.(하략)

그리고 이 교수는 '칠지도의 성격과 용도'에서(위의 책 356쪽부터)

(전략) 우선 대부분의 명문 철검은 칼등에 글자가 새겨져 있지만, 칠지도는 명문의 훼손이 쉬운 칼면에 그것이 새겨져 있다, 그러므로 칠지도는 비 실전용 도검임을 짐작케 하는데,성기(聖器) 혹은 주구(呪具)의 기능을 생각하게 한다.

왜냐히면 그 형대기 영력이 있다고 믿이진 사슴뿔이나 엉고(鈴鼓)등을 걸어놓았던 소도(蘇塗)의 신목(神木)가지를 연상시키고 있기 때문이다.

따라서 칠지도는 여기서 착안하여 제작된 종교적 의구(儀具)일 가능성이 높다.(중략) 칠지도는 천손을 자처한 백제왕의 샤만적 역할과 권위를 과시해 주는 성기(聖器)가 될 수 있다.

그리고 태양숭배 신앙과도 관련 있는 도도의 가지가 사방 수 천리까지 뻗어 있다는 관념은, 세계의 중심에 자리 잡은 수목을 축으로 한, 바꿔 말해 백제왕을 구심으로 하여 수목 가지처럼 뻗어가는 왕권의 확대와 충분히 연결 될 소지가 있다.(중략)

나아가 백제왕은 한 나라의 정치와 종교 공동체의 구심이라는 상징성을 띤 칠지도를 다시금 제작하여 3년 후(372)왜왕에게 하사하고 있다.

　그 목적은 일본열도를 대표하는 수장으로서 왜왕의 지위를 승인하는 한편, 양국 간의 종주, 신속 관계라는 질서를 설정하여 백제왕의 권력 범위를 확대하는데 있었다.

　이어 이 교수는 '또 하나의 칠지도'(364쪽~365쪽)에서도 '하사'의 개념을 강조하고 있다.

　칠지도는 이소노가미 신궁 한 곳에만 보관되어 있을까? 이 문제는 장담할 수 없지만, 그 명문을 검토해볼 때 칠지도가 백제 국왕을 상징하는 일종의 '옥새'와 같은 존재였던 만큼, 응당 백제에도 봉안된 것으로 볼 수 있겠다.

　그렇다고 할 때 백제의 칠지도는 왕위계승에 따라 대물림 되었겠지만, 외우내환이 많았던 관계로 그 운명 역시 곡절이 잇따랐을 지도 모른다.

　한편 칠지도는 왜왕에게는 신표로 하사되었던 물건이므로 새로운 왕의 즉위 때마다 전달되었을 가능성도 있다.(중략)

　이러한 사실들은 칠지도에 관한 많은 연구에도 불구하고 여전히 베일에 싸인 그 성격 문제를 심도 있게 탐구할 수 있는 실마리가 되기도 하였다.

　칠지도에는 "후세에 전하여 보여라"라는 백제 근초고왕의 바람처럼 지금까지 전하여왔지만, 그 진정한 의미를 캐는 작업은 앞으로의 과제로 여전히 남아 있다. 이것이야말로 그 명문에 적힌 "전하여 후세에 보여라"의 참뜻이 아닐까 싶다.

　이렇게 이 교수는 누누이 백제의 근초고왕이 일본의 왕에게 받은 당대에만 보관의 의무를 갖지 말고 후세에도 전해 보거라 라는 당부의 말까지 하였음을 시사하면서 어디까지나 왜왕에게 '하사'한 칠지도임을 강하게 주장하고 있다.

다음으로 생각할 수 있는 게 과연 백제의 연금술이나 철기의 가공 실력이 칠지도의 제작을 가능케 하였을까하는 의문이다.

칠지도의 이야기를 시작하면서 필자는 백제의 제철기술이 발달했다 했고 금석문 또한 타의 추종을 불허한다고 했다. 이를 뒷받침하는 글을 양기석(충북대) 교수의 논문에서 찾아보자.

『백제의 역사와 문화』(유원재 교수 편저)란 책에서 양 교수는 〈백제의 사회와 경제〉란 논문을 게재 했고 그 책 229쪽에서 230쪽 사이에서 양 교수는 '금속 가공 수공업의 발전' 이란 제목으로 다음과 같은 글을 발표했다.

백제는 금·은·청동·철 등의 금속을 소재로 한 가공기술을 발전시켜 무기나 생산 용구를 비롯하여 지배층의 위신과 사치적 욕구를 충족시키기 위한 사치품과 일반 사람들의 생활 용품에 이르기까지 여러 제품을 만들었다. 금속 가공업 가운데 가장 큰 비중을 차지하고 있는 것은 철 가공업이었다.

철기의 사용이 보편화 되면서 주철과 단조철로 된 철제 용구들이 다량으로 생산 되었다. 백제가 성장한 한강 유역에는 원삼국기부터 철 생산이 행해졌음은 양평 대심리 유적이나 가평 마장리 유적 등을 통해서 알 수 있다. 야철(冶鐵)을 하는 데에는 송풍장치가 달린 야철로의 설치와 연료인 참나무로 만든 숯 그리고 원료인 사철 등이 필요하다.

백제는 〈일본서기〉 '谷那' 기사에서 보듯이 전문적인 철광산을 개발하고 그 철광 원료로 쇠를 뽑아 여러 가지 철 가공품을 생산하였다.

진천 석장리에서 발견된 3~4세기 무렵의 제철로가 이를 뒷받침해 준다. 지금까지 모두 15기의 제철로와 관련된 노지를 확인하고 있는데, 6호 용해로 주변에서는 소형의 송풍관 조각들과 철제 도끼와 이를 주조하는데 쓰여진 토제 범심(范芯) 10여점이 출토되어 제철 다음 단계의 공정에 해당되는 철기 용해 과정을 확인 하였고, 아울러 철기를 제조하는 공정에서 생산되는 단조의 박편들도 나와 철기의 단조 공정도 존재하였음을 보여주고 있다.

이와 같이 석장리 유적에서는 철 원료의 생산부터 철제품에 이르는 제련, 용해(주조), 단조 공정이라는 철 및 철기 생산의 일련의 생산 공정을 보여주고 있어서 백제의 철 생산과정을 이해하는데 중요한 자료로 평가 되고 있다. 이러한 제철로에서 규격화된 쇠덩이로서 1차 가공하여 철정(鐵鋌)을 만든 다음 용도에 따라 다양한 철제품을 만들어 썼다.

백제지역에서 철정이 발견된 예는 적지만, 서산 명지리 토광묘에서 출토된 철정과 근초고왕 때 왜에 철정을 보내준 사례 등이 참고 된다. (하략)

계속해서 같은 책 『백제의 역사와 문화』(424쪽)에서 이도학 교수는 〈백제문화의 일본전파〉란 논문에서 '금속공예'가 어떻게 일본에 전해 졌는가를 다음과 같이 진술하고 있다.

야요이 시대에 한반도에서 금속문화가 일본 열도에 전래된 이후 백제의 금속 공예가 한층 다양하게 전파되었다. 금속공예는 고도의 기술을 요하는 것인데 도금상감(鍍金象嵌), 투조(透彫) 등에 그 기술이 나타난다.

　삼감 기술은 문양에서 뿐 아니라 문자에 대해서도 행하여졌다. 372년에 백제의 근초고왕이 왜왕에게 하사한 물품으로 칠자경(七子鏡)이 있으며, 군마현(郡馬縣) 다까사끼시(高崎市)에 소재한 관음총(觀音塚)에서 출토된 동경은 무년왕릉에서 출토된 의자손수대경(宜子孫獸帶鏡)과 유사하므로 동경제작 기술의 전파가 확인된다.

　근초고왕이 칠자경과 함께 하사한 유명한 칠지도는 앞, 뒤편에 도합 61자의 문자가 상감되어 있는데, 상감 및 도금 제작의 빼어난 기술은 왜에도 영향을 미쳤다. 충청남도 부여군 군수리 사지의 목탑자리 중앙의 심초석 밑에서 칠지도의 일부로 추정되는 유물이 출토되었으며, 동일본의 도치카현(木縣) 오야마시(小山市)에 소재한 5세기 대의 고분에서도 칠지도로 여겨지는 도금이 출토되었기 때문이다. (하략)

　이와 같이 근초고왕 대에 가장 융창했던 백제가 마치 신하의 나라와도 같은 왜국에 황색기를 사용하며 황제의 기상으로 수목의 가지처럼 뻗어가는 백제 왕권의 확대 상징으로 칠지도를 하사 하였다는 견해는 우리를 정말 신명나게 만드는 주장이 아닐 수 없다.

〈둘째〉 헌상설의 배경을 보자.

　헌상설은 당연히 일본 학자들의 왜곡된 사관에서 나온 것이라고 볼 수밖에 없다.

　그들의 주장은 주로 〈일본서기〉와 〈고사기〉에 의존한다.

　백제와 왜국의 국교 수립은 신공왕후 46년 (366년)에 이루어졌다고 본다. 당시 왜국은 한반도의 탁순국(정확한 위치는 미상이나 가야국 쪽으로 추정)에 상거래나 무역을 했고 사신 시마노스구데를 파견하였다가 백제가 왜국과 통교하기를 원한다는 말을 그가 들었다.

그러자 시마노스구데는 자신의 부하 니하야를 근초고왕에게 보냈다. 그러자 근초고왕은 니하야를 무척 반갑게 맞이하여 많은 선물을 안겨 돌려보냈다.

이렇게 해서 국교가 열린 백제에서는 이듬해 신라에서 왜국으로 가는 사신 일행과 함께 백제의 사신도 세 사람을 같이 딸려 보냈다는 것이다. 백제 사신은 구저(久氐), 미주류(彌州流), 막고(莫古) 등 세 사람이다.

이 세 명의 백제 사신을 맞이한 신공왕후는 아주 기뻐하며 이렇게 말했다고 한다.

"어서들 오시오, 멀리 백제 국에서 귀한 손님들이 오셨다니 너무 반갑습니다. 백제국은 돌아가신 선왕께서 늘 훌륭한 나라라고 칭찬하시던 나라였습니다. 그 선왕이신 천황께서 이 분들을 만나시지 못하는 게 너무 가슴 아픈 일입니다."

신공왕후의 이 말에 백제 사신들도

"왕후마마, 우리 백제의 사신들을 이렇게 환대해 주시니 너무 황공하옵니다."

하고 답례를 했다. 그러자 이 광경을 지켜보던 신하들이 모두 눈물을 글썽이며 선왕의 서거를 슬퍼했다는 것이다.

이런 기록으로 볼 때 왜국은 오래 전부터 백제와 국교를 나누기를 희망했던 것으로 추측할 수 있다.

그 후에도 두 나라는 꾸준히 사신을 교환하였으며 〈일본서기〉의 기록으로는 신공왕후 52년 (372년, 근초고왕 27년)에 백제 근초고왕이 신공왕후에게 헌상하는 형식으로 칠지도가 보내졌다는 견해다.

다시 〈일본서기〉를 중심으로 신공왕후가 얼마나 안하무인격으로 미화되고 우리 한반도를 무시했는가를 보자.

〈일본서기〉에 의하면 신공왕후는 어릴 때부터 아주 총명하고 예지가 있었으며 그 용모 또한 아름다웠다고 기록하고 있다. 신공왕후는 무녀의 기질도 있었다고 한다.

그녀가 신라의 정벌을 앞두고 냇가로 나가 '낚시점' 을 치는데 '오늘 고기가 물면 신라를 정벌하러 가고 물지 않으면 다음으로 미룬다.' 이런 식으로 무격적인 행동을 했고, 그녀는 특히 남장을 좋아했던 것으로 안다.

그녀가 신라를 정벌하러 한반도에 상륙했을 때도 그녀는 남장을 하고 배에서부터 남장으로 군선을 지휘하고 육지에서도 물론 남장으로 일관했다.

〈일본서기〉에 의하면 왜는 신공왕후 49년 (369년, 근초고왕 24년)에 신라를 정벌한다. 한반도 '탁순국' 이란 곳에 상륙한 일본군은 신라를 정복한 뒤에 가야를 비롯한 지금의 한반도 남해안 지역을 모두 정벌하여 그 일부분을 백제에게 나누어 주었다고 했다. 그러자 백제의 근초고왕과 근구수 태자는 너무 황공하여 스스로 왜국의 신하되기를 자청했다는 것이다.

그 무렵 그 유명한 칠지도도 왜왕에게 헌상 했다는 기록이다.

그밖에 '임나일본부' 와 칠지도의 관계를 상고하면 이 헌상설의 배경이 더 뚜렷해진다.

'임나일본부'는 4세기경 백제가 우리나라 남단 가야지역에 설치한 행정기관이다.

그러나 일본 학자들은 '임나일본부'를 왜국이 가야지역에 설치한 관부로 주장하고 그러한 관점에서 칠지도 백제가 일본에 헌상한 진상품으로 왜곡하고 있다.

여기에서 이남석 교수(공주대)의 저서 『백제문화의 이해』에서 '칠지도'에 관한 논지 중 113쪽에서 121쪽에 걸친 자료를 중심으로 먼저 헌상설의 실제를 찾아보기로 하자.

(전략) 이처럼 칠지도는 칼의 형태적 특징 외에 가장 중요한 것은 명문이 있다는 것이고, 그것도 고대 한일관계, 특히 백제와 왜와의 관계를 엿볼 수 있는 내용이 담겨져 있는 것이다. 다라서 칠지도는 발견 이후 130년 동안 해석을 둘러싸고 많은 논쟁이 끊임없이 제기되어 왔다.

가장 먼저 칠지도에 대한 관심을 드러낸 것은 물론 일본 학자들이었다.

그들은 일본 고대사를 3세기는 중국의 역사서인 『삼국지(三國志)』, 왜인전, 그리고 5세기는 마찬가지로 중국 역사서인 『송서(宋書)』등에 근거하여 설명한다.

그런데 4세기 대를 설명할 수 있는 일본의 왜 관련 역사 기록이 중국의 역사서에 나타나지 않는다. 때문에 이 시기의 역사 내용은 차선책으로 고구려의 광개토대왕릉비(廣開土大王陵碑)에 적혀있는 내용과, 위의 칠지도를 통해서 고대 한일관계의 모습을 복원하고 있다.

더불어 그 주된 내용은 광개토대왕릉비에 있는 을묘년 기사, 즉 왜가 한반도에 진출하여 이 지역을 지배하였다는 사실을 적시하고, 그 보완적 물증자료로 칠지도를 들면서, 이 칠지도가 그러한 증거물로 백제왕이 왜왕에게 헌상한 것이라 주장한다.

이러한 칠지도의 해석과 그에 따른 역사 이해 방법은 군국주의 일본의 한반도 진출의 이론적 기초인 정한론의 기저가 되었고, 일제시대 칠지도에 대한 해석이나 연구의 기본적 방향은 큰 변화가 없었다. (중략)

해방 후에도 일본에서 칠지도 명문에 대한 관심은 지속되었고, 그러한 분위기에서 새로운 해석이 자주 시도 되었다.

예컨대 福山敏男(1968), · 榧本杜人(1947)과 같은 학자는 칠지도의 명문을 전면에 34자, 후면에 27자로 모두 61자로 구성되었음을 확정하면서 이의 연구기반을 보다 탄탄하게 마련하는 것이 그것이다.

나아가 그들은 앞에서 명문을 해석하면서 읽었던 연호인 태시 · 태초(泰始 · 太初)가 오히려 태화(泰和)로 읽으면서 중국의 동진(東晉)대에 사용된 연호로 해석한다.

그러면서 칠지도에 나타난 연호는 태화 4년(369)으로 본 것이다. 물론 전체 문장의 해석에 따른 의미부여는 이전과 큰 차이가 없었고 오히려 일본서기의 기록과 정확하게 부합되는 점이 강조되었다.

그 결과 칠지도를 백제에서 왜에 바쳤다는 이른바 백제 헌상설(百濟獻上說)이 일본 학계의 통설이 된 것은 물론이다. 나아가 그 배경의 설명은 369년경에 왜군이 한반도 남부지방에 대대적으로 출병하여 임나일본부를 설치하였는데 그 직접적인 증거의 하나가 바로 칠지도라고 주장하는 것도 변함이 없다. (하략)

〈셋째〉 동진왕의 전달설의 배경이다.

이 주장의 배경에도 일본학자들의 왜곡된 발상이 근간을 이룬다. 그 중요한 예가 칠지도 명문의 엉뚱한 변조다.

즉 뒷면의 명문 중 '奇生聖音 故 爲倭王' 부분에서 중간에 든 소리음자(音)자를 엉뚱하게 동진의 진나라 진(晉)자로 보아야한다는 주장이다.

이 주장의 배경을 소개한 이남석 교수의 같은 책 115쪽에서의 지적을 살펴보자.

(전략)---이와는 달리 칠지도가 원래 중국의 동진에서 만들어졌는데, 백제에 건너와 글자를 새겨서 다시 왜에 주었다는 주장도 있다. 이 주장에는 태화 4년을 중국 동진의 태화 4년(369)으로 보고, 기생성진「奇生聖晉」(원래는 '기생성음' 인데)의 성진을 성한, 성당, 성송(聖漢, 聖唐, 聖宋)의 예에 따라 동진을 가리키는 것으로 본다. 나아가 세자란 용어도 남북조 시대에 중국의 책봉(冊封)을 받은 경우에 사용된다고 주장하는 소위 칠지도의 동진하사설(東晉下賜說)의 주장이 제기되어 있기도 한다.(하략)

그러나 이 동진 전달 설은 삼국시대에도 중국의 연호를 한반도 3국에서 사용한 예가 적지 않고 그보다 명문의 음(音)자가 결코 진(晉)자로 볼 수 없고 음자일 개연성이 높다는 점에서 일본학자들의 일방적 주장이라고 일축할 수밖에 없다.

끝으로 〈넷째〉의 대등 설은 길게 설명할 여지도 없이 백제와 왜국 사이에 동진을 넣으면 두 나라의 입장은 대등하게 된다는 이론이다.

결론적으로 이 칠지도에 대한 분분한 논의를 『백제와 근초고왕』(학연문화사 간)의 저자인 김기섭 박사는 그의 저서 340쪽에서 다음과 같이 명쾌하게 개진하고 있다.

그는 백제왕의 하사 설을 뒷받침하는 논지로

(상략) '제후국의 왕' 운운하는 문구가 있는 점, 왜왕의 이름이 거명된 점, 칼을 준 사람이 왕세자일 개연성이 높은 점, '후세에 전하여 보이라' 는 문구가 있는 점 등에 근거할 때 백제왕 하사설이 상대적으로 더 타당한 듯하다.

칠지도가 4세기 후반에 만들어진 칼이라고 할 경우, 우리는 백제의 금속 가공 기술을 실명해 줄 수 있는 좋은 증거를 이미 확보한 셈이 된다. 당시의 백제는 칠기 제작에 상당한 자신감을 가지고 있었으며, 그러한 자신감을 금 상감한 글자로써 표현하였다고 하겠다.

칠기 제작 뿐 아니었다.

근초고왕의 무덤이 있었을 것으로 추정되는 석촌동 고분군에서 발견된 금 귀걸이와 영락(瓔珞)은 얇은 원판과 새끼줄처럼 꼰 금줄을 통해 간결하면서도 세밀한 가공기술을 보여주고 있는 것이다.

여기에서 2004년경 칠지도와 관련하여 우리나라 〈조선일보〉에 게재된 두 기자의 글을 원문 그대로 전재한다.

먼저 유석재 기자의 기사이다.

제목은 《 '칠지도' 실물 10여년 만에 일서 공개》

"한일 고대사의 수수께끼를 풀어줄 열쇠로 알려진 칠지도의 실물이 1993년 이후 처음으로 일본에서 공개된다.

일본 나라(奈良)국립박물관은 칠지도등 이소노카미(石上神宮)신궁 소장 유물을 전시하는 '칠지도와 이소노카미신궁의 신보' 특별전을 4일부터 내달 8일까지 연다. 한국에서는 '후왕(侯王)에게 줄 만하다'는 명문(銘文)등을 근거로 백제 근초고왕이 왜 왕실에 '하사'한 것이라고 보고 있는 반면 일본에선 백제가 왜 왕실에 '헌상'한 것이라고 여겨 두 나라 사이에 쟁점이 되고 있다."

다음은 이규태 논설위원의 칼럼(6287회)이다.

제목은《칠지도》

"한·일 간 역사의 쟁점이 돼 내린 일본의 국보 칠지도가 10년 만에 공개 된다는 보도가 있었다. 길이 75cm의 양날 도검으로 좌우에 세 개 씩의 가지가 돋아 있는 신통력을 부르는 주술의 신검(神劍)이다.

이 칼은 일본 나라 이시가미 신궁의 신체(神體)로 이를 모신 성역에 금줄을 쳐 놓고 접근만 하려해도 신발을 벗게 하는 일본에서 이를 본 사람은 손가락으로 헤아릴 정도로 소중히 여겨온 귀물이다.

이 칠지도의 도신(刀身)에는 금박의 명문이 새겨져 있는데 워낙 오래되어 해독할 수 없는 글자가 있고 또 글자를 조작한 흔적도 완연하여 백제와 일본 간에 역사해석에 문제를 제기해온 백제신검이다.

탈락문자가 있는 고대 금석문이나 명문(銘文)은 여러 갈래 해석이 가능하기 마련이요, 광개토대왕비처럼 한 두 글자만 변조하면 고대역사를 유리하게 변조할 수가 있다.

일본의 한국 침략 이래 그 명분으로 삼국시대에 일본이 한반도의 남반부를 지배했었다는 역사변조에 눈이 어두웠을 때 이 칠지도의 명문이 부각된 것이다. 그리하여 아전인수 격으로 해석, 이 칼을 백제왕과 세자가 왜왕에게 헌상한 것으로 해석, 일본의 모든 책에서 이를 따르게 했다.

한데 양심적인 일본학자는 헌상 했으면 그 말투가 위로 바친다는 공손한 상행(上行)문서형식이여야 할 텐데 칠지도 명문은 '이를 받들어 후세에 길이 전할지어다.'--하는 아래로 내리는 하행(下行)문서양식에 주의를 한 것이다. 그리하여 연대로 보아 백제왕인 근초고왕이 왜왕에게 하사했다는 뜻으로 해석했다.

이래로 내리니 받들어 모시라는 이 하행 어두가 장씌하었넌시 일본 어용학자 가운데 한 사람은 명문에 나오는 '성음(聖音)' 을 '성진(聖晉)'으로 해석, 중국의 동진(東晉)이 백제왕을 통하여 왜왕에게 내렸다고 궁색한 해석을 하기도 했다.

예부터 일본인 밑바닥에 흐르고 있는 한반도에 대한 우월사상이 올 정초에 일본 전통 옷인 하오리 입은 일본 총리로 하여금 한국 침략의 원흉들 혼백 집합소인 야스쿠니 신사를 참배시킨 것이다."

이 두기자의 글 외에도 최근에(2009년 11월 28일) 중앙일보에 게재된 이어령 교수(이화여대 석좌교수) 관련 자료에서 마침 일본 나라 현의 아라이 쇼고(荒井正吾)지사가 나라의 현립대학(縣立大學) 관계자들과 함께 내한함에 따른 기사가 일본과 백제의 관계를 극명하게 보여준 실례를 흥미 있게 읽었다.

이 행사는 2009년 11월 27일 장충동 국립극장에서 '이어령 교수 출판 50주년 기념행사'로 열린 것인데 이날 이 교수는 나라현 아라이 쇼고 지사로부터 나라현 현립대학 명예총장으로 추대 받은 바 있다.

이날 진행된 내용을 중앙일보 이경희 기자가 취재한 글 중에서 아라이 지사와의 인터뷰 내용을 전재하기로 한다.

제목은 《이 교수 강연 듣고 대단하다 생각》

아라이 나라현 지사 참석

"이어령이라는 큰 인물에 비해 나라이 현은 일본에서 그리 크지 않은 도시인데 많은 관심을 보여주셔서 감사합니다."

아라이 쇼고(64세) 일본 나라현 지사가 27일 서울 장충동 국립극장에서 열린 이어령(75세) 출판 50주년 기념 행사 '만남 50년' 참석차 방한했다.

아라이 지사는 이 자리에서 이어령 이화여대 석좌교수(본지 고문)를 나라현 현립대 명예총장(일본 표현으로는 명예학장)으로 추대했다. 아라이 지사는 행사에 앞서 가진 인터뷰에서 "일본에서도 이어령 선생을 명예총장으로 모신 것을 긍정적으로 평가해주는 분위기"라고 말했다. 다음은 일문일답

-명예총장으로 추대하게 된 배경은

"올해 이어령 교수의 특강을 들을 기회가 있었다. 백제의 유민이 일본에 건너와 일본이라는 나라를 형성했는데, 일본인은 정작 그 사실을 몇 명이나 알고 있느냐고 하시더라. 자기 조상의 바탕도 모르면서 문화니 자원 등을 언급하는 건 문제가 아니겠느냐는 것이다. 여러 가지 저서로도 알고 있었지만 대단한 분이라고 생각

한다. 명예총장직을 수락해 주셔서 감사할 따름이다. 내년에 열리는 나라 헤이죠쿄(平城京) 천도 1300년 기념축제에도 정책고문으로 모셔 시민과 학생들에게 지적인 강연을 많이 하시도록 부탁할 생각이다."

-한일 고대 관계사는 일본의 학자들조차 쉽게 인정하지 않을 정도로 예민한 문제이기도 한데

"역사를 보는 관점은 여러 가지다. 지금의 글로벌 시대에는 어떤 관점이든 포용해야 한다고 생각한다. 100년 전 역사도, 1300년 전 역사도 일본의 자원이자 한국의 자원이 된다. 인정하고 싶지 않더라도, 역사를 인정한 뒤에 더 큰 발전이 있지 않겠나."

-내년 천도 1300년 행사는 어떻게 준비되는지.

"1년간 행사가 계속 열린다. 테마는 축하, 감사, 미래 세 가지다. 감사란 테마에는 백세에서 문화가 선래된데 대한 고마움도 포함된다. 백제뿐 아니라 신라, 고구려에서 건너온 유물을 발굴해 전시할 계획이다. 마침 부여의 백제 축제도 내년에 열린다고 해 교류 방안을 모색하고 있다."

이 인터뷰 기사의 상단에 이경희 기자의 기사 가운데는 다음과 같은 가사도 들어 있어 그가 백제를 칭송한 사실도 새삼 인식할 수 있었다.

(전략) 이 자리에서 이 교수는 나라현 현립대학 명예총장으로 위촉됐다. 아라이 쇼고 나라현 지사는 위촉장을 전달하면서 "매우 우수한 도래인들이 한반도로부터 건너와 한자, 불교, 건축, 토목 등 국가 기반 형성에 도움을 줬다."며 "이어령 선생이 나라현민과 일본국민이 감사하는 마음을 이해하고 받아주셔서 감사하다."고 밝

했다.(하략)

 아울러 중앙일보 이경희 기자는 이 기사보다 하루 전(11월27일) 보도된 기사에서도 나라현에 관련된 다음과 같은 기사를 실린 바 있다.

 (전략)나라현은 고대 일본의 율령국가와 문화의 발상지다. '나라' 라는 이름조차 한국의 '나라(國)' 에서 온 것이라 해석 될 정도로 한국과 밀접한 지역이다.

 나라의 대불(大佛) 호류지(法隆寺),백제 관음과 일본의 국보 1호인 반가사유불상 등의 문화재에 이르기 까지 백제, 고구려, 신라 문화의 흔적이 생생히 남아있는 고도다.(중략)

 이 교수는 "한국과의 교류를 통해 문화를 꽃 피웠던 나라의 옛 정신을 되 살려 아시아와의 열린 관계를 모색하려는 아라이 지사의 뜻에 공감해 제안(현립대 명예총장 추대)을 받아들였다."며 "오래 전 그들에게 문화를 전파했지만 식민지로 까지 타락한 불행을 겪었던 우리가 다시 그들의 스승이 되고 지식을 나누게 됐다."고 말했다.

 이렇게 한국의 신문에 소개된 기사들을 봐도 일본 문화는 백제 문화의 모방이나 그 영향력아래 발전해 왔음을 강조했고, 일본에서 온 나라현 지사도 마치 스승의 나라와 같은 백제의 문화를 일본이 받아들여 일본 문화의 토양에 지대한 영향을 주었음을 시인하고 있다.

 더불어 한국의 석학인 이어령 교수는 오래전(백제 때) 그들에게 (일본) 문화를 전파했지만 이를 배신하고 식민지로 까지 우리나라를 강점한 일본인데 이제 다시 그들의 스승이 되어 지식을 나누게 됐다는 어마어마한 발언을 한 것을 봐도 백제와 일본은 스승과 제자의 나라 사이라고 해도 과언이 아니지 않은가.

심지어 '나라'라는 일본 지명조차 한국의 '나라국(國)' 자에서 온 것으로 추정한다면 특히 근초고왕 대에는 백제가 고구려를 평정하고 그 영토를 가장 넓게 확장한 승승장구의 기세로 보아 국가의 위상이나 문화의 차이가 백제가 상위국이라면 왜국은 하위국이라고 해도 과언이 아닐 정도로 격차가 났다고 볼 수 있다.

따라서 칠지도는 당연히 백제의 왕실에서 일본의 왕실로 격려와 친선의 뜻으로 하사했다고 봄이 옳을 것이다.

10. 고구려의 섬욕과 백제의 왕들

인과응보라는 말이 있다.

'내 원수를 내 생전에 못 갚으면 내 아들 대에 그것도 아니면 내 손자, 증손자 아무튼 대대로 내려가면서 언젠가는 꼭 갚고야 말게 할 것이다.' 이런 말을 하는 경우도 있다고 들은 적이 있다.

고구려 고국원왕이 아마 눈을 감기 전에 이렇게 절규하고 죽어 갔을 지도 모른다.

결론부터 말하면 고구려와 백제 사이엔 근초고왕 대에 고구려 고국원왕이 백제군의 화살에 맞아 전사하자 특히 고구려 쪽에서 백제를 불구대천지원수(不俱戴天之怨讎), 곧 같은 하늘을 이고 살 수 없는 원수의 나라쯤으로 생각해온 것이 사실이다. 어찌 그 렇지 않겠는가.

한 나라의 임금이, 그것도 한반도 세 나라 중에서 천손(天孫)의 나라임을 자부한 나라의 임금이, 중국과 대등한 강국임을 지처한 고구려의 임금이 전장에서 개죽음을 당했으니 말이다.

가장 강인한 기상과 백절불굴의 기백을 자랑하던 자존심이 산산 이 부서진 게 아닌가.

고국원왕의 전사는 고구려의 백성은 물론이고 특히 고구려의 왕 실에서는 오매불망 설원과 복수의 불꽃을 태우며 꼭 그런 날이 어 서 오기만을 고대하고 있을 수밖에.

그런 고구려의 원한을 통감한 고구려의 임금 중에 먼저 고국원 왕의 아들인 17대 소수림왕(小獸林王)의 행적을 알아보자.

소수림왕은 아버지의 전사로 임금 자리에는 급히 올랐지만 고구 려 왕실의 누구보다도 백제에 대한 원한과 복수심으로 전전긍긍한 사람이다. 요즘으로 말하면 불면증이나 우울증, 스트레스 등을 주체하지 못해 정신질환자가 될 만큼 괴로운 나날을 보낸 게 사실이다.

그러한 소수림왕의 고뇌를 누구보다 먼저 파악한 것이 그의 어머니다.

그는 날이 저물어 잠자리에 들기 전에 꼭 어머니의 침전에 문안을 가서 혼자 된 어머니를 위로했다. 그때마다 어머니는 아들인 임금을 도리어 위무했다.

"대왕대비 마마, 소자가 미거하여 아바마마를 전장에서 돌아가시게 한 불효를 다시 한 번 용서하소서."

소수림왕은 어머니에게 자주 그런 말을 했다.

"상감마마, 어찌 그런 심약한 말씀을 자주 하시는 거요. 이 에미는 이제 선왕마마의 불의의 참변을 더는 생각하고 싶지 않소. 상감마마는 이제 쓸데없는 상심에 젖지 마시고 심기를 바로잡아 장차 이 나라를 반석위에 올릴 큰 국량으로 치국과 치세를 잘 하셔서 선대왕들에게 부끄럽지 않은 성군이 되셔야 합니다."

"어마마마, 그러 하오시면 치국과 치세의 도에 무엇이 있겠습니까?"

"백성들의 마음을 하나로 묶어야 합니다. 지금 고구려는 패전의 상처로 가난에 찌든 백성들은 조정에 등을 돌리고 군사들도 사기가 땅에 떨어져 가히 국가가 존망의 위기에 처해 있다고 보아도 과언이 아닙니다. 이런 어려운 위기일수록 백성들의 마음을 하나로 합칠 수 있는 정신적 방향이랄까 어떤 귀의처를 내놓아야 합니다.

"어마마마, 과연 그러한 정신적 귀의처가 무어라고 보십니까?"

소수림왕은 어머니 앞으로 한 무릎 다가앉았다.

"이 에미는 잘 모르지만 중국 진나라에는 불교라고 하는 종교가 들어와 백성들의 교화에 큰 역할을 하는 것으로 들은 바가 있습니다."

소수림왕의 어머니는 이미 불교를 웬만큼 알고 있는 눈치였다.

"저도 불교가 백성들의 마음을 정화하고 흩어진 민심을 하나로 모으는데 큰 역할을 한다는 이야기를 들은 바는 있습니다만 그러한 불교를 수입하려면 승려들을 공부하게 하고 숙식할 수 있게 하는 사찰도 건조해야 한다는데요."

아들 소수림왕은 사찰 건조에 따른 국고부담을 염두에 두지 않을 수 없었다.

"사찰도 필요하다면 건조해야 하지요. 에미기 알기로는 불교는 우리 인간에게 자비와 지혜를 일깨워주는 종교라고 합니다. 지금 고구려 백성에게도 그런 자비와 지혜가 필요한 시기라고 봅니다. 그런 사찰을 지어서 백성들에게 설법을 하고 구국 기도의 정신도량으로 삼으면 될게 아니겠습니까?"

어머니의 눈이 빛났다.

"알겠습니다, 어머니의 가르침대로 저희 고구려에도 불교를 수입하여 백성들의 심기를 하나로 묶는데 한 묘방으로 삼도록 하겠습니다."

"상감마마, 에미의 청을 들어주셔서 너무 고맙습니다."

소수림왕은 이름을 구부(丘夫)라고 했으며 355년, 그러니까 즉위하기 16년 전에 이미 태자로 책봉된 고국원왕의 아들이다. 그는 소해주류왕(小解朱留王) 혹은 해미류왕(解味留王)이라고도 부른다.

　소수림왕은 자신의 할아버지인 미천왕 대부터 연나라에 시달리다 설상가상으로 아버지 고국원왕 대에는 모용왕에게 미천왕의 왕릉이 파헤쳐져 그 유체가 손상되고 할머니와 어머니가 포로로 잡히고 항복이나 다름없는 조공을 바치는 등 치욕적인 역사를 경험했으며, 게다가 약소국으로만 생각했던 백제와의 전쟁에서 아버지 고국원왕이 전사하는 큰 패배를 당하자 정말 도탄에 빠진, 어지러운 나라의 민심을 수습하기가 너무 어려웠다.

　그러나 소수림왕은 아주 지혜로운 사람이었다.

　어머니의 권고대로 불교를 받아들인 것이 그 첫 번째 치적이다.

　그는 마침 336년 중국 연(燕)나라에서 투항해온 연나라 장수 동수(冬壽)를 가깝게 두고 많은 의견을 나눈 적이 있었다.

　372년, 그러니까 소수림왕 2년 정초였다. 임금은 동수를 편전으로 불러 불교에 대하여 묻기 시작했다.

　"중국 진나라에는 불교가 들어와 백성들의 교화에 큰 힘이 되고 있다는데 장군의 생각은 어떠하오?"

　"저도 중국에서 온 사람이라 그런 이야기는 많이 들었습니다만 상감마마께서도 불교를 받아들여 지금의 어지러운 민심을 부처님의 가르침으로 구해 보시지요."

　"좋은 생각이오. 짐의 어머니이신 대왕대비 마마께서도 불교의 수입을 간곡히 권 하셨다오."

　"상감마마의 뜻이 그러하시다면 소장이 연나라에 들어가 훌륭한 수도승을 보내달라고 간청을 해보지요."

"장군께서 그렇게 해 주신다면 너무 고맙지요. 그럼 하루 빨리 연나라에 짐의 서찰을 가지고 가셔서 짐의 뜻을 전해주시지요."

"성은이 망극하옵나이다."

연나라 장수였던 동수가 소수림왕의 친서를 지닌 채 진나라 임금 부견에게 바칠 폐백을 가지고 진에 들어가 유창한 중국어를 구사하며 고구려에 불교를 전수해 달라고 호소한 것은 고구려의 역사를, 더 나아가 한국의 종교사를 크게 변화시킨 계기가 된 것은 사실이다.

그리고 마침 이때는 백제의 근초고왕이 큰 전쟁을 끝내고 거의 노년기에 접어들어 고구려를 더는 괴롭히지 아니한, 비교적 소강상태로 지내던 시기였다.

삼국사기의 기록을 봐도 소수림왕 2년은 백제엔 근초고왕 27년(372년)인데 그때 중국 하남성 낙양 쪽에 있는 진(晉)나라에서 오히려 백제의 눈치를 보며 사신을 보내어 조공을 바치러 들어온 사실이 있고, 그해 가을에(7월) 큰 지진이 있었다는 정도였다.

그 이듬해인 28년에도 봄에 진나라에서는 계속 파견사를 보내어 조공을 바치러 들어왔다는 기록이니 이때의 백제는 한 반도 뿐 아니라 중국도 예사로 보지 않는 대국이었음을 시사하고 있다.

그래 그런지 승전국 백제는 패전국 고구려를 거의 괴롭히지 않았다. 괴롭히기는커녕 오히려 백제 독산(禿山)의 성주가 3백 명의 백성을 거느리고 신라에 투항, 신라로 도망해버린 사건이 터져서 근초고왕은 고구려보다 신라를 더 미워하고 있던 시기였다.

더구나 백제의 근초고왕은 고구려에서 불교를 수입한 지 3년 뒤인 375년에(재위 30년) 노환으로 세상을 떠나게 되었으니 그 무렵 소수림왕은 백제에 큰 전쟁 위협을 느끼지 않고 자신의 치적과 국력 회복을 추진해 나갈 수 있었다.

이렇게 사실은 견원지간인데도 고구려와 백제가 비교적서로 큰 전쟁이 없이 지낸 평화의 시기라 소수림왕으로서는 총체적 난국이나 마찬가지인 패전 후의 고구려를 불교를 수입하는 등 온 백성을 정신적으로 규합하고 정화 시킬 수 있는 새로운 전기를 마련한 것이다.

드디어 372년(소수림왕 2년) 전진(前秦)에서는 왕 부견(符堅)이 사신 편에 승려 순도(順道)를 보내왔다.

순도는 천축(天竺), 또는 진나라 위나라 사람으로 뒤에는 고구려에 귀화한 승려이다.

순도의 고구려 입국은 실로 고구려 뿐 아니라 한국에 불교가 처음 들어온 획기적인 일이 이때 일어난 것이다.

승려 순도는 불상과 경문을 가지고 왔고 고구려에서는 임금은 물론 온 조정이 중심이 되어 순도화상을 열렬히 환영했음은 물론이다. 그리고 2년 뒤(374)에는 내내 전진의 승려 아도(阿道)화상이 고구려에 들어왔다.

이때도 임금 소수림왕은 후하게 아도 화상을 맞이했다. 이렇게 하여 소수림왕은 국민의 정서를 불교를 통하여 안정 순화 시키고 더 나아가 임금과 부처님은 동일하다는 이른바 왕즉불(王卽佛)사상을 국가의 통치 이념으로 까지 삼으려고 했다.

그러한 노력은 375년 이 두 스님의 포교(설법)와 수행을 위해 초문사(肖門寺)와 이불란사(伊弗蘭寺)를 만주 집안현 국내성에 지어 준 성과로도 나타난 것이다.

기록에 의하면 그 후 고구려에서는 평양 9사와 반용사 영탑등을 짓는 한 편 불교 전파에 힘써 많은 고승이 배출 되었고, 열반종· 삼론종 등의 종파가 이루어 졌다고 한다.

다음으로 소수림왕의 또 하나의 치적은 태학(太學)의 설립이다.

태학은 불교와 쌍벽을 이룬 유교의 교육 기관인데 그는 불교의 보급 못지않게 충효사상도 널리 보급하여 이를 정치의 다른 측면으로 제도화 하는 데 힘썼다.

소수림왕의 이러한 정책은 지금까지의 고구려가 무질서한 부족 국가의 개념에서 맴돈 것을 지양하고 중앙집권적인 체제를 갖춘 초부족직인 국가로서의 질서를 확립한 고대 국가로서의 면모를 수립하는 데 크게 기여한 것이다.

세 번째로 그의 치적을 또 하나 들자면 고대 국가의 통치 기본법인 '율령'을 제작 반포한 것이다.

이는 현대 국가의 헌법과 맞먹는 성문법에 의한 국가 기본법으로서 부족 국가시대 이래의 관습법 체계를 하나의 공법 체제로 명시하여 중앙집권적 국가 통치의 실현에 기여한 법령이다.

이러한 소수림왕의 일련의 체제정비와 국가 기강의 확립은 이후 광개토왕과 장수왕의 통치와 치세에도 큰 기틀을 마련해 주었음은 물론이다.

그러면 과연 소수림왕은 이런 국가 중앙집권 체제의 기강 확립 이후 얼마나 백제에 설욕을 했는가.

그러한 의문을 풀기위해 먼저 소수림왕의 재위 기간을 보자. 371년에 즉위하여 384년에 붕어했으니 고작 13년간 임금 노릇을 한 것이다. 아무리 지혜로운 임금이지만 군왕 중심 체제에서 이 기간은 결코 긴 것이 아니다.

소수림왕이 나름대로 백제의 근초고왕 대에 설욕의 일격을 가한 것은 공교롭게도 근초고왕 30년(375), 그러니까 근초고왕의 마지막 해 (근초고왕은 375년 11월에 붕어 했다.)에 백제의 수곡성(水谷城)을 공격 함락시킨 전과가 그것이다.

그 기록을 삼국사기 〈백제본기〉에서 찾아보자.

"근초고왕 30년, 가을, 7월에 고구려가 북쪽변경의 수곡성을 공격하여 성을 함락시키자 왕(근초고왕)은 장졸들을 파견하여 이를 막았으나 이기지 못하였다. 왕은 또 크게 군사를 일으켜 보복하려 했음에도 흉년이 들어 뜻을 이루지 못하였다."

이 기록으로 보아 소수림왕은 고구려의 가장 큰 원수라고 할 수 있는 백제 근초고왕에게 그의 생존 마지막 해에 단 한 번의 복수를 실현했다고 보아도 과언이 아니다.

그런 전과를 올리고 나서 2년이 지났다.

이번에는 백제의 새 임금이 된 군구수왕이 2년 전에 잃은 백제의 수곡성을 탈환할 뜻을 품고 무려 3만 대군을 이끌고 고구려 평양성 공략에 나섰다.

근수구왕은 아버지 근초고왕을 닮아 무예에도 뛰어나고 병법에도 일가견이 있는 대단한 왕이었다.

백제의 평양성 공격은 그해 10월에 감행했다. 371년 고국원왕이 전사했던 전투도 내내 추운 10월이었다. 백제는 그러한 전철과 전과를 노렸다. 그러나 그때는 고구려의 추수도 끝나고 농한기이라 군사들의 확보는 가능한 때였다. 그리고 고구려엔 그런대로 군량미의 여축도 가능했다.

소수림왕은 절치부심 군사들을 강하게 독려했다.

"이번 평양성 전투에 밀리면 나는 자결이라도 할 것이다. 까짓 백제 3만 대군을 겁내지 말고 끝가지 평양성을 사수하라!"

소수림왕의 결의가 그대로 고구려 군사들의 배수진이 되었던지 백제군은 큰 전과를 거두지 못하고 11월이 되자 전의를 잃고 퇴각하고 말았다.

그 후 소수림왕은 더는 백제에 설욕을 하지 못한 채 384년, 재위 14년 만에 세상을 떠났다.

다음으로 소수림왕의 대를 이은 임금은 그의 아우인 고국양왕이지만 그는 백제와의 전쟁을 거의 치루지 못한 채 재위 8년 만에 세상을 떠났고 그 고국양왕의 아들인 광개토왕이 자신의 조부인 고국원왕의 치욕을 설욕하는데 많은 성과를 올린 바 있다.

그럼 여기에서 광개토왕의 다른 업적은 생략하고 주로 백제에 보복한 기록을 중심으로 살펴보자.

흔히 고구려역사에서 가장 위대한 임금이며 빛나는 정복자로 자처하는 임금이 바로 광개토왕이다.

심지어 고구려 역사를 예찬하는 이들은 그를 '국강상광개토경평안호태왕(國岡上廣開土境平安好太王)'이라고 극존칭으로 부르고 있고, 당시 고구려 사람들도 그를 영락대왕(永樂大王)이라고 불렀다지만 지나친 평가이다.

그는 고국양왕의 아들로 374년 (소수림왕 4년)에 태어났다.

13세 때에 고구양왕의 태자가 되었고 18세 되던 해(391년) 제 19대 임금으로 즉위하여 23년 동안이나 아주 활발한 정복 전쟁을 즐기다가 붕어한 임금이다.

그러나 〈삼국사기〉'고려본기'에는 근초고왕의 기록이 그러하듯이 고구려 광개토왕의 기록도 빈약하기는 마찬가지다.

그가 백제를 정복했거나 하물며 신라를 침입한 왜와 가야를 격파했다는 기록도 없다.

삼국을 통일한 신라 승전국의 역사를 비호하다보니 〈삼국사기〉를 편찬한 김부식의 사관도 패전국인 백제나 고구려보다는 신라에 경도되기마련인 것은 인지상정이다.

그러나 광개토왕은 대단한 인물이다.

그는 남쪽으로는 백제와 신라 그리고 일본을, 서쪽으로는 중국을, 북쪽으로는 거란을 침공해서 정벌한 임금이다.

그가 자신의 칼을 휘두를 때마다 고구려의 영토는 자꾸 넓어졌다.

그는 23년간 이렇게 전운 속에서 늘 개선장군처럼 살다가 40세의 길지 못한 생애를 마쳤다.

그가 죽고 난 뒤 또 훌륭한 그의 아들 장수왕이 있어 아들은 위대한 아버지의 공덕을 기리는 큰 비석을 세웠으니 그것이 유명한 광개토대왕릉비다.

아무튼 광개토왕은 자신의 할아버지를 죽인 백제를 영원한 원수의 나라로 알고 그 복수심에 누구보다도 전전긍긍한 임금이다.

그런대로 여기에서 〈삼국사기〉'고구려본기'와 '백제본기'의 기록을 보자.

먼저 '고구려본기' 광개토왕 즉위년의 기록이다.

"7월에 남으로 백제를 정벌하여 10개 성을 빼앗았다. 9월에 북으로 거란을 정벌하여 귀국시켰다. 사로잡혀있던 본국인 백성 1만 명을 설득하여 귀국시켰다. 10월에 백제의 관미성(關彌城, 강화도 교동도나 경기 파주의 오두성으로 추정)을 쳐서 함락시켰다. 그 성은 사방이 험난하고 바다에 둘러싸여 있었는데, 왕은 군사를 일곱 길로 나누어 20일 동안 공격한 끝에 함락시킨 것이다."

다음은 '백제본기' 진사왕 8년의 기록이다.

이때가 고구려는 광개토왕 때이다.

"8년, 여름, 5월에 정묘일 초하룻날 일식이 있었다.

가을, 7월에 고구려의 담덕(淡德, 광개토왕의 다른 이름)이 4만의 군사를 이끌고 북쪽 변방에 침공해 와서 석현(石峴)등 10여개 성을 함락시켰다. 왕은 담덕의 용병술을 들은지라 부득이 출전하여 항전하였으나, 한수 북쪽의 모든 부락을 많이 잃었다.

겨울, 10월에 고구려가 관미성을 공격하여 점령하였다. 왕은 구원(狗原)에 사냥하러 갔다가 돌아오지 않았다.

11월에 왕이 구원의 궁(행궁)에 가는 길에 죽었다."

이상의 두 가지 기록으로 보아 광개토왕은 즉위하자마자 백제를 공격하여 큰 전과를 올리고 기고만장 했지만 반대로 백제의 진사왕은 결국 그해(재위 8년 만에) 전쟁에서 패한 후유증으로 충격을 받아 부심하고 있는 차에 침류왕의 맏아들이며 자신의 조카인 아신(阿莘)의 손에(내부의 정변도 감당하지 못한 듯) 죽고 만다.

진사왕의 뒤를 이어 392년에 백제 임금이 된 아신왕, 그는 패기도 있고 욕망도 컸지만 그의 운명도 고구려 광개토왕의 계속 되는 정복욕에 휩싸여 결코 평탄하지 못한 생애를 보내게 된다.

아신왕은 임금 자리에 오르자마자 고구려에게 빼앗긴 관미성의 회복에 나섰다.

재위 2년(393년) 봄에 자신의 외삼촌 진무(眞武)에게 좌장의 벼슬을 제수하여 군사에 관한 업무를 위임 하였다.

진무는 침착하고 강직하며 큰 지략이 뛰어나 당시 사람들이 그에게 잘 복종하였다고 한다.

관미성 공략의 개요를 '백제본기'의 기록을 통해 알아보자

가을, 8월에 왕이 무에게 이르면서 말하기를 "관미성은 우리의 북쪽 변방의 요충지로 지세가 험준하여 적을 방비하기가 편리한 곳이다. 그런데 현재는 고구려가 점령하여 차지하고 있으니, 이를 과인은 몹시 애석하게 생각하므로 경이 정성스런 마음을 발휘하여 이 수치를 씻어다오."라고 하였다.

마침내 전략에 뛰어난 장군과 병사 1만 명으로 고구려의 남쪽 변방을 정벌하고자 하였다. 무는 자신이 선봉에 서서 병사들과 날아오는 돌, 화살을 무릅쓰고 싸워서 뜻하는 바대로 석현(石峴) 등의 5개성을 수복하고자 하였다. 그리하여 먼저 관미성을 포위하자, 고구려인들은 영성(甖城)을 굳게 지켰다.

무는 군량미를 운반하는 길이 막혀 군사를 이끌고 돌아왔다.

이 기록으로 보아 아신왕은 1차 고구려와의 대결에서 실패한 셈이다.

계속해서 아신왕은 이듬해인 394년 7월에 다시 군대를 동원하여 수곡성을 공격하였다. 그러나 이번에도 고구려의 군사 5천 여 명에 밀려 쫓겨 오고 말았다.

그런가하면 광개토왕은 백제의 잦은 공격을 막기 위해 관미성 주변에 7개의 성을 쌓아 방어벽을 형성하였다.

그래도 아신왕의 기개는 대단했다.

그 이듬해인 395년에도 8월에 좌장 진무를 앞세워 고구려를 징벌하라고 명하였다. 그러나 이번에는 광개토왕이 몸소 군사 7천을 이끌고 패수(浿水)의 상류에 진을 치고 항전하였다.

결국 백제군은 크게 패하여 전사자가 무려 8천명에 이르렀다.

연이은 패전에 분개한 아신왕은 그해 11월 패수의 국경을 지켜내며 보복을 하고자 친히 군사 7천을 거느리고 한수를 지나고 청목령(靑木嶺)의 아래까지 진출 주둔하였다. 그러나 하늘도 무심하지, 웬 큰 눈이 내리고 기온이 영하로 뚝 떨어져 동사자가 엄청났다. 결국 아신왕은 한산성으로 회군하고 말았다.

이와 같이 백제가 관미성을 도로 찾기 위하여 계속 공격해 오자 광개토왕은 묘한 작전을 짜기 시작했다.

"나는 이제 수군으로 백제를 섬멸할 것이다."

그는 측근 무장들에게 그리 포부를 밝히고 그 이듬해(396년) 수군 수만 명을 배에 싣고 서해 쪽으로 진입, 백제 원정에 나섰다.

이미 관미성을 손안에 넣은 광개토왕은 이번엔 백제의 심장부인 한성공략에 나선 것이다. 그러나 백제에서는 광개토왕이 수군을 동원하여 수도인 한성으로 진격해 올 줄은 까맣게 모르고 있었다.

그러기 때문에 고구려군의 급습은 백제 군사들을 당황시키기에 충분했다. 밀물처럼 한강 북쪽에 상륙한 고구려 구사들은 아주 쉽게 한강 이북의 58개 성 700개의 촌을 모두 차지하고 그 여세를 몰아 한강을 건너 한성으로 밀려들었다.

백제 아신왕으로서는 하루아침에 날벼락을 맞은 격이었다.

한성이 함락될 위기에 이르자 아신왕은 성문을 열고 나가 광개토왕 앞에 무릎을 꿇고 항복하고 말았다.

이를 흔히 백제 쪽에서는 병신년(396년)의 치욕이라고 한다.

실로 이씨조선 때 청나라 태종 앞에 삼전도까지 나와 항례를(三九叩頭) 올린 인조 임금의 치욕과 무엇이 다를 수 있겠는가.

이시기의 승전보를 고구려가 자랑하는 '광개토왕릉 비문'(장수왕 건립)에서는 아래와 같이 기록하고 있으니 안타까운 노릇이다.

백잔(백제를 낮추어 부르는 말)은 의에 굴복하지 않고 군사를 동원하여 덤볐다.

왕(광개토)은 위엄을 떨치며 노하여 아리수(한강)를 건너 선두부대를 백잔성으로 진격시켰다. 백잔의 병사들은 그들의 소굴로 도망쳤으나 곧 그들의 소굴은 포위 됐다. 그러나 백잔의 군주는 방도를 구하지 못하고 남녀 1천명과 세포 1천 필을 바치고 왕 앞에 무릎을 꿇고 맹세하였다. "지금부터 이후로 영원토록 노객이 되겠습니다."

이에 태왕은 은혜를 베풀고 용서하여 후에도 그가 성의를 다하여 순종하는지 지켜보겠다고 했다. 이번에 모두 백잔 58개 성, 700개 촌을 얻었다. 또한 백잔 주의 형제와 대신 10인을 데리고 출정했던 군대를 이끌고 국도로 돌아왔다.

고구려에는 그럴싸하나 백제 쪽에서는 너무 치욕스런 이런 비문이 나올 수밖에 없게 백제 아신왕은 굴욕스럽고 불우한 삶을 살았다. 그래도 다시 한 번 고구려를 정벌할 욕심으로 397년엔 태자를 일본에 볼모로 보내어 구원을 요청한 일도 있고, 399년엔 고구려를 침략하고자 병사와 군마를 크게 징발하자 백성들은 오히려 전쟁의 노역과 고통에 괴로워하며 신라로 많이 도망을 가서 호수와 인구가 줄어드는 사태도 벌어졌다.

결국 아신왕은 몽매에도 잊지 못하던 고구려와의 전쟁에 단 한 번도 승전보를 올리지 못한 채 재위 14년 만에(405년) 한 많은 인생을 등지고 말았다.

그 뒤로 진지왕, 구이신왕, 비유왕 등이 백제의 왕통을 이었으나 그들의 치적이나 전쟁사는 생략하기로 하고 고구려 장수왕 때 가장 억울하게 변을 당한 개로왕에 대해서만 이야기 하려고 한다.

개로(蓋鹵)왕은 비유왕의 맏아들로 근개루왕이라고도 불리었으며, 이름은 경(慶)혹은 경사(慶司)이다.

455년 9월에 정변으로 인하여 아버지 비유왕이 살해되자 나라는 큰 혼란을 겪었고 그 와중에서 개로왕은 일단 왕위에는 올랐다.

비록 왕위에는 올랐으나 조정은 정변의 여파로 심한 후유증을 격고 있었다. 심지어 비유왕을 살해한 반란군은 그의 시신을 방패로 한성을 장악한 상태였고, 선왕의 시신을 빼앗긴 개로왕은 함부로 반군을 제압하지도 못했다.

실제로 〈삼국사기〉에도 개로왕에 대한 기록은 14년 겨울부터 나오고 있으니 이것만 보아도 그가 즉위 초엔 얼만 어려움을 겪고 이름만의 임금이었는지를 짐작할만하다.

그런대로 개로왕이 한성에 입성하게 된 동기는 개로왕 즉위 12년에 고구려의 침공이 빌미가 되었다. 그때 고구려가 백제를 침공해 왔는데 개로왕은 다행히 신라와의 유대가 좋아 신라로 하여금 고구려 군을 퇴각시키도록 요청했다.

신라에서는 백제와의 동맹관계도 있었지만 고구려가 차지하려고 했던 백제 땅이 신라공략의 교두보 역할을 할 수 있는 군사적 요충지라 이를 지켜낸 것이다. 아무튼 신라 덕분에 고구려를 제압한 개로왕은 그때야 정식으로 한성에 입성하여 왕위에 오를 수 있었다.

그때 개로왕이 한성을 접수하는 과정에서 반군에 가담했던 여러 장수들은 대부분 고구려로 달아났다.

뒤에 장수왕의 앞잡이가 되어 개로왕을 생포하고 큰 치욕을 안긴 장본인 둘이 바로 재증걸루와 고이만년 이다.

고구려 장수왕 63년(475년)의 일이다.

고구려에서는 백제 공략을 위한 은밀한 계획을 짜고 있었다.

그 내용인 즉 백제를 공략하기에 앞서 백제의 국력을 미리 소모시킬 필요가 있다고 판단한 것이다.

그 묘방으로 첩자를 백제에 보내어 개로왕으로 하여금 백성을 동원, 대대적인 공사를 벌이도록 해서 국력과 국고를 탕진하게 만드는 것이 가장 큰 실효라고 본 것이다.

장수왕이 첩자 노릇을 할 만한 인물을 물색하자 승려 도림(道琳)이 나섰다.

"소승이 원래 도는 알지 못하지만 나라의 은혜에 보답코자 합니다. 원컨대 대왕께서는 저를 어리석은 자로 여기지 마시고 일을 시켜주시면 왕명을 욕되게 하지 않을 것입니다."

도림이 장수왕 앞에 한 말이다. 왕은 도림의 말을 듣고 믿을 만하다고 생각했다.

"그럼 스님이 어찌 백제왕의 환심을 살 묘방이 있소이까?"

장수왕이 넌지시 물었다.

"묘방이 있구말구요, 제가 마침 바둑과 장기를 잘 두는 편인데 백제 개로왕도 바둑과 장기를 즐긴다고 하니 바둑을 두면서 살살 이야기를 건네면 아주 십상이 아니겠습니까?"

"아니? 왜 고구려에서 갑자기 백제에 왔느냐고 물으면 무어라 할 것이요?"

"하하, 그야 간단하지요, 아 고구려에서 큰 죄를 지어서 도저히 살 수가 없어 도망쳐 나왔다고 하면 그만이지요."

도림은 아무 거리낌이 없있다.

"알았소이다. 스님의 조국 고구려를 위해서 신명을 다해주시오!"

장수왕은 그 자리에서 도림에게 귀한 폐백을 주었다.

얼마 후, 백제의 한성 왕궁에 당도한 도림은 고구려에서 죄를 짓고 야밤에 도망 나왔다는 말을 흘리며 다음과 같은 글을 써서 임금이 읽도록 했다.

"제가 어려서부터 바둑을 배워 상당한 묘수의 경지를 알고 있으니, 대왕께 알려드리고자 합니다."

바둑 좋아하는 사람이 바둑 친구를 외면하는 법은 없다던가. 워낙 바둑과 장기를 좋아하는 개로왕인지라 이 글을 읽고는 도림을 가깝게 불러들여 시험해 보았다. 대국을 해보니 과연 그의 실력은 국수 급이었다.

　임금은 그를 극진히 대접하기에 이르렀고 이렇게 바둑을 두면서 도림은 자연스레 개로왕에게 비명에 간 비유왕의 능을 조성하라는 둥, 궁실의 개축과 축성을 통하여 나라의 체통과 국방을 견고하게 하라는 둥 권유가 많았다.

　"스님의 말을 들으니 다 옳으신 당부인 것 같소이다."

　개로왕은 단순한 임금이었다.

　드디어 백제에서는 많은 백성이 징발되고 국고야 바닥이 나건 말건 왕릉을 만들고 궁월을 개축하며 여기저기 축성에 정신이 없었다. 그러자 첩자 도림은 만면에 희색을 띠고 다시 고구려로 돌아가 장수왕에게 백제의 국고탕진 사실을 아뢰었다.

　"하하, 스님 덕분에 이제 백제를 소탕할 기회가 왔소이다."

　이 간첩 도림의 일화는 이미 앞에서도 작가가 간략하게 소개한 바가 있거니와 근초고왕의 몇 대손인 이 개로왕은 이렇게 어리석게 고구려에게 당하고 만 셈이다.

　도림의 말을 들은 장수왕은 드디어 475년 9월 (백제 개로왕 21년)에 병력 3만 명을 이끌고 백제를 급습하였다. 고구려군의 기습을 당한 왕은 그때야 도림이 첩자였음을 깨닫고 후회했으나 이미 늦었다.

　"내가 어리석고 총명하지 못하여 간사한 자의 말을 믿다가 이런 꼴이 되었다. 백성들은 쇠잔하고 군대는 약하니, 비록 위급한 일을 당해도 누가 기꺼이 나를 위하여 힘써 싸우려 하겠는가?"

　당시 개로왕의 비탄에 찬 목소리다.

　그는 결국 고구려군사를 막아낼 수 없다고 판단하고 상좌평이던

아우 문주(문주가 아들이라는 기록도 있으나 아들에게 좌평의 벼슬을 주지는 않는다.)에게 이르기를

"나는 당연히 사직을 위하여 죽어야 하지만 네가 이런 상황에서 함께 죽는다는 것은 이로움이 없다.

난리를 피했다가 나라의 정통을 계속 이어야 하지 않겠느냐?"

라고 말했다. 하여 문주는 후일을 기약하며 목협만치(木協萬致)와 조미걸취(租彌傑取)등 일부 대신들을 데리고 남쪽으로 피신, 원군을 얻기 위해 신라로 갔다.

고구려 군은 아차산성에 거점을 정하고 한강을 건너 궁성으로 밀어닥쳤다.

순식간에 궁성은 포위당하였다. 먼저 한강에 면해있는 북궁(풍납토성)이 포위 되었다. 남궁에 머물러 있던 백제 군사들은 처음에는 고구려군의 강력한 공격에도 굴하지 않고 성을 잘 지켜냈다.

그러나 성안에 있는 백제군의 보급로가 차단되고 완전히 고립된 상황에서는 차츰 사기가 떨어질 수밖에 없었다.

개로왕은 성문을 닫고 출전하지는 않았다.

그는 애를 태우며 북궁의 상황을 주시하고 있었는데 7일 만에 북궁이 무너졌고 고구려군은 재증걸루와 고이만년을 앞세워 남궁으로 밀려들었다.

또 고구려군은 고삐를 늦추지 않고 화공(火攻)작전까지 폈다. 그러자 하늘도 고구려 군을 도왔는지 때 아닌 강풍이 불어 성안이 초토화 되면서 군사들과 백성들은 술렁이기 시작 했고 건물이든 먹을 것이든 모두 불타버리고 말았다.

왕은 어찌할 바를 모르고 고심하다가 기병 수십을 거느리고 성

문을 나가 서쪽으로 달아나다가 그를 너무 잘 아는 고구려 장수에게 잡히고 말았다.

그들은 백제에서 달아난 재증걸루(再曾桀婁)와 고이만년(古尒萬年)이었다.

그들은 개로왕의 얼굴을 잘 알고 있던 자들이라 어렵지 않게 개로왕을 생포했다. 걸루는 왕을 사로잡자, 일단 왕에 대한 예의를 갖추기 위하여 말에서 내려 절을 하였다.

그리고는 일어나 개로왕의 얼굴에 세 번 침을 뱉고는 난데없이 왕의 죄목을 따지기 시작했다.

기록에는 나오지 않지만 대체로 개로왕이 왕권을 잡는 과정에서 자신들의 혈족과 측근들을 죽인 사실을 상기시키며 문책을 했던 것으로 안다.

그리고 나서 그들은 왕을 포박하여 한성 북쪽의 고구려군 거점 진영이 있는 아차산성 쪽으로 압송한다.

그곳으로 왕을 데리고 간 것은 거기에는 장수왕이 있었기 때문이다.

따라서 개로왕은 그 장수왕의 앞에서 치죄를 당한 뒤에 창으로 찔려 죽음을 당했던 것으로 기록되어 있다.

이때 남녀 포로 8000여명도 고구려로 끌려가는 비극을 겪는다. 이로써 고구려는 지난날 고국원왕이 백제군사에게 피살된 원한을 깨끗이 복수하고 한반도의 패권국으로 자리 잡기 시작한다.

장수왕은 개로왕의 시체도 백제에 돌려주지 않았다고 한다. 돌려주기는 고사하고 개로왕의 시신은 매장되지도 않은 채 아차성 돌더미에 던져져 까마귀밥이 되었다고 전하며, 많은 왕족들 그리고 좌평들과 장군들 역시 목을 베어 한강에 버렸다고 한다. 그 후, 문주는 신라의 구원병 1만여 명을 이끌고 한성으로 돌 아왔지만 때는 이미 늦었다.

한성은 함락되어 폐허가 되었고 개로왕은 이미 살해당한 뒤였다. 이때부터 백제 조정은 갈팡질팡하다가 10월이 돼서야 가까스로 문주왕이 등극했고 그와 동시에 도읍을 웅진(지금의 공주 땅)으로 천도를 단행하기에 이른다.

따라서 한성시대의 종말은 개로왕 때까지이며 웅진으로 천도해 간 문주왕은 개로왕의 시신도 찾지 못한 상태에서 웅진 송산리 일대에 개로왕의 허묘(虛墓)를 만들었다고 추정하기도 한다.

생각하기에도 끔찍한 백제의 치욕이요 개로왕의 처절한 최후가 아닐 수 없다.

이렇게 근초고왕은 당신의 재위기간에 고구려 고국원왕을 전사시킬 만큼 승전보를 올리며 백제를 한반도나 중국에도 위세 당당한 대국으로 키워냈지만 그 손자들은 가령, 진사왕이나 아신왕, 그리고 가장 비참하게 죽은 개로왕에 이르기까지 모두 처참하게 그들의 생을 마감하게 되었다.

이와 같이 백제는 한때 근초고왕 대나, 군구수왕 대에 아주 번영 했지만 역사는 그러한 백제를 영원히 위대한 나라로 놔주지는 않았다.

공교롭게 백제의 13대 근초고왕이 세상을 떠난 해가 375년이고 21대 개로왕이 비참하게 죽은 해가 475년이니 이를 보면 한 해도 틀리지 않게 꼭 100년 동안에 백제는 고구려에게 엄청난 보복과 설욕을 당한 셈이다.

정말 약속이나 한 것처럼 고구려에서는 당시 불교를 받아들여 지혜롭게 국난을 극복한 소수림왕이 나왔고, 고구려 역사상 가장 넓은 영토를 확보하며 백전백승의 기개를 올려 가장 위대한 임금이라고 자랑하는 광개토왕이 나왔으며 그리고 장수란 이름에 걸맞게 거의 80년이나 재위에 있으면서 천하를 호령한 장수왕에 이르기까지 너무 당당한 기백으로 백제를 100년 동안이나 유린한 사실을 생각하면 역사의 혹독한 부침과 명암이라는 아이러니를 외면할 수 없다.

더구나 이를 고구려 입장이 아닌 백제 입장에서 바라보기에는 너무 비극적이며 치욕적이다.

이렇게 영욕이 교체되는 역사, 그 흥망성세의 역정이 한갓 불교적 업보나 인과응보로만 접고 넘어가기에는 너무 기구하고 무상하기만 한 게 아닌가.

11. 백제의 영웅

346년 9월에 왕위에 올라 375년 11월에 붕어한 근초고왕은 꼭 29년 2개월간 임금 자리에 있었다.

그는 노환으로 눈을 감으면서도 그해 7월에 고구려가 백제의 북쪽 변경에 있는 수곡성을 함락시켜 빼앗아 간 일이 못내 아쉬웠다.

그는 죽음의 그림자가 자신을 괴롭히는 순간에도 나라의 안위를 잊지 못했다.

"태자는 듣거라. 애비는 머지않아 눈을 감을 것 같은데 애비가 눈을 감으면서도 가장 마음에 걸리는 일이 지난 가을에 수곡성을 빼앗긴 일이다. 그때 나라에 워낙 흉년이 들어 고구려에 보복을 못했지만 태자는 왕위에 오르거든 꼭 수곡성을 도로 찾도록 하거라."

근초고왕은 띄엄띄엄 유언처럼 잃어버린 수곡성 걱정을 하였다.

"상감마마, 마마께서는 백제의 큰 성군이시며 영웅이십니다. 그리고 제가 어찌 부왕마마의 마지막 당부의 말씀을 몽매인들 잊겠나이까?"

태자 근구수는 눈물을 흘리며 부왕과의 마지막 결별을 슬퍼했다.

근초고왕은 누운 채 마지막으로 자신의 왕비 진 씨의 손을 감싸 쥐었다.

"중전, 과인인 나 때문에 그 동안 고생이 너무 많았소. 더구나 과인이 중국 땅 대륙 백제에 나가 오래 있을 때 중전 혼자 한성에 남아 내 대신 진 씨들과 의론하여 나랏일도 잘 보살피고, 궁 안의 모든 일도 잘 다스려주어 너무 고마웠소. 그리고 중전도 여자인데 그 외로움과 괴로움을 잘 견뎌 줘서 그 일도 너무 고맙소. 이제 우리 백제는 부강한 나라가 되었고 과인이 죽어도 태자 수(須)가 임금이 되어 나라를 잘 다스릴 것이며 에미도 대왕대비 마마로 잘 받들 터이니 너무 슬퍼하지 마시오."

거기까지 가까스로 말하고 나서 근초고왕은 중전의 손을 쥔 채 눈을 감고 말았다.

"상감마마, 상감마마는 백제 국을 위하여 너무 큰일을 많이 하셨습니다. 백제의 만백성들은 모두 마마의 업적을 칭송할 것이며 마마의 붕어를 땅을 치며 슬퍼할 것입니다. 하오나 마마 이 부족한 아내는 어찌하라고 먼저 이리 가십니까?"

왕비 진 씨는 남편의 손을 부여잡고 하염없이 울었다.

"상감마마께서 지금 막 붕어하셨습니다."

그때 태자 근구수가 임금의 침전에서 나와 뎐선에 부복해 있는 문무백관에게 크게 알렸다. 그러자 일제히 통곡 소리를 내며 신하들이 울기 시작 했다.

"상감마마!"

"상감마마!"

신하들의 통곡소리는 궁 안에서 그칠 줄을 몰랐다.

30년간 백제를 통치하던 근초고왕이 죽자 왕자 근구수는 정식으로 국상을 선포한 셈이다. 〈일본서기〉의 기록에 의하면 근구수왕은 부왕이 11월에 승하했지만 그해에는 왕위에 오르지 않았고 그 이듬해인 376년 1월에야 즉위한 것으로 되어 있다.

이 기록을 신빙한다면 11월과 12월 두 달 동안은 국상기간으로 하고 이듬해 1월에서야 태자인 근구수가 왕통을 이은 것으로 볼 수 있다.

그만큼 근초고왕의 죽음은 백제 왕국 역사상 가장 큰 국상이며, 온 국민의 깊은 애도와 숭앙 속에 조상을 받은 것이 확실하다.

근초고왕의 무덤은 서울 강남의 석촌동 에 위치한 '석촌동 3호 고분'이 유력시 되고 있다. 이 고분은 근래 복원된 모습으로 과연 원상태 그대로 복원된 것인지는 알 수 없다.

그러나 이미 파괴된 뒤에 실시된 발굴조사에서 금제 영락(瓔珞) 등이 수습되었고, 고구려 식의 계단식 적석총으로서 근초고왕 무덤일 것으로 추정하는 견해가 아주 우세하다.

근구수왕은 〈삼국사기〉에서도 그를 근초고왕의 장남으로 기록하지 않은 것으로 보아 맏아들은 아니고 둘째아들임이 유력하다. 이름을 근구수(近仇首), 구수(仇首),귀수(貴首), 수(須)등으로 특히 아버지 근초고왕이 제5대 초고왕의 대를 이어 근초고왕이라 한 것처럼 그 아들인 구수도 제6대 구수왕의 왕통을 잇는 다는 의미에서 내내 가까울 근(近)를 앞에 붙이어 제 14대 '근구수왕'이 된 것이다.

그러니까 두 임금이 모두 초고왕이나 구수왕의 직계이지 결코 고이왕계와는 다르다는 것을 왕명으로 시사하고 있다.

근구수왕은 임금이 된 이후에 보다 오히려 태자 시절에 더 전공을 세운 임금으로 유명하다.

그 대표적인 전승 기록이 371년(근초고왕 26년)고구려 평양성 공략 때 고국원왕을 전사시킨 전쟁이다.

〈위서〉에 나오는 개로왕이 북위에 올린 표문에 보면 아주 재미

있는 대목이 있다.

신의 조상 수(須)께서 군사를 정비하고 번개같이 나아가 기회를 포착하고 달려가 공격하여 화살과 돌이 잠시를 오가더니 소의 머리를 베어 매달았습니다.

위의 글에서 개로왕이 언급한 '수'는 근구수왕이며 '소'는 고국원왕이다.

표현이 다소 과장되기는 했지만 고국원왕이 백제와의 전쟁에서 죽은 것은 사실이다.

그런데 이 글에서 개로왕이 근초고왕을 언급하지 않고 '수'란 표현으로 군구수왕을 내세운 사실은 당시 평양성 전투에서 공격을 주도한 사람은 근초고왕이 아니라 근구수왕이기 때문이다. 이는 평양성 전투에서 실질적인 승전의 주인공이 태자인 근구수왕임을 시사 하는 예가 될 것이다.

이런 근구수왕이기에 재위 3년(377년) 근구수왕은 다시 한 번 평양성 공략에 나섰다.

이는 아버지의 유언대로 잃어버린 수곡성을 탈환함과 동시에 지난해 11월 고구려가 북쪽 변방에 침범해온 사실을 응징하기 위한 출정이었다.

그러나 3만 군사나 거느린 근구수왕의 출전은 날씨가 춥고 고구려 쪽의 저항이 의외로 거세어 무위로 돌아갔다. 〈삼국사기〉엔 오히려 그해 11월에 고구려가 다시 백제를 침범해 온 것으로 기록하고 있으니 백제의 출정은 실패나 다름없다고 본다.

그 뒤로 두 나라는 거의 전쟁이 없었지만 백제엔 군구수왕 6년에 전염병이 돌아 조정을 힘들게 했다. 그리고 8년엔 날이 몹시

가물어 백성들이 굶주리다 못해 자식을 남에게 팔아먹는 일까지 생겼다. 근구수왕은 관청의 곡식을, 팔아버린 곡식의 값으로 대납해주게 하여 자식을 되돌려 받게 하기도 했다.

그리고 군구수왕 대에도 나타난 특이한 현상의 하나가 근초고왕 대처럼 임금은 반도 백제의 정사를 진씨(당시 자신의 외삼촌이 진고도이며 내신좌평 벼슬에 오름) 일가에게 맡기고 자신은 중국 땅, 대륙 백제에 나아가 그쪽의 통치에 전념했다는 사실이다.

물론 그 쪽에도 아버지 근초고왕의 업적으로 이룩된 대륙백제의 나라가 있어 그 비중이 만만치 않아 임금의 통치가 필요했겠지만 고구려와 견원지간으로 있던 백제의 왕으로서는 좀 한 눈을 판 게 아닌가 싶게 의외의 행적이 아닐 수 없다.

그러한 근구수왕은 지병까지 있어 길지 못한 재위 10년째인 384년에 그의 생을 마감하고 말았다.

이후 왕비 아이부인(진 씨인 듯)에게서 태어난 큰 아들이 뒤를 이어 15대 침류왕으로, 후비 출신인 다른 아들이 16대 진사왕으로 즉위하게 되었으니 근구수왕은 근초고왕의 아들로서 아버지의 영광을 바람직하게, 그리고 기백 있게 계승, 실천 할 줄 믿었던 우리에게는 못내 큰 아쉬움을 남겼다.

아무튼 동아시아의 4세기는 일대 지각 변동의 변혁시대라고 볼 수 있다.

그러한 와중에서 백제는 근초고왕을 중심으로 이러한 변혁의 시기에 나름대로 능동적으로 대처하여 부족국가로서의 무질서한 형태를 탈피하고 중앙집권적 왕권 확립에 획기적인 성과를 올렸다고 볼 수 있다.

공교롭게 4세기에 들어와 중국에서는 북방민족의 중원 침략 등으로 분열과 분쟁이 계속되었으며 한 반도에서는 고구려, 백제, 신라 3국이 내부적 통합의 에너지를 대외적으로 발산하는 과정에서 특히 고구려와 백제는 충돌과 갈등이 심한 시기였다.

중국은 한족과 이민족이 함께 이합 집산하는 과정에서 대체로 남쪽에서는 동진이 세력을 키웠고 북쪽에서는 5호가 16국을 형성할 정도로 분열과 대치가 심했다.

중국이 이렇게 분열의 양상을 보이고 있는 것과는 달리 한반도에서는 3국이 통합과 팽창의 기운이 활발하게 나타났다.

먼저 고구려는 중국군현 세력을 축출함과 동시에 요동지역으로의 진출 등 영토 확장을 꾀하였다.

그러나 요동지역으로의 팽창은 오히려 언니리 등의 반격에 상처를 받아 대북정책의 수정을 불가피하게 하였다.

고구려는 드디어 남진정책으로 그 궤도를 수정하기에 이르는데 그 결과도 백제의 근초고왕 대에는 연전연패의 불운을 겪게 된다.

신라는 3세기 까지 남부의 진한 등에 복속을 끝내고 연맹국의 토대를 마련하였다. 이후 4세기부터는 대내적인 체제정비를 마무리하고 백제와는 우호관계를 유지 하면서 가야지역으로의 진출 등을 모색해 왔다.

이러한 여건에서 백제는 3세기에는 고이왕 등이 대외적으로 북방의 중국 군현지역으로의 세력 팽창을 시도 하였다.

그러나 중국 군현 세력의 강한 저항에 부딪혀 실패한 고이왕계는 왕권의 위축을 초래하면서 초고왕계로 이행하는 등 새로운 변화를 맞게 된다.

그 개혁과 변화의 중심에 근초고왕이 선 것이다.

4세기 근초고왕 대의 당면과제는 대륙백제의 통치에도 소홀함이 없고 반도 백제에서는 왕권의 안정을 회복하고 체제의 변화를 통하여 동 아시아의모든 국가와의 국제 질서에 선도적 능동적으로 대처할 수 있는 힘을 기르는데 있었다.

이러한 지난한 4세기의 당면과제를 근초고왕은 성공적으로 수행한 인물이며 백제 역사상 전무후무한 영웅이다.

즉 왕권의 확립, 정치세력의 재편, 경제력의 성장, 대외관계의 변화 등, 정치 경제 사회상의 복합적인 변화에 용감히 대처한 인물이 곧 근초고왕이다.

그는 중앙집권적 귀족국가의 완성이 그의 이상이었다고 볼 수 있다.

이러한 목표를 달성하기 위하여 맨 먼저 군사력을 키우고 국방을 최우선적으로 추진하며 정복 사업에도 적극적으로 참여했는가 하면 국사의 편찬 ('서기' 등의 편찬), 불교의 공인, 율령의 반포 등도 단행했다. 그리고 정치운영에 서는 좌평제도를 강화하고 왕족과 특정 귀족인 진 씨 세력을 묶인하면서 왕권강화에도 심혈을 경주한 것도 사실이다.

『살아있는 백제사』의 저자인 이도학 교수는 〈칠지도가 말하는 백제의 천하 관〉에서 (이 책 358족~359족에 걸쳐) 다음과 같이 '백제의 천하 관'을 피력하고 있다.

-〈광개토왕릉비문〉이나 〈모두루묘지명〉에서 자국인 고구려를 세상의 중심으로 인식하는 사해관(四海觀)이 강하게 표출되고 있

음은 두루 알려진 사실이다. 때문에 고구려와 동계이며 강력한 경쟁자였던 백제 또한 천하관이 존재하였음은 짐작하기 어렵지 않다.

이는 백제의 건국 초기 국토 개척에 관한 역사 서술과 더불어 근초고왕이 '중심'을 의미하는 '황기(黃旗)'를 그 군대 전체에 사용하게 한 데서 알 수 있다. 즉, 백제 왕자의 통치권이 직접 미치는 공간을 세상의 중심으로 인식하였던 만큼, 근초고왕은 자신의 통치권 내의 '무력'을 '황군'을 분류하게 하는 우월감을 지니고 있었다. 이러한 사방의식은 배타성을 지닌 채 확대되면서 천하 관으로 까지 발전하였다.

백제의 천하관이 근초고왕 당대에 확립되었음은 [일본서기]에서 백제가 영산강 유역의 마한 세력을 '남만(南蠻)'이라고 일컬은 데서 확인 된다. 이는 자국 중심의 사방 관념에서 주변 국가를 저급하게 취급함으로써 우월성을 내세우는 천하 관과 결부 지을 수 있다. (중략)

기록에는 보이지 않지만 황제 적 위상을 확보했던 백제나 신라의 경우도 상·하 조공 관계로 주변 국가들에게 군림했다고 생각된다. 백제의 경우 탐라로부터 공부(貢賦), 즉 조공을 받았고, 한때 신라를 비롯한 가야제국들을 위성국으로 거느리고 있었던 게 확인되었기 때문이다.

주지하듯이 황제국은 주변국들과 내·외신(內外臣)관계를 설정해 놓았다. 자국 영역 내의 주민 들은 내신, 주변국 주민은 외신의 범주에 속하게 되는 것이다. 이때 황제국은 조공 국 수장에게는 관작을 제수(除授)하였다. (하략)-

이렇게 백제는 근초고왕 대에 황색 깃발을 나부끼며 주변국의 중심국가로서 여러 나라에서 조공을 받아온 황제 적 위상을 과시해온 나라다.

이 빛나는 백제의 황제적 존재가 바로 백제의 위상을 천하에 자랑한 영웅 근초고왕이다.

이제, 우리는 이쯤에서 다시 한 번 근초고왕의 생애와 치적을 되돌아봄에 인색해서는 아니 된다.

그는 맏아들이 아닌데도 불구하고(第二子) 몸이 건장하고 생각함이 넉넉한(體貌奇偉 有遠識), 무예에도 출중한 태자였다.

그는 비류왕의 둘째 아들로 자신과는 8촌 관계에 있던 계왕을 진 씨 일가와 함께 자연스레 처단하고 왕권을 잡았다.

즉위와 동시에 백제 왕권의 정통성을 구현하고자 했던 그는 먼저 초고왕계의 부활을 강력히 시사하며 왕명에 근(近)자를 앞에 붙여 자신과 자신의 아들이 근초고 내지는 근구수왕이라 칭하며 초고왕계와 가장 가까운 초고왕계의 적통임을 천하에 천명한 것이다.

근초고왕은 즉위 초부터 진 씨 가문과 손을 잡고 (내신좌평 진의, 조정좌평 진정 등) 진 씨 가문에서 왕비를 맞아들이며 반도 백제의 통치권을 그들 진 씨 세력과 협의, 그들에게 국가통치를 많이 위탁한 것도 사실이지만 나름대로 지방토족들에 대한 통제를 보다 효율적으로 강화하고 지방 통치조직을 새롭게 정비하면서 중앙 집권체제 왕권의 기틀도 확실하게 이룩한 바가 있다.

그는 반도 백제의 통치도 염두에 두었지만 즉위한 뒤 거의 20년 간은 중국에 건너가 대륙백제의 통치에도 전념한 임금이다.

초기에는 낙랑군과 대방군을 중심으로 외교 활동을 벌였고 그 뒤엔 동진과도 국교를 시작하여 빈번히 사신을 파견하고 동진으로 부터 '진동장군영락낙랑태수'의 작호를 받는 등 활발한 외교 활동을 개진했으며 그 외에 양자강 좌우 지역을 백제와의 교역의 무대로 삼았다.

중국이 북방 민족의 침략으로 분열된 틈을 타서 요서지방을 경략하여 그 곳에 백제군을 설치한 공도 크거니와 특히 남부지방 광서장족자치구에는 아직도 백제향이나 백제허의 자취가 남아있을 정도로 대륙 백제의 치적에도 개기를 올렸다.

흔히 우리는 신라의 장보고가 중국에 '신라방'을 설치한 공로는 크게 부각시키고 있으나 백제의 근초고왕이 중국에 '백제군'이나 '백제향' 그리고 '백제허' 같은 백제의 통상 무역 기지를 설치한 공로는 거의 모르고 있으니 안타까운 노릇이다.

이러한 근초고왕의 대외 외교와 협상은 중국은 물론 일본의 북 규수나 오키나와 대만 해협과 필립핀 군도, 그리고 인도 챠이나 인도 국에 이르기까지 백제의 영향력이 미칠 만큼 아주 활발하고도 진취적 기상을 보였다고 할 수 있다.

근초고왕은 재위 21년 이후 다시 반도 백제에 귀국하여 마한 정복의 꿈을 실현하고자 남쪽으로 영산강 유역의 백제 세력권에서 이탈해 있던 마한의 세력을 서서히 복속시키면서 국력을 확장함은 물론 낙동강 서쪽에 자리하고 있던 가야국에도 무력을 통하여 백제의 힘을 과시함으로서 조공을 바치게 하는 등 국경의 서남 쪽 지역을 확연하게 확보하였다.

한반도의 서남쪽을 장악한 근초고왕은 그 여세를 몰아 북진정책을 펴게 된다. 그 것이 곧 고구려와의 충돌이다.
고구려 고구원왕 대의 불운은 그대로 백제 근초고왕 대의 행운으로 연결된다.
369년(근초고왕 24년)의 치양성 전투에 이어 371년(재위26년)의 전쟁에서도 대승을 이룩한 근초고왕은 한반도나 일본 중국에까지도 그 위세를 크게 떨치게 되었으니 이때가 백제로서는 건국 이래 최대의영토를 확보한 영광의 전성기라고 볼 수 있다.

고구려와는 늘 견제 대척관계를 유지하던 근초고왕은 그 대신 신라와는 늘 우호 친선관계를 유지하며 사신을 교환하고 군마를 보내는 등, 서로가 호감을 가지고 지낼 수 있도록 배려했으며 이러한 친교는 근초고왕 이후에도 백제에 전쟁 등 어려움이 생기면 신라가 원군을 보낼 수 있게 하였다.
그리고 바다 건너 일본에도 근초고왕은 친선 외교를 베풀어 다소 과장되기는 했지만 일본이 '임나일본부' 란 표현을 써가며 한반도 남부를 정복했다고 할 만큼 백제는 일본과도 군사적으로 외교적으로 우호관계를 지속했으며 특히 근초고왕의 '칠지도' 제작과 이를 일본 왕에게 하사한 일은 한일관계사에 사사하는바가 매우 큰 사건이 아닐 수 없다.

그 밖에도 근초고왕은 일본에 왕인(王仁)박사와 학자 아직기(阿直岐)를 보내어 한문과 유교를 전파한 공로도 크거니와 일본열도에 백제계 세력을 연결, 활발한 상업망을 형성하여 백제를 해상무역의 중심 국가로 키우는데 기여하였다.

그러면 이러한 근초고왕의 사후, 그는 과연 어느 곳 어느 무덤에 묻혀 잠들었는가도 궁금하다.

대체로 백제 지배층의 고구려 문화 지향성은 비교적 뚜렷하게 나타난다고 사학자들은 말한다.

특히 서울시 송파구 석촌동 일대에 분포한 적석총은 압록강 유역의 고구려 적석총을 그대로 본 딴 것임에 틀림없다고 한다. 그 가운데 기단식(基壇式)적석총인 '석촌동 3호분'은 한 변의 길이가 최소 40m 이상이고 높이는 약 4,5m에 달하는 대형 무덤인 점에 비추어 보통 4세기 후반부터 5세기 초에 축조된 왕릉 급으로 추정하고 있으며 사학계에서는 이 무덤의 피장 자를 근초고왕일 것이라고 상정하고 있기도 하다.

〈삼국사기〉'백제본기' 근초고왕 조의 맨 마지막 재위 30년(375년)11월의 기록은 다음과 같다.

-겨울, 11월에 왕이 죽었다.

옛 기록에 이르기를 백제가 개국한 이래 문자로 기록한 일이 없다가, 이에 박사 고흥(高興)을 얻음에 비로소 백제의 역사를 문자로 기록한 서기(書記)가 있게 되었다. 그러나 고흥에 대해서 일찍이 다른 글이 보이지 않아서 그가 어떤 사람인지 아무도 알 수 없

으니 어찌하리오.-

〈삼국사기〉의 근초고왕에 대한 예우는 이렇게 야박하다. 승전국의 역사가 아닌 패전국의 역사 기술은 이렇게 초라하고 빈약하며 야속하다.

그러나 우리는 알고 있다.

백제역사상 근초고왕만큼 주목을 받아온 영웅적 인물은 없을 것이라고. 그가 통치하던 30년, 백제는 그렇게 강하다는 고구려도 군사적으로 압도했다.

신라도 가락국도 백제를 두려워했으며 마한도 정복했다.

바다 건너 서쪽, 중국에 대륙 백제를 세워 통치했고, 외교와 통상을 강화했다.

남쪽으로는 일본과도 외교와 친선을 도모했고, 특히 일본엔 많은 문화적 혜택도 주었다.

역사서를 편찬하고 태학(太學)과 같은 유교 교육기관을 만드는 등 문화적으로도 공헌한 바가 큰 임금이다.

흔히 고구려에 광개토왕이 있다고 한다. 신라에 태종 무열왕(김춘추)이 삼국을 통일했다고 자랑한다.

그렇다면 '백제엔 근초고왕이 있다'고 주장하고 싶다.

그리고 북한산에 올라 옛 한성을 말없이 에워싸고 흐르는 한강을 굽어보며 다음과 같이 외치고 싶다.

"근초고왕 만세!"
"근초고왕 만세!"
"근초고왕 만세!"

〈大尾〉